i
imaginist

想象另一种可能

理想国
imaginist

安德森教授的夜晚

[挪威] 达格·索尔斯塔 著　林后 译

云南人民出版社

Professor Andersens natt © Dag Solstad
First published by Forlaget Oktober AS, 1996
Published in agreement with Oslo Literary Agency

Genanse og verdighet © Dag Solstad
First published by Forlaget Oktober AS, 1994
Published in agreement with Oslo Literary Agency

This translation has been published with the financial support of NORLA

著作权合同登记号：23-2024-005 号

图书在版编目（CIP）数据

安德森教授的夜晚 /(挪威) 达格·索尔斯塔著；
林后译. -- 昆明：云南人民出版社, 2024. 11. -- ISBN
978-7-222-23034-7

Ⅰ . I533.45

中国国家版本馆CIP数据核字第2024NK6963号

责任编辑： 柳云龙
策划编辑： 李恒嘉
特约编辑： 闫柳君
装帧设计： 陆智昌
内文制作： 陈基胜
责任校对： 柴　锐
责任印制： 代隆参

安德森教授的夜晚

[挪威] 达格·索尔斯塔 著　林后译

出　版	云南人民出版社
发　行	云南人民出版社
社　址	昆明市环城西路609号
邮　编	650034
网　址	www.ynpph.com.cn
E-mail	ynrms@sina.com
开　本	787mm×1092mm　1/32
印　张	11
字　数	170千
版　次	2024年11月第1版第1次印刷
印　刷	北京中科印刷有限公司
书　号	ISBN 978-7-222-23034-7
定　价	69.00元

目 录

羞涩与尊严　　　　　　　　1

安德森教授的夜晚　　　　175

译后记　　　　　　　　　341

羞涩与尊严

他是个五十多岁的教师,轻微有点嗜酒,每天早上,他和自己体态稍嫌臃肿的太太共进早餐。在这个秋日,十月里的一个星期一,他坐在早餐桌前,头有些胀痛,他还不知道,这将是他一生中决定性的一天。和每天早上一样,他小心翼翼穿上干净光洁的衬衣,似乎这样就能减轻他生活在这个时代和诸多框架里那些无法摆脱的不适感。在静默中他吃完早餐,望着窗外的雅各布街,这些年来他曾无数次像这样望向这条街。这是挪威的首府奥斯陆,他在这里生活和工作。这是晦暗沉重的一天,铅灰色的天空,零星的云朵像黑纱一样飘过。如果下雨也不奇怪,他想,拿起他的折叠伞。他把伞、头疼药片和几本书一起放进了公文包里。他亲切地与妻子道别,语气里的真心实意，与他自己的暴躁和妻子疲惫的表情形成鲜明的对比。但每天早上都是这样，十二万分不情愿地打起精神，说一句情意绵绵的"再见"，已经成为一种仪式，多年来他们朝夕相伴，理应感情深厚，虽然他现在基本上只能感受到这种感情的余温，但每天清晨他都必须通过这一句愉悦的、简单的"再见"向她表明，自己内心深处相信彼此之间没有任何改变，尽管他们也都知道这与事实完全不相符，但为了体面起见，他觉得有必要强迫自己达到足够高的境界，以便作出这一姿态，特别是因为随后他会得到一句同样语调自然而真切的道别，这使得他内心的烦乱不安得以减缓，这是他必不可少的。他步行去的学校，法格博格高级中学离他的住处走路只需七八分钟。前一天晚上喝了啤酒和阿克威特烈酒，他的脑袋沉甸甸的，心里有点烦躁不安，啤酒的量很合适，烈酒有点多了，他想道。这过量了的阿克威特现在就紧箍在他的额头上，像一条锁链。到了学校，他径直走进办公室，放下公文包，把书本拿出来，取出一粒头疼药片，向那些已上完了一节课的同事们简单自然地打了个招呼，接着他自己的课时到了。

他走进教室，把门在身后关上，在安放于高处讲台上的教师课桌后坐下来，背后是占据了大半个长墙的黑板。黑板和粉笔，还有泡沫板擦。在这所学校执教的二十五年的光阴。当他步入教室的时候，学生们匆忙坐回自己的课桌前。面前这二十九个十八岁左右的年轻人望向他，他向他们问候，他们也向他问候。他们把耳塞从耳朵里取下来，放进衣服口袋里。他请他们把学校发的教材《野鸭》拿出来。他们的敌意让他又是心下一惊。但他不加理睬，随他们去，他要讲授课程，完成自己的教学任务。他能感受到他们作为一个群体，身体里投出的巨大反感。就每个人来说，他们可能个个都是愉快可爱的年轻人，但当他们聚在一处，就像现在这样坐在座位上，就形成了一种集体的对抗情绪，一致指向他和他所代表的一切，尽管他们都按他说的话去做了。他们没有拒绝把《野鸭》的教材拿出来放在自己的课桌上。他也同样把教材放在自己面前。亨利克·易卜生的《野鸭》。这部著名的戏剧是易卜生1884年在他五十六岁时写成的。这个班已经学习了一个多月了，现在才学到第四幕的一半，这就是他们的进度，他想。睡意昏沉的星期一的上午，法格博格高级中学一个毕业班两节连堂的挪威语课。窗外天色昏沉。他坐在他所谓的讲台后面。学生们的鼻子眼睛凑近书本。有些人几乎是趴伏在课桌上，而不是坐在桌前，这让他很恼火，但也懒得理会。他开始讲课，从第四幕的中间开始。索比太太出现在艾克达尔的家中，她宣布她将同批发商威利结婚，在场的还有艾克达尔的房客瑞凌医生，他开始读起来（他自己读的，有时为了做做样子他会让一个学生来读，但他更喜欢自己读）："瑞凌（声音微微颤抖）：这话靠不住吧？索比太太：瑞凌，靠得住。"他这样念着，感到一种难以遏制的激动，因为他突然觉得自己找到了新思路，是他以前研究《野鸭》时从未注意过的东西。

二十五年来他一直在给高中毕业班十八岁的年轻人讲授亨利克·易卜生的这部戏剧，他始终搞不明白这个瑞凌医生。他不是很理解瑞凌在这部剧中的意义。在他看来，他的作用就是对剧中其他人物、甚至整部剧的本质进行了一番基本的、不加修饰的陈述。他认为瑞凌就像是易卜生的传声筒，他不理解为什么有这种必要。事实上他一直认为瑞凌医生这个角色削弱了这部作品。易卜生为什么需要一个"传声筒"呢？这部作品本身不能说明问题吗？但这里，就在这里蕴含着某种不可言传的意味。亨利克·易卜生触碰了他的配角瑞凌医生，让他用颤抖的嗓音——在插入语里——问索比太太她是否真的要同这个有钱有势的批发商威利结婚。有那么一瞬间，亨利克·易卜生把原本只会冷嘲热讽的瑞凌推入了剧中。他在这里被自己悲惨的命运所禁锢，在索比太太的两次婚姻里（先是索比老医生，现在是批发商威利），他始终是一个失败的仰慕者，在这短暂的瞬间，舞台上定格的正是他的命运，而不是其他。属于小人物的瞬间。此前此后他都还是一样，还是那个妙语连珠的人，他贡献了挪威文学史上不朽的经典台词之一："如果你剥夺了一个平常人的生活幻想，那你同时就剥夺了他的幸福。"

现在他开始给学生们布置功课，他们一些人坐在座位上，一些人趴伏在桌上。他请他们把书翻回到剧本的第三幕，瑞凌医生第一次在那里出现，念着剧里的台词，然后往前翻到第四幕的结尾处（他料想学生们对全剧都已经了解，虽然他们只学到第四幕的中间部分，但他们刚开始时最早的作业是通读全剧，他假定他们已经完成了，不管完成得如何，是自己单独完成，还是分组共同完成。在昨天醉酒全身颤抖之后，他没有理由在课堂上扮演警察的角色，他这么想着，在心里轻轻一笑），瑞凌医生就在这里说出了关于生活幻想的不朽的经典台词。他说：你们可以看到，瑞凌医生一直在喋喋不休，只除了一个地方，也就是我们现在所在的地方。现在他出现在剧情里，第一次也是最后一次。学生们照他说的话做，先把书页往后翻，再往前翻，返回原来的位置，那个瑞凌医生第一次也是最后一次出现在剧情里的地方。他们打哈欠了吗？不，他们没打哈欠，为什么要打哈欠呢，这又不是什么激烈到非打哈欠不可的示威活动，这是一个星期一的上午，法格博格高中毕业班的一堂极为普通的挪威语课。现在他们坐在这里，听老师讲解他们挪威语期末考试的指定教材，戏剧《野鸭》，这个名字取自一只暗黑阁楼里的野鸭。一些人看着书本，一些人看着他，一些人望着窗外。时间一分一秒地流逝。老师继续讲着这个虚构人物瑞凌医生，说他在易卜生的戏剧里说过一句经典台词，说他在这里被自己悲惨的命运所禁锢。对他来说是悲伤凄惨，对我们其他人则近乎荒谬，特别是如果我们让他用瑞凌医生那种嘲讽的方式来表述的话。

但是,他补充了一句,用手指向全班,下面有几个人被惊得一怔,他们不喜欢被人这样指着,假如没有这一幕,会发生什么呢?什么也不会发生。这部戏剧还是会跟之前一模一样,除了没有瑞凌那颤抖的一刻。因为这纯属多余,它丝毫未影响剧情的进展,如我们所见,也没有改变瑞凌医生这个人物。在那一刻之前和之后,他还是同样的性格,在剧中还是同样的作用。我们知道这部剧是大师亨利克·易卜生的作品,人物和场景都是精心设计的,不会留下一丝例外,那我们就得问了:为什么易卜生会安排这样一个多余的场景,让瑞凌医生在这里念一句"声音微微颤抖"的台词,然后突然被命运拉进剧情中?这其中一定有原因,既然这场戏是多余的,是一个实际上的赘笔,那么原因就只能是亨利克·易卜生想要展示这个虚构的小人物瑞凌医生,给他一个出色的亮相。那问题就来了:为什么……同时学校的下课铃声响起,学生们立刻脊背一挺,振作精神,合上《野鸭》的教材书页,站起身来,安静地若无其事地经过老师身边走出教室,谁也没有朝他瞅一眼,一个人也没有,现在唯一坐在椅子上的只有他一个人,他的问题刚说到一半就被打断,为此他窝了一肚子的火。

他想，十年前，他也会站起来的时候，他们至少会等他把话说完。可现在，学校的铃声刚一响，他们就合上书本离开教室，走得理直气壮，因为毫无疑问，学校的下课铃声就是授课结束的标志。是铃声来决定一切，这些规则就是对上下课的制约。要是他说他来决定什么时候结束课程，他们就会说，要遵守规则，镇定自若，理直气壮。他们会看着他并且质问：如果是由你而不是铃声来决定下课时间，那我们为什么要打铃呢？他想他们一定会这么说的。他想指出，学校的打铃只是一种提醒，以防老师们上课时过于投入而忘记了时间和地点，但现在说这些也没用了。他向办公室走去，心里有点恼火，特别是因为他自己也跟他们一样盼望着休息。他确实需要休息，因为他很累了，在这之前以及之后几乎一刻不停地讲了将近四十五分钟。他需要一杯水和一片头疼药。他站在水龙头跟前，在杯里灌满凉水，掏出药片，把它吞下去，心想，这可真是，我现在的感觉一定跟瑞凌医生在整部剧里的感受一样，胀痛的头，微微颤栗的身体，精神和四肢都有点疲惫，是的，他正是在这种状态下走来走去，说着那些半优雅的台词（是的，他承认他是这样看待这些台词的），至少其中还有些不朽的金句，想到这里他不禁自嘲一笑。他在办公室那张巨大的桌子旁边自己的固定位置上坐了下来，和同事们聊了几句周末的球赛，诸如此类。教师们都是来自挪威不同的地域，当然有各自的喜好，前两个赛区的每支球队都至少有一名狂热的追随者，周末获胜的一方也从不吝于让所有人都知道这件事。他自己支持的球队是第三赛区的第一名，每年都有希望晋升第二赛区，但当有人问起时，即使大部分是出于礼貌和同情，他也无话可说。（那些女同事不参加这类讨论，当然她们也坐在同一张桌边，男同事们的身旁，但她们在织毛线，他通常带着一点坏笑这样告诉自己的妻子。）

然后又回到了教室。为什么易卜生给他的传声筒这种特殊待遇呢？最后几个学生还没有进教室，关上门，找到自己的座位坐下来，他就开始提问了。我不明白，这看上去完全没有必要，是自相矛盾，几乎像是个蹩脚的戏剧构想，我们不得不提出一个问题，瑞凌医生在这整部剧里究竟是不是易卜生的传声筒。瑞凌医生作为他的传声筒的作用之一，是不让格瑞格斯·威利轻易地得以逃脱。但格瑞格斯·威利真的就这样轻易逃脱了吗？是他请求海特维格做出牺牲，枪杀了那只野鸭，并因此导致悲剧发生。他引发了这场悲剧，同时又对雅尔马·艾克达尔因此而在道德上有所成长一事耿耿于怀。格瑞格斯·威利就是这场悲剧的始作俑者，这理由难道还不充分吗？够了，我们相信不需要什么瑞凌医生，格瑞格斯·威利的行为也将受到谴责。那么瑞凌医生作为配角的作用是什么呢？——甚至易卜生还毫无必要地让那颤抖的一刻定格在了舞台上。假如我们睁大眼睛，在阅读时什么都不想，只专注于这一个问题：什么时候需要瑞凌医生出现呢？答案一目了然。最后一幕接近收尾时，瑞凌医生的出现就是必要的。他请学生把书往后翻，他们照做了，有的书页翻得飞快，有的动作慢吞吞，所有人都坐在挪威学校教室特有的令人昏昏欲睡的柔和光线里。他自己也把书页往后翻到暗黑阁楼里的枪声那一幕。再往后人们发现是海特维格开了枪，子弹打到了自己。发生什么事情了呢？她听从了格瑞格斯·威利的请求，要去阁楼那里杀死那只受伤的野鸭，却在黑暗的摸索中误伤了自己？一个可怕的意外，一场深重的悲剧，是吗？不，不是什么误伤,这个十二岁的孩子把枪径直对准自己,扣响了扳机。为了体现这一点,也为了把这一幕从一个普通的意外提升为一场震撼人心的悲剧,易卜生需要一个有说服力的角色对情况加以证实。换句话说,易卜生需要一位医生。瑞凌医生,他激动地拍着桌子叫道。学生们被吓了一跳,有几个困惑地看着他,还有几个甚至皱起了眉毛,他注意到了。易卜生需要瑞凌医生作为天然的官方代言人和事实的见证者,于是他可以这样写道:"瑞凌医生(走近格瑞格斯,向他)说:谁说手枪是偶然走了火我都不信。格瑞格斯(站着吓傻了,浑身抽动):谁知道这场大祸是怎么惹出来的?瑞凌医生:火药烧焦了她胸前的衣服,她一定是先把手枪贴紧了胸膛才开的枪。格瑞格斯:海特维格不算白死。难道你没看见悲哀解放了雅尔马性格中的高贵品质吗?"

这里,也只有这里,才需要瑞凌医生。因为这个场景,他才出现在剧中。但在戏剧的结尾,当易卜生需要一个医生,需要瑞凌时,他不可能凭空出现,他必须事先向我们介绍过。这样一来我们就认为他作为"易卜生的传声筒"在剧里进进出出。但他到底做了些什么事情呢?他在一直不停地解说评论这部戏剧。他评论剧里这些表演者的人物性格特征，也说及发生的这个故事的内容。易卜生已经把他作为一个评论者嵌进了自己的戏剧。那么瑞凌医生又是如何评论的呢？它们都明确指向同一个方向。某某是个蠢货，某某一辈子都是个笨蛋，某某是幼稚的猪脑子，某某是个傲慢得让人受不了的"富二代"，有种病态的正义感。全都是直白的嘲讽，堪称平庸。请注意，在易卜生的戏剧上演时，这些平庸的事实就会落到剧中人物的身上。瑞凌医生把整部剧带到了沟里。瑞凌医生远不是易卜生的传声筒，他是这部剧的敌人，他所说的一切只有一个目的：毁掉它，毁掉亨利克·易卜生写的这部剧。雅尔马·艾克达尔是个被骗的傻瓜，不用搭理他和他的家人就好了。然而格瑞格斯·威利并没有放过他，瑞凌医生说格瑞格斯·威利也是一个傻瓜，用我的话来说，他有一种病态的自我陶醉，他补充了一句，带着一点羞涩的微笑坐在讲桌前。格瑞格斯·威利能够设法制造出的一切，就是我们所有人都本应避免的一幕惨不忍睹的悲剧。这个家里的女儿，一个十二岁的小女孩自杀了，雅尔马·艾克达尔是一个自以为是的大傻瓜，而被揭穿的格瑞格斯·威利，正如意料之中，他像一条冷血的鱼，一直对"大海深处"垂涎欲滴，他补充道，几乎要为自己和自己说出的话感到吃惊，因此，当海特维格死去时，他只能想到雅尔马·艾克达尔能否真正有尊严地承受悲伤。老实说，这是什么值得一写的东西吗？！他喊叫起来，几个学生再度投来责难的目光，其他人有一半趴伏在桌上，一半坐在桌前，表情镇定，昏昏欲睡。假如瑞凌医生是对的，那就是不值得的，他把声音降下来，而瑞凌医生是绝对无比的正确，正如每个人所见，就连易卜生本人也不能否认，瑞凌医生所表达的"意见"，就是他自己对笔下人物的看法。但易卜生依旧写下去，因为有一些瑞凌医生不应当看到的东西，为此这位五十六岁的知名戏剧大师继续写下去。瑞凌医生是亨利克·易卜生的对立面。这是瑞凌医生和易卜生医生的较量。亨利克·易卜生坚持不懈地写下去，他给予了瑞凌医生一切，是的，甚至让他说了最后一句话，他一边解读，一边挥动双手。为什么？他紧跟着问出来，同时让自己镇定下来。对，为什么？我们要记住，这是瑞凌医生和易卜生医生的较量，但瑞凌医生是易卜生医生发明或者说是他创造出来的。瑞凌医生不存在于别的地方,他只存在于易卜生医生在纸上写下"瑞凌医生"的这一刻,并让他带着几分讲究揭穿那些令人不快的真相,这些真相几乎可以撕裂整部戏剧。易卜生为什么要这么做?他问。为什么?为什么?他问道,朝下面的课堂望过去,没有收到任何鼓励的反馈,相反地,学生们以不同的方式表达出了另一类意见,通过各种不同的肢体语言和面部表情,他们形成了一个紧密的不可捉摸的对立的实体,这让他再一次意识到,坐在这里沉浸于有关《野鸭》和剧中的配角瑞凌医生的讲解,是一种折磨。

这并不是说他们感到无聊,而是他们用受伤的表情来表露自己的无聊。在一堂挪威语课上学习亨利克·易卜生的戏剧并为此感到无聊,这不奇怪。毕竟他们才十八岁,应该接受通识教育。不能把青少年当成已经完成了进一步高等教育的个体看待。从清醒和客观的角度来说,将他们描述为不成熟并不会冒犯任何人,无论是他们自己还是他们的监护人。这些未成熟的个体坐在学校里是为了获取挪威古典文学的知识,而他的任务就是把这些知识传授给他们。事实上他是受雇于政府部门来完成这一使命的。但这里的核心问题在于他们没有能力接受他要传授的东西。未成熟的个体处于孩子与成人之间,本身是一个令人兴奋的阶段,不可能理解亨利克·易卜生的《野鸭》,否则的话就是对这位旧日文学巨匠的冒犯,从某种程度上来说,也是对每个从共同的人类文化遗产中获取知识的成年人的冒犯。这就是为什么在这个教育水平上,我们说的是中小学生,而不针对大学生。大学生重在自学,而中小学生需要老师的授课。他是老师,他们是学生。然而,由于这是挪威普通教育的最高一级,因而必须对教学质量有所要求。也就是说,传授的内容并不总是能够适合学生们尚未开化的智力与情感世界,往往是超出他们理解能力的,所以他们必须全力以赴,才能理解传授的内容。人们普遍认为,完成了挪威普通教育最高一级的学生应该对挪威文化传统有一定了解,尤其是文学方面的内容,这就是为什么在这个下着雨的星期一上午,他坐在这里,法格博格中学,尽职尽责地评论亨利克·易卜生的一部戏剧。学生们将对这部戏有所了解,但因为正如刚才所言,这部剧对如今置身于未成熟生命阶段的他们来说难度过大,教室里的沉闷气氛自然在所难免。事实上一直以来都是如此,已经融入了教学的本质和目的,是的,他自己还是个学生的时候,也在高中的挪威语课堂上感到乏味。七年之后,他作为一名新教师,一踏入教室,就立刻在他的学生当中认出了同样的乏味无聊,现在他将传授给他们的,是自己在当学生时同样感到无聊的东西,这属于青少年接受普通义务教育的部分条件,给他们传授知识的人必须以一种愉快的心情来对待,他在挪威这所高中教学的前十五到二十年就是这样的。是的,对于自己的教学让学生们感到百无聊赖,他甚至一度觉得好笑,心里想:是的,是的,这就是生活,在一个文明国家的中学里教学,就应该是这样。人只要稍微思索一下相反的情况就足以很快明白,如果事实并非如此,那将是多么不可思议。想想吧,如果文化遗产唤起了这些成长中的年轻人的巨大热情,于是他们贪婪地吸收知识,因为对他们秘密关注的事物,这些知识中既有问题也有答案,看上去是个很美好的想法,但如果考虑到现实,情况就不同了,也就是说,问题在于,未成熟的人,他们的智力与情感生活是混乱的、不完整的,有时完全是平庸的。如果通过我们的文化遗产传承下来的文学真的在心灵上和思想上都触动了我们的年轻人,如果这是真的,那么,把这种文学称为"我们的文化遗产"的这种文化就有了几分难堪。此外,这也意味着学生们向老师——在这个下着雨的天色铅灰的星期一上午,坐在奥斯陆法格博格高中的一间教室里的讲桌前——提交的论文,是名副其实的文学论文,他一直捱到回家才忍不住要扑上去,不是批改,而是阅读。这与真实情况完全是两回事。事实上这只是一个幻影,一种想象,说得客气一点,二十五年来他一直尽职尽责地批改学生们未完成的智力创作,每个月至少三大摞作业本,他对此非常了解。不,文化遗产中的文学并不能唤醒年轻人的激情,他们的文章还远未能达到文化遗产的杰出水准。所以我们再看看真实的状况:教师在给学生们讲解亨利克·易卜生的戏剧作品,课堂上笼罩着沉闷而乏味的气氛。甚至教师自己也无法避免这种乏味的感觉。二十五年来他基本上一直在讲授易卜生的相同作品,不可否认,他常常感觉自己在一遍又一遍地重复同样的东西。他非常讨厌《培尔·金特》的开篇,"培尔,你撒谎!""什么?我?撒谎?"第一幕第一场也是,他非常小心,不让学生们知道这些。是的,他很少像今天这样在教学中获得这么多的个人乐趣。总的来说,他给学生们讲授的内容都是众所周知的,对他来说只是一些基本的注释,无法引起他的兴趣。确实,他有时会从一个相当著名的论点开始,比如雅尔马·艾克达尔和培尔·金特之间的相似性,布朗德和格瑞格斯·威利之间的相似性,他在设法表达自己的时候,再次从这种双重比较当中找到兴趣,产生灵感,感觉瞥见了什么,并说出一些此前未曾想过的东西,但这种情况实属罕见。然而今天他就这样做到了。完全出乎意料。啊,想到这位瑞凌医生,他发出一声真诚的、出自内心的叹息,请学生们把《野鸭》的教材翻到四十三页,他自己也把书翻到这一页。这个不朽的传声筒。然而,正是因为四十三页这一场景里的瑞凌医生,通过"声音微微颤动"的插入语成为易卜生戏剧的一部分,他才突然意识到,瑞凌医生并非只是充当一个无趣的代言人,如若此,易卜生作为戏剧大师,就不会特意屈尊给他"微微颤动"的嗓音,把他安排在索比太太这小小的一幕里。在这一出戏中,他作为一个命运悲苦的戏剧角色出现,是索比太太永远的仰慕者,尽管在读者看来后者并没有太大的魅力,他再次感觉自己受到了启发。但他的口才和灵感当然不可能唤醒他的学生们，因为他们无法理解他。他的口才只能激励自己，学生们则任由天性驱使，继续一部分人趴在桌上，一部分人坐在桌前，忍受着母语文学课上常有的枯燥乏味。只有他，这个当老师的，终于从挪威语课堂上令人窒息的沉闷单调里解脱出来，在这节课结束时有些东西让他对自己感到莫大的无与伦比的欣慰。但这微不足道的情感只与他自己有关，对他们毫无意义，他们还没有资本来感受这种快乐。尽管他可能还存有一种希望，在研读易卜生作品的枯燥乏味中他表现得如此激情，至少有人会感到一点点的惊奇。但即使这些未成熟的年轻人当中确实会有那么几个感到惊奇，从大的角度来看，这也只是一件微不足道（虽然是快乐的）的事情。他的任务压根儿不是对民族文学的伟大作品进行激动人心的阐释，他的任务相当简单，就是在这个教室里，通过三年内每周固定数量的重复课时，培养和塑造这些未成熟的学生，让他们理解建设这个国家、建构文明社会的某些要求，作为成年教师的他，和迷茫困惑、尚未完成学业的学生，都有自己要担负的一份责任。其结果就是，他，这个受过良好教育的成年人，拿着政府支付的薪水,坐进了这间教室,在二十五年的时间里讲授了一定数量的来自共同文化遗产的文学作品,不论学生们无聊与否:这就是他努力的方向。正是这一点,使他成为一个具有号召力的存在,无论他谦逊的个性有无闪光,无论他是否具有启迪人心的能力。他坐在那里——无论是着眼于长远或是眼前——社会已经把他放到这个位置,让他来执行塑造他们的任务。这就是为什么,直到现在——最近,学生的百无聊赖才对他有所触动,因为他们只是不够成熟,有些不足,他和学生们(直到现在)都认为这种无聊是一种缺失。这种缺失会在他们日后的生活中留下印记。要么是因为他们消除了它,要么是因为在不知不觉中,他们大多数人受过教育的言谈里都留下了这种印记,在成熟的人格里表现出一种社会决定性的缺失。他常常有这种经历,譬如当他与高中时代的老朋友相遇,他们站在一起聊天,他告诉他们自己现在在大学里学习挪威文学,那时他们都是二十多岁,是他最常与高中朋友见面的时候,或者他告诉他们,他在法格博格中学教书,主要工作是给学生们讲授易卜生的戏剧,这时可能对方就会说:啊呀,易卜生,对我来说可能太高深了，或者：是吗，你知道我对文学从来没有兴趣，话语里带着一种遗憾。这不是他们自己的遗憾，毕竟他们对文学和易卜生戏剧的兴趣不大，没有理由感到遗憾；对他们来说，到底有什么好遗憾的呢？不，作为社会人，他们觉得有必要表达这种遗憾，这是文化背景的一种必要表现，每个文明社会都试图向其公民传授这种文化背景，而且正如我们所看到的，在这个问题上，它已经成功地做到了这一点。几年后偶然相遇的老朋友之间的简单对话就是这样的，而不是完全相反的方式，每一个文明社会都是构筑在这样的基础上的，他常常这么思索着，特别是在最近的几年里。

在现在，在今天，在十月初这个阴雨绵绵的星期一上午，在挪威首府的法格博格中学这间昏暗的教室里，这些年轻人在他讲授亨利克·易卜生的戏剧《野鸭》时感到无聊，但他们无聊的方式跟以前完全不一样。在他们当中，他完全感受不到自己高中时代的那种无聊，也感受不到一直到几年前，前几届学生在上亨利克·易卜生戏剧课时那种昏昏欲睡的无聊。现在坐在这里的不成熟的年轻人，对他就瑞凌医生这个人物在《野鸭》里的功能那份激情飞扬的兴趣厌倦透了，不是作为学生的那种天然的百无聊赖,恰恰相反,事实上他们是因为不得不在法格博格中学这堂无聊的挪威语课上度过这个星期一上午而愤怒,无视了他们还是这所学校的学生,自然应当坐在这里这一事实。他们坐在这里,年轻的面庞柔软而稚气,长着他们眼里可怕的青春痘,困惑的、尚不健全的内心世界里很可能充满了肥皂泡般的白日梦,他们感到自己被冒犯实际上是因为无聊,他们把这冒犯的源头直接指向了他,因为就是他,这个老师让他们感到乏味。这种冒犯是不可能用几句友好的对话就消除掉的,比如,不要表现得那么生气,卡特琳娜,或是,无论如何,试着假装你还有点兴趣嘛,安德斯·克里斯蒂安。因为他们被深深地冒犯了。这种冒犯不只是表面上的,而是完全渗透到他们的内心,已经成为他们对他的主要态度,也是他们作为学生,在课堂上学习我们的文学中最重要的戏剧作品时的基本态度。他们只是觉得委屈,根本没有必要担心。无聊对于他们来说是一种身体上难以忍受的体验,他们每个人的肢体语言,每个人的面孔,无论男孩还是女孩,聪明的还是不那么聪明的,成绩优异的还是只是坐在(或躺在)那里消磨时间的,都表达出一种压抑的愤懑。为什么他们要忍受这些？他们还要忍受多久？他有权利对我们搞这一套吗？他几乎能看到他们脑子里在想什么。

他们当中无疑也有一些人比其他人更宽容，尽管他们和其他学生一样感到不公，但仍然试图以开放的心态看待问题，从而也对其他人的情绪有所缓和。他们的意见是，这种讲授易卜生作品的方式总有一天会过时，这只是个时间问题，换句话说，他是一个无可救药的老古董，他们应当对他宽容地眨眨眼，多亏了这些学生们，他们压抑的愤懑才有所平息，转而以一种更传统的方式表达普遍的厌倦，至少表面上是这样。尽管教室里的氛围在他们的昏昏欲睡中显得非常融洽，但他知道作为一名老师，他在学生中事实上是不受欢迎的，这本身给他带来的不过是一种正常的心痛，正如每个人都会因为在某个地方没有受到直接的欢迎而感到受伤，但是那些不欢迎他当老师的人认为自己是完全合理的，因此他时常感到非常沮丧，因为他在这里就像一个时间已到却不肯离场的人，一个无可救药的老古董，一个过时的、落伍的老师，但另外一些时候，这种恼怒会让他内心深处涌出某种热情，感受到对抗的勇气。他只想就这样昂头挺立,让学生有机会接触到易卜生和其他文化传承,即使眼下尚有不足,但能够在日后的生涯里受益无穷。

他的学生们对自己的行为表现得心安理得。他们丝毫不怀疑,自己之所以没有站起来抗议他的教学,完全是因为他们心地善良,宽宏大量。他们深信,他是在他们的怜悯下才能够将课程一意孤行地继续下去。他坐在那里,有赖于他们的怜悯。他的年轻的、未成熟的学生们对此深信不疑,而他们能有这样的信念,不可能出自他们自己尚未完善的生活和不够成熟的程度,而是完全出自他们自身之外的东西。因此他们本身不应受到责备,但无论如何,对于一个受过良好教育、有二十五年母语教学经验的成年人来说,这种境况实在令人憎恶。瑞凌医生。配角瑞凌医生。当然,也有一些最优秀的学生,他们不仅对与他们无关的教学不满意,同时也反对他浪费他们这些以考试为导向的学生的宝贵时间,强迫他们去研习亨利克·易卜生戏剧中的一个配角,尽管这部作品本身是必读教材。同样,在这些最聪慧的学生当中,也有一些人认为,老师如果将他们正在阅读的文学史纳入考虑,原本可以让教学更有趣味。文学史上说，亨利克·易卜生在构建戏剧场景中使用的回溯性的叙事技巧，预示了侦探小说的出现。预见侦探小说，这难道不是很了不起吗？至少对他们来说很了不起。还有一些人觉得奇怪的是，他没有抓住机会让易卜生更贴近当下话题，譬如自杀，毕竟以他们的理解，海特维格是自杀的。今时今日有那么多年轻人自杀，为什么他不能以此作为一个出发点呢？但这也没有。瑞凌医生。这个配角瑞凌医生。啊，如果老师能说：易卜生不是故纸堆里的经典，事实上他的作品几乎和侦探小说一样充满悬念。然后他就可以解释易卜生的作品在哪些方面和侦探小说一样充满悬念。这样他就提供了一些可能与他们有关的东西。

但是，非也。老师教授的挪威古典文学是基于挪威公立学校挪威古典文学课预设的固定教材，要引导这些脸颊圆润的十八岁的年轻人完成这个国家能够给予他们的最高一级的普通教育。他开口了。讲述他现在十分感兴趣的瑞凌医生，《野鸭》中的配角，因为——如果他可以这么说的话——作为法格博格高级中学毕业班的挪威语高级教师，他有权这么做。这是他们必须学习的四部易卜生戏剧中的第三部。在此之前他们阅读了《培尔·金特》和《布朗德》，在《野鸭》之后他们还要阅读《群鬼》或者《海达·高布乐》（他尚未决定选哪一部，权衡将易卜生的哪一部剧目纳入教学大纲作为第四部这件事每年都能给他带来巨大的乐趣，《海达·高布乐》《群鬼》《罗斯莫庄》还是《咱们死人醒来的时候》）。其结果是他的学生要比其他老师的学生学习更多易卜生的作品，其他老师通常只要求学一部《培尔·金特》，或者最多两部。这并不意味着他忽略了比昂斯滕·比昂松、谢兰和约纳斯·李，好吧，他确实有点忽略了李，他认为时间的摧残已经严重侵蚀了约纳斯·李，使他无法再捍卫自己在挪威四杰中的地位，所以他不再让学生阅读约纳斯·李的作品，而是让嘉宝取而代之，这样一来人们（即指他自己）仍然可以谈论四杰，现在分别是比昂松、易卜生、谢兰和嘉宝（尽管归根结底，他认为比昂松，谢兰和嘉宝都不能真正跻身四杰之列，就他自己而言，真正的四杰是易卜生、汉姆生、塔吉·韦索斯和昂纳尔·米克勒，但他绝不会在每天例行公事履行职责的课堂上透露这些个人的想法和观念，尽管他一直盼望着他的学生中有人能问他这个问题。当他提到近百年来，人们公认的挪威文学四杰一直是易卜生、比昂松、谢兰、李，而现在挪威文学四杰可能应该是易卜生、比昂松、谢兰、嘉宝，为了防止四杰的概念崩坏，是时候让嘉宝取代李的位置了，这时会有一个机敏的十八岁的少年举手问道：但是老师，老师，这意味着这四位是你最喜爱的作家吗？于是他就获得了否认的机会：不，不，我最喜爱的作家是易卜生、汉姆生、韦索斯和米克勒，等等。当他（在他的白日梦里）有机会说出这一切时，他得赶快加上一句：但是你们不要过于看重这些，因为当我这样表达时，我说出的话来自一个受到局限的人，我受制于我那个时代的局限，我的言论所表露的，是我多么容易被我自己那个时代的文学作品所打动，而不是我的判断力精准到足以对我们国家的文学做出有效的总体评价。假如有一个聪慧的、极其热切的十八岁学生向他提出这个问题，他希望通过这个回答，能够传达出自己可能会让学生感到惊讶的一面，他可以生动地想象（梦想）学生们惊讶地发现，比起早期的古典文学，他居然也更容易被当代文学打动。在他的想象里，当他真诚地回答这个假想中的聪明而感兴趣的十八岁学生的问题，学生们应该会产生这样的想法。这样他们也许就会明白,他的课堂上当代文学作品如此匮乏,并不是因为他的个人喜好,而是因为这是一个整体性的规划。在他想象出的场景里,现在、此刻,他们会对这个规划的性质恍然大悟,就像惊鸿一瞥中发现了比他们自己(学生)和教导他们的人(老师)更重要的东西。所以首先是与易卜生比肩的比昂松、谢兰、嘉宝,他们每人每年都有一部作品。这是四杰。然后是在他们之前的大作家。古挪威文学。民谣。彼得·达斯。霍尔贝格。韦塞尔。韦格兰和韦尔哈文(并不是通常所见的韦格兰【和韦尔哈文】)。伊瓦尔·奥森。温耶。阿马利娅·斯克拉姆。二十世纪:奥拉夫·布尔,金克,汉姆生,韦索斯。没有米克勒,至少要逝世之后才能进入学校。就这些。没有人漏掉吗?有的,奥布斯特费勒。还有吗?他无法完全绕过西格丽德·温塞特,但他对《克里斯廷·拉夫兰斯达特》的兴趣相当有限,他宁愿选科拉·桑德尔。现在可以说:画上句号了。没有当代文学,除非是作为各个时代古典文学、语言发展,主体变更等的例证。

他就是这样教授母语的文学课程的。像这样年复一年,周而复始。对学生来讲是一种稳定的磨炼，或许会引起其中一些人的好奇，想了解为什么一个受过良好教育的成年人的正式职业是坐在教室的讲桌后面，要求他的学生们阅读这些他们既不感兴趣也不太能理解的书。至少不能像这样，一个公立学校的教师试图让他们读这些书，所有的人都要读，无论他们是否被好奇心所吸引——当然好奇心是努力的首要条件，如此一来这些十九岁时接受了社会最高通识教育的人，在以后的生活中的日常谈话里，就不会对本应更体面的话题大放厥词，这些谈话的细微差别、底色和基调的总和构成了他们对社会的个人理解。即使在接受了社会最高教育的人里，也有一些彻头彻尾不文明的人，他们甚至没有足够的教养来掩饰这一点，更不用说感到羞耻了，他想。但这是在他意识到目前的情况之前的想法。他对自己的教学工作很认真，其中那些例行公事的事务常常让他感到吃力，但并没有让他觉得教授母语、特别是其中的美文（有时他会跟同事们开玩笑地如此称呼）不再有意义，并不是因为在少数几堂课上，他似乎成功地在给学生们展示的作品中发现了新的东西，这种情况只是例外，无论多么令人振奋、欢欣，甚至，他会这么说，惊艳，这些都不是让他感到自己的存在有意义的先决条件。这样的课堂只是令人更加愉快。就像现在,十月初这个雨天,毕业班的这两节课上。他现在有了新的线索,与易卜生在写《野鸭》时苦苦求索的东西有关,是的,是他真正在探寻的东西。假设瑞凌医生是易卜生的对立面,而且瑞凌医生是正确的一方,或者说是"对的",不,是正确的一方。他让学生们把书页再次翻到全剧的结尾处。他们照做了,机械地,不情愿地,没有一点声响地翻着书页。他请一个学生从"瑞凌(走近格瑞格斯,向他):谁说手枪是偶然走了火我都不信……"这里读下去。那个精瘦的高个子男孩子读了起来,他穿着最新潮的衣服,平板的语调包裹在深深的厌倦之中,他是如此漫不经心,甚至懒得把自己的嗓音夸张一下来赋予角色一点"生命力",或是增添一点"气氛",在教室里制造一点"笑声和乐趣",是的,他没有屈服于诱惑,用一些孩子气的把戏来回应无聊,一刻也没有,他记得这在以前是很自然的,也经常发生。不,他宁愿默默忍受,并以此作为他鲜明的态度,他坚持自己的信念,对未来充满信心,枯竭和灭绝的现象迟早不再是通识教育必修课程的一部分。至少在地球的这一边不是。"瑞凌（走近格瑞格斯，向他）：谁说手枪是偶然走了火我都不信。格瑞格斯（站着吓傻了，浑身抽动）：谁知道这场大祸是怎么惹出来的？瑞凌：火药烧焦了她胸前的衣服。她一定是先把手枪贴紧了胸膛才开的枪。格瑞格斯：海特维格不算白死。难道你没看见悲哀解放了雅尔马性格中的高贵品质吗？"瑞凌：面对着死人，一般人的品质都会提高。可是你说那种高贵品质能在他身上延续多少日子？格瑞格斯：为什么不能延续一辈子，不能继续提高呢？瑞凌：到不了一年，小海特维格就会变成只是他演说时候的一个漂亮题目。格瑞格斯：你竟敢这么挖苦雅尔马！瑞凌：等到那孩子坟上的草开始枯黄的时候，咱们再谈这问题吧。到那时候你会听见雅尔马装腔作势地说什么"孩子死得太早，好像割掉了她爸爸的一块心头肉"。到那时候你会看见他沉浸在赞美自己、怜惜自己的感伤的糖水蜜汁里。你等着瞧吧！格瑞格斯：假使你的看法对，而我不对，那么，人在世界上活着就没有意思了。谢谢，他说，学生便随即终止了他语调平板的朗读。就是这里，他大声说道。我们要探索的地方就在这里。你们看，瑞凌医生是对的，看看这里！瑞凌医生是对的，我们所有人都可能跟他说同样的话，这就是关键所在。但是戏剧性在于格瑞格斯·威利。是他的话导致了剧情的窒息（strupe），他说，不知为什么，也许他本来想说"倒地而死"（stupe）或是"一头栽下"（styrke）*对这个脱口而出的"窒息"，他有点尴尬。对，"窒息"，他重复了一遍，因为格瑞格斯·威利说的话是有所指的，是的，他说，假如瑞凌医生是对的，那我们现在做的就没有什么意义，瑞凌医生是对的，但那又怎么样呢？对，该死的，他感叹道。格瑞格斯·威利说的话才是戏剧！格瑞格斯·威利什么没做过？他杀死了海特维格，是他引诱她去这么做的，他用语言蛊惑她去完成了这一牺牲。海特维格，这个正值青春期的半瞎的孩子，手里拿着一把枪，作为一个牺牲品，走进了一个荒诞、幽暗的阁楼，刹那间她明白了，她必须交给父亲的不是什么野鸭，而是她自己，她内心也有疑虑，不确定他是不是她的父亲。但她至死都是他的女儿，这一点她毫不怀疑，既然她有她自己，至死都身为女儿的自己，为什么还要交出那只野鸭呢，她要自己

---

* 此处三个词的字母拼写和发音都很近似，但含义有别。

走进死亡,交出这条命。于是她就这么做了!枪响了。现在他就一定会明白他是她的父亲,而她是爱他的。这部剧的深处是一种怎样的残忍和冷酷啊,他感叹道。哥哥逼死了妹妹,之后他必须在想象中的父亲身上看到真切的哀痛与悲伤,否则就再没有活着的意义了。格瑞格斯·威利在颤抖,既是为着自己的所作所为,也为着瑞凌医生是对的这个可能性。瑞凌医生是对的,但格瑞格斯·威利的颤抖像是……像是……他拼命地寻找词语。他现在找到线索了,但找不到一个恰当的词。话已经到了嘴边,但就是说不出来。他感到绝望,不是因为作为一名教师,他无法如自己内心看到的那样,给《野鸭》做出一个完美的诠释。但这一点完全可以弥补。学生们现在有了一个难得的机会,是的,他可以毫不犹豫地说这是一种好运,可以近距离观察一个成年人如何以一种可以理解的但尚未完善的方式努力解决我们文化传承中最根本的问题,这让他结结巴巴,汗流浃背。秉承着这未完善的方式,他尽可能沿循着自己的思路,假如这一切仍不足以让他们明了,但至少学生当中的一部分多少开始感受到他们的生活也构筑于其中的一些条件,作为一个基础,即使他们可能永远不会再读易卜生的这部剧作了,但他们仍然会理解这部剧存在的理由,就在此时,现在。不,他的绝望完全是因为他找不到适合的词语,他感觉已经很接近了,但当他要把它找出来、讲出来时,它却不在那里,只有一个无用的,对,一个该死的替代品,可能很相似,但根本不是他一直在找而且甚至以为已经找到了的东西。简直太可怕了,他喊道,我们再来一遍。

他请一个十八岁的女生再朗读一遍。她俯身在书本上,开始朗读。但就在这时其他那些没法专注在书本上的学生中有人叹了一口气。声音很高很清楚,对,几乎接近一种野蛮的咆哮,如此肆无忌惮,让他心里一惊,尽管课堂上的学生都谨慎地抬起头偷偷瞟了他一眼,他还是选择假装没看见,向女孩子挥挥手让她继续往下念。她读了起来。这个十几岁的孩子,面相有点迟钝笨拙,嗓音如小牛般甜润,似乎在寻觅着词语,她不确定地摸索着念着,或许是因为她不理解其中的意思,或许是因为她的睫毛上沾了一层细细的水珠,那是难以忍受的不公平的睡意带来的,像泪水一样蒙住了她的眼睛,让她看不清楚,只能一个字一个字地念着。"格瑞格斯(站着吓傻了,浑身抽动）：谁知道这场大祸是怎么惹出来的？瑞凌：火药烧焦了她胸前的衣服。她一定是先把手枪贴紧了胸膛才开的枪。格瑞格斯：海特维格不算白死。难道你没看见悲哀解放了雅尔马性格中的高贵品质吗？"瑞凌：面对着死人，一般人的品质都会提高。可是你说那种高贵品质能在他身上延续多少日子？格瑞格斯：为什么不能延续一辈子，不能继续提高呢？瑞凌：到不了一年，小海特维格就会变成只是他演说时候的一个漂亮题目。格瑞格斯：你竟敢这么挖苦雅尔马！瑞凌：等到那孩子坟上的草开始枯黄的时候，咱们再谈这问题吧。到那时候你会听见雅尔马装腔作势地说什么"孩子死得太早，好像割掉了她爸爸的一块心头肉"。到那时候你会看见他沉浸在赞美自己、怜惜自己的感伤的糖水蜜汁里。你等着瞧吧！格瑞格斯：假使你的看法对，而我不对，那么，人在世界上活着就没有意思了。瑞凌：只要我们有法子甩掉那批成天向我们穷人催索"理想的要求"的讨债鬼，日子还是很可以过下去的。格瑞格斯（直着眼发愣）：要是那样的话，我的命运像现在这样，倒也很好。瑞凌：我能不能请问：你的命运是什么？格瑞格斯（一边往外走）：做饭桌上的第十三位客人*。瑞凌：呸！去你的吧！"

听着这结结巴巴的朗读，他越来越烦躁，身体完全麻木。不是因为这读书的声音，而是因为在这女孩开始朗读之前教室里寻衅挑事的声响。他没有对此加以批评。当她最后读到格瑞格斯·威利那句划时代的台词时，他身体僵硬，竟没能说出一声谢谢。对他来说，这句台词现在是这部剧的关键，是通往空地的入口，在那里有他认为已经发现了的线索，并指向深处，这就是为什么他要求再读一遍这些对话，因为他希望当他再次听到这句台词时，他能再次看到那片空地，并循着线索继续深入探索。但当她读到那里时，他竟没法子让她停下来，而是由着她继续结结巴巴地往下读，直到读完《野鸭》结尾的最后几句台词。他太烦躁了，无法将注意力集中在这部戏剧上。这压抑的呻吟。这所有青年人都拥有的寻衅的能力。他已经装作没听到了。尽管他希望学生们将他不予斥责的原因归结于他太过傲慢，对这些小事不屑一顾，然而这依然是一种羞辱。但并不是这个原因，他从骨子里明白这一点。他只是根本

---

* 西方习俗中，十三这个数字含不吉利，或是多余无需之意。

说不出话来。当他意识到这一点时,他感觉周身发麻,完全失去了思考的能力。该死,真该死。他必须承认,无论什么情况下他都不敢对此提出抗议。这已经不是第一次了,每当课堂上有一个或几个人以这种方式爆发出来,发泄他们内心的愤懑时,他都会吓一跳,假装没听见。因为他害怕。这年轻的自以为是的沉重呻吟。他害怕假如他站起来反对,可能会刺激到他们。他意识到他惹不起他们,他不敢对一个在他课堂上发出呻吟的学生进行批评。他只是不得不意识到,这个学生在课堂上对再次朗读《野鸭》的结尾部分发出了如此引人注意的沉重叹息,而他却不敢把尖锐的目光投向这个学生,冷漠而宽容地训斥他说:省省吧,注意听。这说不上是懦弱胆怯,在他看来,他的惧怕只是他自己所代表的摇摇欲坠的结构的一种表现,要求他保持一定的谨慎,尤其是因为他年轻的学生们尽管有其自我意识,然而并不十分明了他们所代表的社会力量。因此,他当然可以允许自己用模范的教导来糊弄一下他们,但不能激怒他们,让他们站起来抗议,说他们再也无法忍受下去了。他害怕某一刻他们站起身来,捶打着课桌,要求尊重他们的自我价值,因为他无计可施。毕竟，考虑到当时的情况，这无可置疑，他们是对的，而他错了。他的教学没有达标，因为他所依据的假设并不适用于他们，他害怕了起来，大家迟早会明白，他今天劳神费力所做的一切都会是无用功。但他还是任凭自己对目前的状况感受到强烈的不适。有关事情真实境况和他的恐惧之源的哪怕最细微的暗示都会让他的无名火直冲脑门，让舌头发麻。现在就是如此。当这个十八岁的女孩子结束了她那磕磕巴巴的朗读时，他只感到一种强烈的恼怒，他明白自己再也没法沿循在上课开始时他认为自己找到的这条线索，但又找不到准确的词汇来表达。所以他看看手表的时间说：抱歉，《野鸭》这一课今天我们就算上完了，我还得用剩下的时间做些课堂上的练习。这步棋走对了，他的计划恰到好处，当涉及的阅读和写作等家庭作业刚安排好的那一刻，下课铃声响了，学生们"砰"的一声合上了《野鸭》的课本，随便地扔进了书包里，与此同时他自己也静静地把书合上。学生们从课桌旁站起身来，个个轻松自在，有的高大笨拙，有的强健粗壮，乱哄哄的二十九个年轻人，现在正要离开这间封闭的教室，就在这讲台下面从他身边经过，期盼着课余的休息时间,有的人已经把随身听的耳塞放进了耳朵里,和着节奏打起响指。他也站了起来,感到了疲倦、衰老和极度的失望。学生们经过时并没有留意他,他们三五成群兴高采烈地交谈着,这些面色健康快活无畏的挪威年轻人,以一种差不多是过于兴奋的程度,从这有违自然、陈腐过时的两节连堂课里解脱出来了。他突然在他们身后喊了一句:听着!下个星期一,我们就能搞清楚事情的真相了。那时我们将会理解格瑞格斯·威利那摇摇晃晃的颤抖。正如剧本所写的,痉挛性的抽动。但他们从他身边经过,没有表现出一丁点儿听懂他在说什么的意思,至于最后的那两句话,他们可能根本就没听见,因为那时他只看到最后几个学生消失的背影,于是他不得不承认,他是一个人孤零零地站在教室里,在学生们的身后叫喊着,但无论如何,他没有理由为此感到沮丧,就权当我自己摆出了一个有点滑稽的姿势,他们甚至并没有注意到,他自言自语地对自己说道。

他走进了教师办公室。星期一他只有两节连堂课(其原因是自他当了学校的挪威语主课老师后减少了阅读课的分量),所以他今天的工作结束了。他试图对生活和自己在其中扮演的角色露出一个宽容的、怜悯的微笑，但怎么也笑不出来。哼，他想着，在这世界上人要忍受的东西可太多了，他试图以这种方式驱走上午不愉快的经历，然后走进了办公室，他的同事们正在休息，等待着下一节课。他和几个老师天南地北地聊了一会儿，注意到昨天喝下的阿克维特酒的酒力还没有完全从身体和脑子里完全消散，他很想来一瓶啤酒，但这时间早了点儿。他意识到自己已经成功地平静了下来，因此他决定今天到此为止，离开学校，因为他在学校也没什么事可做，回到自己的公寓里准备明天的备课更好。他来到大门口，发现已经开始下雨了。雨不大，就像淋浴头洒下的水滴，但足以让他仔细琢磨要不要撑伞，他不想在步行回家这段不长的路上弄得身上湿漉漉的。但因为早上他是带着伞出门的，所以决定还是用伞。他开始撑开伞，但没能把它打开。他摁下能让雨伞自动撑开的按钮，但什么事也没发生。他又摁了一次，还是没有反应。连这按钮也和我作对，他愤怒地想。他又尝试了第三次，仍是毫无结果。于是他企图用自己手臂的力量来撑开伞，但这也无济于事，雨伞拒绝配合，他只把伞稍稍撑开一点儿，就这样他也是力气耗尽。此时他彻底崩溃了。在这课间休息的时间里,他站在法格博格高级中学校园的操场上,试着要把自己的伞撑开。但他失败了。周围有上百名学生站在那里,他们当中一定有人在看着他。够了!他快步走到喷水池旁边,发了疯一样地把伞死命地砸下去,一下接着一下,他感到伞的金属杆开始变得软塌塌,支架也松散断裂了。这让他感到一阵快意,于是砸了一下又一下。透过这层朦胧的细雨,他看见学生们缓慢地向他靠近,在鸦雀无声的沉寂里,他们几乎是蹑手蹑脚地朝他走过来,在他周围站成了一个半圆状,但仍保持着敬畏的距离。最终的狂怒之下,他把伞在喷水池边一阵猛捶猛打。发现整个支架开始松动,他又把伞扔到地上,自己踩上去,试图用脚后跟把它碾碎。然后他又把伞拿起来,再次朝喷水池沿上猛砸,所有的支架完全断裂毁坏,张牙舞爪般地扭向四面八方,他的手划开了口子,他可以看到有细小的血珠渗出来。学生们围在他的身边,轻手轻脚,无声无息,都瞪圆了眼睛。学生们站在那里目瞪口呆地凝视着,一动不动,但依旧保持着一段敬畏的距离。有几个人手里拿着饭盒,因为现在正值午休时间。透过迷蒙的细雨,站在最前面的学生的面孔居然出奇地清晰。他留意到有个大块头的金发女孩，惊讶不已地看着他，也瞧见了毕业班的几个男孩子，他们脸上的表情看上去像是惊奇里含有一点嘲弄的意味，这使得他的怒火更旺。他一动不动地盯着那个大块头的金发女孩。吃你的东西！肥猪脸！他叫喊起来。与此同时他一把抓起那把支离破碎的黑伞，佝偻着背朝他们走了过去。看他走了过来，学生们赶紧闪到一旁让开路，于是他就这么跌跌撞撞地从他们之间穿过去，走过空荡荡的被雨淋湿了的校园，走出学校，朝下面的法格博格街走去。自由，终于自由了，摆脱他们了！他急匆匆地走着，气急败坏的步伐似乎想与此刻他糟透了的心绪保持一致，在这种极其恶劣的心境下，他突然意识到自己干了什么，开始号啕大哭。

他像往常一样走在法格博格街上，但这一次他没有如通常那样在雅各布街右转，而是继续往下走到蜿蜒的弗勒德斯伯格街，直到与皮勒斯特德街交会的路口，然后沿着皮勒斯特德街继续走下去，一路经过斯特恩斯公园、诺拉巴肯医疗中心，直到比斯勒特体育场，虽然他是靠自己的直觉选择了这条路，但还是清楚地表达出了他的痛苦，因为现在他走的这条路并不是自动将他的脚步引向雅各布街的那条路，不是他的回家之路，而是通向远方，通向城市，通往那里的人群，在那里他可以销声匿迹，他在匆忙的行走中这样模糊地想着。但有一点他十分明了，那就是他作为一名挪威学校公立教师二十五年的职业生涯就此结束了。他最后就这样栽了。他知道，现在他将永远离开法格博格学校，再也不能教书了。他完蛋了，这件事无可挽回，是板上钉钉的事，他甚至也不想重振旗鼓，即使他们愿意帮他一把也不行。无论校长和他的同事们如何试图淡化这次的事件，将其视为任何人都可能出现的崩溃，都不可能再回头了。它没有发生在任何人身上，它发生在他身上。同事们看见那一幕了吗？这个念头让他全身僵硬了。有一瞬间里他站在那里一动不动。我的天，他高喊起来，这不可能是真的！但这可能就是真的。经验告诉他，那些安安静静坐在办公室里的老师们，对外面校园里的动静始终保持着警觉，即使他们没在观察，而是坐在一起互相交谈，他们也一直在聆听着，假如外面突然一下子安静了下来，不是通常那种嗡嗡的嘈杂声和偶尔的尖叫声，也不是那种高声的喧哗和大笑声，而是那种鸦雀无声的沉寂，那么至少会有一位老师站起身来，走到窗边看看会不会是发生了什么事，然后会有第二个人站起身走过去，接着是第三位，直到所有的老师都站在了窗边，望着外面的校园，在那里他们看见了……不，不，他打断自己的思绪，没什么好想的了。一切都结束了。我至少得把这倒霉的伞扔掉，他想，然后茫然地四下张望，想找到一个他可以扔伞的公共垃圾箱。他们没有听到在气急败坏的那一瞬间自己发出的喊叫声吧，他思忖着，心里好受了点儿，但过不了多久他们就会听说的，他黯然对自己补充道。这简直是一场灾难，他几乎有点惊愕地想到。对我来讲这就是不幸，是的，没有别的说法，他沉思着又加了一句。我怎么会有那样的举止呢，他愤怒地喊叫起来。我真是个十足的蠢货。但把自己叫作蠢货也不会减轻他心里的负担，因为无论多么愚蠢，都已经不可挽回了。这是最糟糕的事情，他感叹道，似乎一时无法相信自己的话。我该怎么办，他绝望地对自己喊道。我该怎么面对我的妻子？是啊，我该怎么跟她说呢？我们脚下的基石刹那间分崩离析，而这一切都是我的过失。换句话说，我们该靠什么过日子？他想着。

太丢人了,他补充了一句。不,生活将跟从前完全不一样了,他思索着。他心神不宁地走过静静的法格博格街,皮勒斯特德街也是同样的寂静,雨轻柔地下着,他留意到镜片上起了水雾,头发已经淋湿了。柏油路面在水汽浸润下发黑,棕黄色的树叶湿漉漉地堆积在地面上,汽车停靠在这条宁静的住宅区街上,引擎盖泛着雨水的光亮。天空是一色平整的灰暗,几乎凝滞不动,雨终于下起来了。经过斯特恩斯公园时还只是无声的细雨,洒在他的眼镜上和头发上。他终于在诺拉巴肯医疗中心的最下面找到了一个垃圾箱,扔掉了那把晦气的雨伞,他大为惊奇地意识到,扔掉那把伞之后他感到全身都轻松了,仿佛一直拎着那把破碎的伞蕴含着什么意义。他看了看手上还在出血的地方,把血迹擦拭干净。走到比斯勒特体育场,他在环岛那里站了一会儿。该去哪里呢?他可以沿着美丽的尤瑟芬勒斯街穿过霍曼斯比恩街区,走到波各斯塔德路的红绿灯处,然后继续沿着尤瑟芬勒斯街走到乌拉尼恩波格教堂和布里斯克比区,或是沿着波各斯塔德路一路走到洛里餐馆(一瓶啤酒,他想着,应该品尝一下啤酒的滋味了),然后往下去韦格兰路,经过艺术家之屋和教师工会（不，不，不要那里）进入市中心，或者穿过皇家公园，此时树叶已经落尽，树木光秃苍劲的枝丫映衬着潮湿的天空，最低矮的树枝与地面之间泛着一抹奇妙的灰色光亮，这景象雄伟壮观，令人心潮澎湃。他可以想象着自己漫步在皇家公园的小径上，踏入首都主干道卡尔·约翰大道，或是往上沿着波各斯塔德路进入马尤斯图阿区和著名的女武神餐馆（如果去那里，他想，那我就绕了很大一个弯，进门时会显得很可笑，虽然没人知道这一点）。或者他可以沿着皮勒斯特德街继续往下走，最后来到市中心那些人潮涌动的街道上。但假如这是我有生以来第一次站在这里，而且以前从未来过奥斯陆，那我真不敢相信眼前的景象，他望着皮勒斯特德街这样想道。因为沿着皮勒斯特德街继续走下去，似乎会进入一条危险的死胡同，最终通往一个阴森的仓库，一个堆放轮胎和生锈的汽车部件的地方，下面是海边的烂泥地带，从他站着的地方望过去，左边是一幢死气沉沉的厂房，以前是一家啤酒厂，右边是一排破旧不堪的公寓楼，再加上皮勒斯特德街相当狭窄，走下去似乎不太安全，反过来，上面的特勒瑟街就是一条充满活力的街道，充满令人陶醉的魅力。以一个未来过此地的人的视角由这里望出去,会被这条街放肆的轻松快活所诱惑,自然地往上而行去特勒瑟街,人们会认为这条街位居最拥挤的市中心。他们会看着这陡斜而上的特勒瑟街,认为站在这条街的最高处,奥斯陆市中心的景色便会在眼前铺展开来:宽阔壮丽的大街,皇宫和议会大厦,国家大剧院和国家歌剧院,一个令人羡慕的西方富裕民族的真正首府,已经维持了近百年的富裕生活。于是当一辆蓝色的电车驶上皮勒斯特德街,进入比斯勒特体育场的交通环岛,然后再缓慢地驶到特勒瑟街时,人们往往会以为它从荒凉的奥斯陆郊区驶来,正一路驶向光耀绚丽的市中心,但真实的情况却完全相反。对,阿丹姆斯图恩街区不是什么荒凉的边缘地带,而是奥斯陆内城的边界,过了阿丹姆斯图恩,就是乡村生活的风光,独立住宅和令人感伤的联排别墅,想到这里,他突然对自己恼恨起来。现在站在这里胡思乱想合适吗,不是应该想想如何把这件事告诉妻子吗?他不无嘲讽地暗自思忖着,或者想想要如何度过拿到第一笔养老金之前的这十五年。是啊,他该如何是好?过了比斯勒特体育场继续往前,沿着道斯拜格斯迪恩街来到圣·汉斯豪根区和著名的施罗德棕色餐厅（一瓶啤酒，他想，我有很久没来过施罗德了）。他正要穿过马路，绕过比斯勒特游泳池那一边，然后沿着体育场往前走。街道对面进入视线的比斯勒特体育场突然让他感受到了一种纯粹的艺术之美。他想，这确实是一座美丽壮观的体育场，以其装饰艺术为这座城市增添了一分魅力。作为一个欧洲国家首府的体育场来讲，它的规模虽小，却令人赏心悦目。另外还有那无与伦比的音响效果，当激动的观众爆发出的欢呼声撞击到水泥墙上，便会有轰隆隆的声响在全场回荡，他这样想道，然后又想起了自己的所作所为，身体再一次僵住了。是啊，我们靠什么生活下去呢？他茫然地问自己。她又会怎么样呢？我担心为了羞辱我和她自己，她会不顾一切。我真受不了这个，他心情晦暗地想着。但如果不幸真是这样，那一切都完了，他在心里咆哮道，在绝望中用力摇了摇头，路过的人向他投来好奇的目光。他站在比斯勒特环岛边，一直拿不定主意究竟要选择走哪一条路，他茫然望着自己还在流血的手，拿出手帕，捂住了那道深可见骨的伤口。

所以埃利亚斯·茹克拉现在担心的是他的妻

子，因为他已经陷入了如此难堪的处境，这意味着他要告别自己整个的社会生活，对这场如雪崩般压倒他的灾难，他想不到任何其他结论；即使他能想到，结果也不会有丝毫改变，因为他只会对每一个解决问题的方案耸耸肩，说一个固执的"不"字。她的名字叫埃娃·琳达，埃利亚斯·茹克拉认识她的时候，她美得出奇，八年后成为他的妻子时也依然如此。从他们相遇到她成为他的妻子，中间有八年的时间，因为她在此期间已经嫁给了他最好的朋友。他就是这样认识她的，约翰·科内柳森的女人。那是1960年代末，他们都是二十多岁的年轻人，来自同一个地方，埃利亚斯·茹克拉当时将近三十岁，另外两个是恋人，大约二十五岁。

应该是在1966年，埃利亚斯·茹克拉与约翰·科内柳森相识于奥斯陆大学哲学系，在布林纳主校区。他在那里参加语言学学位要求的一门基础课，与此同时他要准备自己的挪威语论文。当时他分别参加了挪威语和历史两门课的中级考试，还在犹豫选择哪一门作为主修课，甚至在他开始准备挪威语论文后也是如此，因此选修哲学作为他当时必需的基础科目是极为恰当的。他在哲学系遇到了约翰·科内柳森，后者当时已决心攻读哲学硕士学位*，出于某种原因，他们成了好朋友，事实上他们有段时间几乎形影不离，当说及学生们之间的友谊时，这情况通常无可非议。其实两人的差异相当大，尤其是在交际能力或社交天赋方面明显不同，如果不是同性年轻人之间的亲密友谊很常见，他们的关系在其他人看来可能会非常引人注目。

埃利亚斯·茹克拉第一次注意到约翰·科内柳森是在关于维特根斯坦的一次讲座上，他们两人都是硕士研究生，并且都在上基础哲学课。其中有些内容使埃利亚斯·茹克拉感觉课题对他来说有些偏难。而约翰·科内柳森在讲座结束的一刻提出了一个有相当分量的问题，主讲人是维特根斯坦的知名弟子，他非常认真地回答了这个问题。在埃利亚斯·茹克拉看来，这个问题看上去很普通，涉及两种概念之间的区别，这对他自己来讲相当简单，但主讲人看上去却很困惑，他静立在那里至少有两分钟，然后才转向提问的学生，直

---

* 1960 年代挪威的硕士学位相当于英美的博士学位，是某些学科正常教育可取得的最终学位。

接和他交谈起来,余下的时间里他们一直在谈话,直到新的一批学生涌进教室,等待着即将开始的下一场讲座。埃利亚斯·茹克拉意识到这个提问的学生非等闲之辈,后来事实证明他的看法没错。在哲学系人们私下的议论中他是个前程远大的人。他关于伊曼纽尔·康德的硕士论文的出版将是一桩盛事。从那以后埃利亚斯·茹克拉常常看见他在布林纳的尼尔斯·特雷肖夫楼哲学系所在的第九层的过道中穿行,他想:那个在那里走动着的和我年纪相仿的人,或许有一天会成为一名伟大的哲学家。有一次他看见他站在一堆学生中央,和他们讨论着什么问题。埃利亚斯·茹克拉注意到,他站在那里享受着在一起的学生,特别是女学生向他投来的倾慕的目光。他们倾听着他的观点,显然他们愿意靠近他,听他讲话。不仅喜欢他说出的话语,也包括他讲话的声音。他们正在进行讨论,埃利亚斯·茹克拉注意到,当约翰·科内柳森说完以后,另一个学生要对他的发言进行补充或是反驳时,大家仍然看着约翰·科内柳森。他们等待着他的回答,是的,他们毫不掩饰地表现出他们在期待他的回答,尤其是那些女学生们。他看上去十分受用,面容愉悦,埃利亚斯·茹克拉心想,惊讶地发现自己并没有贬低他的意思。约翰·科内柳森站在这群正在辩论的学生们中央,他很喜欢他的自我欣赏和欢悦的神态,给人一种开放的、充满活力的感觉。埃利亚斯·茹克拉那时独自坐在一张长凳上,离那个互相激烈争辩着的学生圈子有相当一段距离,他只能听见他们在讲话,但不知他们在争论什么,突然间他渴望自己也能成为这个圈子中的一员,但这不太实际,他只是这个专业基础课的学生,没有什么可与别人分享的,即使加入这个圈子也只能做一个感兴趣的聆听者,他觉得甚至这样也会显得碍眼。过了一会儿,这群人散了,约翰·科内柳森和其他两个学生一起走过他身边,那一瞬间他感到嫉妒,因为在埃利亚斯·茹克拉看来,与约翰·科内柳森交谈一定会充实一个人的生活。几天以后,当埃利亚斯·茹克拉又坐在那条长凳上时,约翰·科内柳森独自一人从那边的过道上走过来,在同一条长凳上重重坐下,埃利亚斯·茹克拉窘迫得全身僵直。可以给我一支烟吗?他问道。埃利亚斯·茹克拉点点头,把烟盒递过去。他用烟盒里的烟丝卷好了一支烟,又把烟盒递还给他,同时友好地点点头。然后他们两人就各自坐在长凳的两端,约翰·科内柳森抽着手里的烟。没有一个人开口说话。最后埃利亚斯问:你为什么要学哲学?

约翰·科内柳森审视着埃利亚斯·茹克拉,短暂而仔细,但看不出有半点笑意,无论是表情还是声音,他答道:你呢?你为什么学哲学?埃利亚斯·茹克拉的回答是:我学的只是哲学基础课。在开始我的挪威语论文之前,我需要把头脑梳理清楚。我的大脑缺乏秩序。——嗯,学习秩序感,我得这么说。你的论文主题是什么?易卜生?——是的,埃利亚斯·茹克拉回答,我已经考虑过了。——在雅各布关于维特根斯坦的专题讨论会上我没见过你吗?——见过的,埃利亚斯答道,同时他注意到对那位负责研讨会的维特根斯坦的知名弟子,约翰·科内柳森称呼的是他的名字而不是姓氏,从他口中很自然地说出来。约翰·科内柳森显然觉得易卜生和维特根斯坦并列在一起很有趣,因为他建议他们俩去弗雷德里克喝杯啤酒,那是一个学生食堂兼酒吧和餐厅。他们去了那里,坐在一起聊了几个钟头,啤酒喝了一杯又一杯,天色开始暗下来时,约翰·科内柳森建议他们去约达尔·阿姆菲冰球馆看 VIF 对决 GIF。

在三月日暮的微光里穿过城市。处处是冰块和雪泥。滴水成冰的傍晚时分，他们下了有轨电车，换乘巴士。三月的风，首都荒凉的租房老区。约达尔·阿姆菲到了。这个冰球馆位于奥斯陆东部。灯光如注，照得场上雪亮。约翰·科内柳森、埃利亚斯·茹克拉和其他三四百名狂热的冰球球迷们（埃利亚斯·茹克拉不在其中）一起站在观众席上。灰色的亚光冰面。包裹严实的球员们戴着头盔和护胫板，穿着五颜六色的冰球服，踩着短滑冰鞋，拱着脊背在冰面上保持平衡。冰球杆挥动飞舞。扁平的黑色冰球在移动（埃利亚斯·茹克拉觉得眼睛很难追踪到它）。冰刀划过冰面的声响。两个球员相撞时跌倒的声响。球杆敲击冰面的声响。他们在弱势方的 GIF 球迷的中间。GIF，或者叫作老城区俱乐部，是奥斯陆市中心老城区居民的冰球俱乐部。这是个极受尊崇的老俱乐部，但已经衰落了。VIF，或者叫作乌沃棱纳俱乐部，是乌沃棱纳社区居民的冰球俱乐部，在城里的偏东北方向。老城区队已经是曲终时分，而乌沃棱纳队还有远大光明的前程。约翰·科内柳森不是在奥斯陆长大的，他来自东部地区一个铁路小镇，因此他支持 GIF。现在他和埃利亚斯·茹克拉一起站在看台上，欢呼雀跃，呐喊助威。他掏出一个扁平的金属小酒壶，请埃利亚斯·茹克拉品一口，他自己也呷了一口，然后把酒壶在看台上传了一圈。比起足球，我更喜欢冰球，之后他对埃利亚斯·茹克拉这么说，但你一定不要对其他任何人讲，听见了吗？听见了吗，他又强调了一遍。埃利亚斯问他为什么更喜欢冰球（对他自己来说恰恰相反）。——很简单，因为律动，约翰·科内柳森说，冰球的律动更适合我们。——我们？埃利亚斯说。——是的，我们，约翰·科内柳森平静地回答。1960年代的人。冰球算得上是运动当中的摇滚乐。之后他们去了斯图图维酒馆，喝了更多的啤酒，在那里一直坐到打烊，然后他们动身前往松恩学生城，他们俩都住在那里，但在完全不同的区域，不过现在去那里不是为各自图清静，而是去参加一个聚会。约翰·科内柳森知道有一个公寓里正在办派对，他们也要去那里。摁下门铃，约翰·科内柳森被主人非常热情地邀请进门，他们立刻与派对上的人们打成一片。啤酒接着啤酒，没完没了。入夜已深，埃利亚斯·茹克拉注意到约翰·科内柳森和一个女孩子溜进一个房间不见了，再晚些时候，他在开派对的这家公寓公用大厨房的桌子旁边睡着了。他双手抱头睡着了,起初还能听到一些周围的声响,随后就人事不知了。他感觉到有人碰了碰他的肩头。抬头一看,是约翰·科内柳森。松恩学生城这间厨房的窗户几乎没有一丝光线。他手里握着一瓶冰镇的阿克维特酒,大声宣布:吃早饭了。他从冰箱里拿出三明治、鲱鱼、奶酪,还有水煮蛋。埃利亚斯·茹克拉走到卫生间去洗了把脸。第一批住在这里的学生跳下床从卧室走了出来。他们都参加了前一天晚上的聚会,现在都有一份早餐。大家在那张大餐桌旁坐下,有男有女,有人犹豫着去尝试冰镇的阿克维特酒或是一杯啤酒,以此消磨掉一天的学习时间,其他人则坚定地拒绝了,然后设法前往布林纳。埃利亚斯·茹克拉觉得昨晚和约翰·科内柳森一起消失在那间房里的那个学生也在早餐桌旁的那些人中间,她在吃早餐,并没有想喝点什么。她坐在约翰·科内柳森身旁,但没有任何迹象表明他们之间有什么关系,或者说得直接点,前一天他们之间根本没发生什么事。约翰·科内柳森友好地同她交谈着,有点兴奋,他的脸上还有宿醉的痕迹,眼下又生出新一轮的蒙眬醉意,如外面三月的太阳一样升起,在松恩学生城的窗户上闪耀着金色的光芒。她和他一起笑着，好像前一晚她没有和他在一起，或者又更像是前一晚他们一直在一起。但现在是清晨了，太阳照耀着新的一天，对她来说这意味着在布林纳的学习，对约翰·科内柳森来说，新的一天是更多的醉意，这种醉意会在下午突然消散，留下的是人们可以设想的疲惫不堪。但那是遥远的未来。现在他们坐在松恩学生城的一间厨房里，约翰·科内柳森，埃利亚斯·茹克拉，加上一男一女另外两个学生，喝着阿克维特酒和啤酒，时间过了十二点，约翰·科内柳森开始变得躁动不安。他还想继续，问埃利亚斯·茹克拉要不要一起。他们奔向新的一天，沿着松恩学生城的山坡，奔向新的体验。约翰的口袋里有一瓶阿克维特酒，他们沿着山路往城里走的时候，酒瓶已经空了一半——更用说满了*。是的，到奥斯陆市中心是一条很长很长的下坡路，他们跟跟跄跄，跌跌撞撞，一路往下走。他们俩都知道，山脚下是一座大城市，那是一个叫挪威的小国的首都，因为他们的语言学知识极为丰富，所以立刻就能听出四面八方涌

---

* 前一种说法为消极意义，后一种说法为积极意义。

羞涩与尊严

来的当地人说的语言。对,他们是从音调中听出来的,当地人在说完一句话的时候会把音调提得很高,于是他们二人心领神会地看着对方,然后齐声高喊:这就是挪威语,我们在挪威。是的,他们是在挪威,在挪威的首府,这里有皇宫和格罗滕*,议会大厦和政府机构,埃内沃尔德·法尔森†,弗雷德里克六世‡,奥斯陆大学,国家大剧院,霓虹灯和交通信号灯,百货商店和挂满国旗的街道。是的,卡尔·约翰大道上旗帜飘舞,彩旗和横幅相依相伴,看,挪威国旗和德国国旗,不,那是比利时的旗帜,总之它们并排悬挂在节日的街道上,他们听到人们的欢呼声,有一群人向两辆黑色豪车挥舞着自己手里的彩旗,车在卡尔·约翰大道上颠簸着向下驶去,约翰·科内柳森和埃利亚斯·茹克拉茫然地拐进了一条小街,这条小街横穿而过,街名是黑体字,叫作格伦森,意为"边界"。是的,那时他们来到了格伦森街,也

---

* Grotto,挪威奥斯陆王宫内的一栋建筑,始建于19世纪,最初是诗人韦格兰的故居。自1920年代起,挪威国王将格罗滕设为荣誉宅邸,将其授予杰出人士作为永久居住地。

† Enevold Falsen(1755—1808),丹麦裔挪威律师、诗人、演员和政治家。

‡ Frederik VI(1768—1839),1808年至1814年的挪威国王。

有一辆蓝色的电车开了过来，他们追着电车跑，然后往上一个猛跳，约翰的脸直接撞在了车门上，于是他立时眼冒金星天旋地转——他是这么告诉弯腰站在他身前的埃利亚斯的，埃利亚斯把他扶了起来，与此同时电车停下了，司机向他们跑过来，此时此刻，埃利亚斯已经帮约翰·科内柳森从地上站了起来，他挺直了身体，大衣敞开着，十分愉快地同电车司机交涉，让他回到驾驶室，替他们把车门完全敞开，他们在胜利的欢欣鼓舞中，坐上这充满希望的电车，这车载着他们穿过整个城区，在这里重新崛起之前，路段的两侧仍是阴郁昏暗的住宅区，然后他们来到了一个郊区，经过一段漫长的旅程，电车停了下来，终点站到了，司机离开了电车，约翰和埃利亚斯跟着一起下了车。路上他们与司机进行了长时间的、内容丰富的交谈，司机对这一地区方圆十英里*内的岩层结构、岩石种类，还有火山沉积物等地貌情况都了如指掌。当这同一位司机驾驶电车再次开始下行时，他们同亲爱的电车司机道了声再见，

---

* 此处的英里，指的是斯堪的纳维亚英里（mil），是挪威和瑞典常用的长度单位，1mil 等于 10 公里（6.2 英里）。

沿着当地的道路自行出发了,路的两侧都是私人住宅。然后他们就迷路了!所有的房子都是一个模样,路也差不多都一样宽,路上的积雪铲过以后在路边堆成同样的形状和高度,一个人也看不见,他们在这个迷宫里进退两难。他们就这样走了几个小时,一直找不到出去的路,直到傍晚有人开车下班回家,他们设法拦下了一位,那时他刚把车在车库停好,朝着二十米开外的一栋房屋走去,那是一条积雪清理得非常干净的小路尽头,被树木掩蔽得极好。这个不太让人信得过的人给他们解释了该如何返回电车站那里。正值交通的高峰时段,圣·安东的高山滑雪比赛转播还有不到一小时就要开始了,约翰·科内柳森说。但他们赶上了。比赛开始前五分钟,两人飞奔冲进了克若勒,约翰·科内柳森当时最喜欢的餐馆。这家地下室里的餐馆里有电视,它被隆重地安放在墙边一个柜子的顶端。他们在一张双人桌旁坐下,约翰的位置正对着电视屏幕,埃利亚斯坐在他的对面,所以得扭过身子才能看到。圣·安东的高山滑降比赛。运动员们一个个在屏幕里亮相,他们戴着头盔,身着高山滑雪用具,从阿尔卑斯山(抑或是内部)的山坡一跃而下。奥地利的海因里希·梅斯纳。法国的让—克洛德·基利。西德的弗朗茨·福格勒。法国的莱奥·拉克鲁瓦。德国的马丁·海德格尔。奥地利的埃德蒙·胡塞尔。罗马尼亚的埃里亚斯·卡内蒂。美国的艾伦·金斯堡。美国的威廉·伯勒斯。意大利的安东尼奥·葛兰西。法国的让—保罗·萨特。奥地利的路德维希·维特斯根坦。约翰·科内柳森知道所有参赛选手的长处和短板,所以他一直在给埃利亚斯解说,现在,现在他得留神了,因为在那个弯道,让—保罗·萨特要有麻烦了,而现在,看看路德维希·维特根斯坦的灵活是如何在那段长长的平坦赛道上展现出来的,看那个罗马尼亚的卡内蒂如何通过缩短弯道节省了十分之一秒的时间,差不多跟那个法国佬让—克洛德·基利一样漂亮。这场高山滑雪竞技之后,他们身心俱疲,他们开始挥动着手里的空啤酒杯,饥饿在折磨和啃噬他们的胃。他们没钱了。但约翰·科内柳森想到了解决问题的主意。他向女招待招了招手,然后解释了自己目前的窘况,作为这里常客的他,还有他的好朋友埃利亚斯·茹克拉,他们陷入了一点困境。不一会儿,两杯啤酒和两个堆满了食物的餐盘出现在餐桌上,盘里有肉饼、洋葱、土豆、绿豌豆和胡萝卜，与此同时，一个放着各式香料和调味品的多层高脚盘也端来了，能看出里面有黑色的 HB 调味酱、黄色的拉维戈特调味酱*、红色的番茄酱和芥末酱。他们动手吃起来。边喝边吃。偶尔极其谨慎地从自己带来的小酒瓶里呷上一两口酒。他们开始深入细致地讨论起看过的电影。《去年在马里昂巴德》里的那些女人，还有费里尼的《八个半》里晨光下空荡荡的咖啡桌，都曝光过度了，白色打光太强了。约翰·科内柳森谈起一个来自孔斯贝格的人，在许多方面给他年轻的生活蒙上了长长的阴影。过了一会儿埃利亚斯才明白，他说的是伊曼纽尔·康德，所谓孔斯贝格自然是柯尼斯堡的音译。他是来自加里宁格勒†的，埃利亚斯明白之后回答道。约翰·科内柳森表达了他对简单句式的热爱，这种句式所包含的意思只有句子本身的内容，前半部分与后半部分完全相同，当时间和地点以这样的方式展开时，他偶尔能体

---

* 法国菜里的一种经典微酸酱汁，其中含有洋葱，醋，细香葱，第戎芥末等。

† 此处是三个词语间的混淆：挪威文将柯尼斯堡 Königsberg 译成孔斯贝格 Kongsberg（挪威的一座城市名称）；而柯尼斯堡原为波罗的海沿岸的港口城市，德国东普鲁士省首府，二战后并属苏联，1946 年更名为加里宁格勒（Kalininggard）。

验到一种启示,可以以最大的必然性和美感来发音,比如:一扇开着的门就是一扇开着的门。他们就这样在那儿坐了几个钟头,然后约翰·科内柳森坐立不安,说他们要再去参加一个派对。还是在松恩的学生城。这次是另一个派对,在另一栋房子的另一间公寓里,但会得到新的惊喜,约翰·科内柳森说。他们去到那里,摁下门铃,来开门的人向约翰·科内柳森打招呼,表示热情欢迎。他们融进了温暖和音乐之中。学生很多,把这间公寓填得满满的,所有的人手里都拿着酒瓶和酒杯。埃利亚斯尽量让自己紧紧跟随着约翰·科内柳森,但脚下一个绊跌,他便在视野里消失了。倒是他自己站在那里,手里也拿着一个酒杯,为保持均衡起见,站在那里的他,手里也拿着一个酒瓶——当然是另一只手,自然地,他给杯里斟上了酒。你见过这样的场面吗!两只手各忙各的!一行人在他面前飘忽而过,一件太过美好的事情,几乎让人应接不暇。约翰·科内柳森也从他旁边溜了过去,随即不见影踪,出现了又再度消失,和其他许多同样出现又消失的人一起。来自松乌莫勒和内松恩的深色头发的女孩子,来自提里思尔的浅色头发的女孩子,这一切都太多了。他试图呼唤狂欢者，毕竟他也在场，但不知为什么他没法接触到任何人。离开，离开吧。约翰·科内柳森在哪儿？为什么没有一个人和他说话，即使他在呼唤他们？当他醒来时周围一片沉寂，黑黢黢的。他又一次在松恩学生城一间寓所的厨房里醒了过来。有人好心关掉了灯，所以厨房里一片漆黑。但一丝微弱的光亮从外面透进来，他明白夜已将尽，现在他看到的是三月里一个新的清晨最早的淡灰色的晨曦。他瞅到了身旁的约翰·科内柳森，他也在这里睡着了。他的脑袋趴在桌上，双手伏在两边，打着呼噜，活像个癞蛤蟆。万籁俱寂，除了他张着嘴的阵阵打鼾声。埃利亚斯·茹克拉现在完全精疲力竭了。他知道对他来讲聚会已经结束了。他疲惫不堪的身体像散了架。但他还是很高兴约翰·科内柳森把自己安顿在这里。他意识到他得到了一个真正的朋友。他推了他一下，伏在那里的约翰·科内柳森醒了。——我现在要走了，埃利亚斯说，你也走吗？约翰点点头，在他站起身以前脑袋又沉下去伏在了桌上，他又睡过去了。埃利亚斯再一次推他，——喂，我们要走了，好吗？约翰点头，果断迅速地站起来。他们来到过道，取下自己的大衣穿上。他们走出门外,此时熹微初露,空气冷冽,他们疲倦的身体打了个寒颤,下山来到一个十字路口,他们俩的路在这里分开。——再见,约翰说。——再见,埃利亚斯说。

他们走到了一起。埃利亚斯·茹克拉成了约翰·科内柳森的朋友,他们总是在一处,到处都能看到他们彼此相伴的身影。埃利亚斯在结束他的哲学基础课后,又回到了他主修的挪威语,对这门课他还没有完全生疏,即使在准备哲学课考试的时候,他也在北欧研究所的阅览室保留着自己的座位。不可否认,他很欣赏自己的朋友。诚然,他试图向他的朋友和其他人隐瞒这一点,但成功与否是个未知数。然而他并不会对自己隐瞒这一点。他清楚地意识到,自己非常钦佩这位形影不离的朋友,而且说实话,能够和约翰·科内柳森走得那么近,这让他感到十分自豪,事实上,他们近到当其他人看见埃利亚斯时,都会四处张望,看看约翰·科内柳森是否也在那里。他也确信,当约翰·科内柳森出现时,其他人也会料想到他,埃利亚斯也在近处,迅速侧目看一眼就能够确认,他就是这大名鼎鼎的约翰·科内柳森的一部分。这使他颇为高兴,虽然他十分清楚别人只把他当作约翰·科内柳森影子里的人。但不管怎样，这表明埃利亚斯·茹克拉是约翰·科内柳森的朋友，这是一个毋庸置疑的事实，这就意味着在其他人的眼里，他也并非无可取之处。埃利亚斯·茹克拉自己也常常想知道，那会是什么呢。他一定有自己的不凡之处，让约翰·科内柳森选择他而不是其他看上去更优秀的人做伙伴，譬如他们更机智、更幽默、性格上更外向，对约翰·科内柳森也表现出更开放的态度，等等等等都甚于他。那到底会是什么呢？这对他来讲是个谜，他觉得自己最好不要多想，不要深究，因为如果发现了谜底，它可能要么会消失，要么会变成无情的对立面，到那个时候，较之现下我不知内情的表现，到那个时候我也许会表现出一种完全不同的方式，或者它是某种低劣的东西，让约翰和我都不怎么讨人喜欢的东西，比如，约翰喜欢我，是因为我尽力隐藏我对他深深的钦佩之情，埃利亚斯这么想着。但尽管只是这么想想，他也感到很尴尬，当他和自己的朋友约翰·科内柳森在一起时，这种尴尬涌上心头，让他有时变得相当阴郁消沉，而约翰·科内柳森可能依然兴致勃勃。在那个时候，他们一定是很古怪的一对朋友，生活乐观向上、朝气蓬勃的约翰·科内柳森和他的搭档,那个阴郁的愁眉不展的影子。但这阴郁只是因为他试图掩饰自己对约翰·科内柳森和他做朋友的感激之情,他对他怀有如此温暖的感情,以至于当这种温暖从他内心冲刷而过,指向咖啡桌另一边他的朋友时,让他感到尴尬不安。

　　同约翰·科内柳森的友情使他变得丰富成熟。约翰·科内柳森对生活的热望与追求浩大得漫无边际,这驱使他们两人过着一种相当忙碌而美好的学生生活。学习与派对,各种讨论,对生活与快乐漫无目的的追逐。约翰·科内柳森的兴趣是多方面的,他在各种爱好之间游刃有余地转换,而埃利亚斯·茹克拉大多数时候是作为他的跟随者参与的,绝没有像他那样专注投入的激情。约翰·科内柳森轻松自如地在冰球和康德之间转换,在对广告牌的兴趣和法兰克福学派之间转换,在摇滚乐和古典音乐之间转换。音乐剧和阿尔内·诺德海姆。他会全身心投入其中,大脑疯狂转动,在同一时刻一边分析,一边呐喊。音乐,冰球,文学,电影,足球,广告,政治,溜冰。加上高山滑雪,这是他特别有兴趣的一项。二手书店和比斯勒特体育场。电影俱乐部和电视机。本质上他是个旁观者。他自己不太参加体育活动,只是作为一名观众非常狂热。他在比斯勒特体育场的观众看台上感到快乐,尤其是在约达尔·阿姆菲冰球馆里,在老城区队为数不多的狂热球迷当中。当阿尔卑斯山的大型高山滑雪赛事转播开始,出现在我们这极北之地的客厅里,他也会守在电视机前。对约翰·科内柳森来说,此时的客厅就是乌拉尼恩波格教堂旁的克若勒地下餐厅,多年以来埃利亚斯经常和他一起坐在同一张双人桌旁,保持着他们第一次见面时同样的坐姿和位置,约翰的脸正对着墙上的那台电视机,埃利亚斯则是背对着,半转过身,一边看着运动员从山坡上飞跃而下,一边听着约翰·科内柳森专业而自信的评论。让埃利亚斯·茹克拉着迷的不是约翰·科内柳森对哲学和运动都感兴趣,因为许多人都是如此,他自己也不例外;而是约翰·科内柳森没有给自己的兴趣分出高下等级,无论是在情感上还是理智上。对一场精彩的高山滑雪比赛和一部让—吕克·戈达尔的电影,他都怀着同样的热爱和赞赏,都会以同样十二万分的激情投入其中,加以评析解说。

他很少和埃利亚斯·茹克拉讨论哲学,只在

埃利亚斯想为自己的基础哲学考试寻求一些有用的建议时才偶尔为之。他也不太愿意谈论康德。可埃利亚斯·茹克拉知道人们对他的硕士学位（那还处在遥遥无期的未来）抱有怎样的期待。因此埃利亚斯常常觉得有点搞不懂他。他认为约翰·科内柳森花了那么多的时间和他耗在一起，做了那么多自己研究领域之外的事情，尤其是投入了那么多的精力与热情，这是在浪费光阴。他常常不得不承认，自己无法理解他对于生活的渴望。是什么让一个对生活如此贪婪的年轻人投身于哲学研究呢？那些对生活充满热情的人通常会选择研究哲学吗？如果是这样的话，为什么那些对生活怀有最大渴望的人，会选择人类思想作为自己的研究领域呢？而不是，比如，学习工程学？思考这个问题的时候，埃利亚斯·茹克拉突然意识到，他那些开始学习工程学的高中同学，虽然选择了一个能让他们成为实践者的专业，但并没有表现出对生活特别的追求热望。将来构建这个社会的是他们，他们让车轮滚动，让机器运转，让人们在他们的领导下，执行他们发出的命令，可以这么讲，如果不听从他们的指挥，则车轮不动，机器停转，建筑也不会建成。然而埃利亚斯随之想到，这些现在已经成为工程师的同学们，他们完全没有一丁点儿生活的欲求，仅仅是学校里的聪明学生，事实上他们完全缺乏想象力，相当墨守成规，所有的人都一样，无一例外，埃利亚斯想着。他在这些工程师们身上发现的唯一一点想象力，是他们普遍热衷于讲笑话和唱特隆赫姆学生歌舞团的滑稽小调。但约翰·科内柳森既不讲笑话，也不唱来自学生歌舞剧的小调。他只是热爱生活。他投身于对大哲学家伊曼纽尔·康德的深入研究，将自己的发现简单透露给老师和同学们，便能引起他们的殷切期望。这个青春依旧的年轻人想要将一切都揽入怀中，只要他知道松恩学生城里有聚会，就不会缺席，至少得路过那里走一遭，哪怕只有几分钟的时间，他要去看看那里发生了什么，看看自己是否错过了什么；如果有什么错过了，他甚至可以回到自己的房间，重温康德的某种解释，因为这样一来他至少知道自己错过了什么，这个夜晚还有什么样的可能性，换句话说，他天生有着强烈的好奇心，是的，在布林纳和松恩的学生圈子里，他非常喜欢八卦。这个青春依旧的年轻人也可能惊慌失措，担心因为其他事务错过西艾德球队的主场比赛（他支持西艾德,而不是瓦勒伦加)或是电视剧院里的一场荒诞剧,有一次他得知莫尔德将在阳光明媚的夏季举办一年一度的爵士音乐节,众多国际级音乐家将云集在此,于是便计划前往,而且也确实去了(做了好些准备工作,带上了帐篷和整套装备,这一次埃利亚斯·茹克拉没有一起去。他们一起乘坐丹麦船只去过三次哥本哈根的狂欢节,喝得大醉,睡在甲板上)。他的人生的根基,他作为存在的基点,来自波罗的海东普鲁士城市柯尼斯堡的十八世纪思想家伊曼纽尔·康德。埃利亚斯·茹克拉对此一直惊叹不已。在他的脑门后面,他过着一种内省的平静的生活,他这么揣摩着,我实在读不懂他。于是他一再向他问起关于他与伊曼纽尔·康德的这种沉思的生活。约翰不喜欢被这样问询,有时他会光火——埃利亚斯·茹克拉完全不管他这一套。他还是一再地盘问,而约翰·科内柳森宁愿说些其他的事,一些很快就要发生的事,或许就发生在当天的晚上。不过约翰·科内柳森时不时会谈起自己生活的根基。那时埃利亚斯就会竖起耳朵聆听,尽管他不得不承认自己所知甚少。毕竟他对伊曼纽尔·康德的了解并没有超出一个哲学初学者必须掌握的范畴,甚至要做到这一点都很辛苦。但他还是竖起了耳朵。无论如何，他明白约翰·科内柳森要受到时间和空间的制约，没有这两个概念，我们就无法思考。这是万物所能触及的极限。时间。空间。这是预先给定的条件，埃利亚斯·茹克拉心里思忖着，而约翰·科内柳森的大脑在其中撕扯挣扎。一个能够理解这一切而没有崩溃的人，难道不应该拥有一种内心的平静，表现出一种有所改观的情态吗？埃利亚斯·茹克拉满怀期待地望着约翰·科内柳森，他开朗而慷慨的朋友。但约翰·科内柳森没有回答这个问题。他对自己最终的沉思，最终的转变，还有不可剥夺的、或许是珍贵的内心的平静，全都守口如瓶。但他说他感兴趣的并非康德本身。康德是根基，但不是他在硕士论文中要追寻的内容，他的论文还有几年才能完成。他感兴趣的是所有其他哲学家，所有对康德持有立场的成千上万的哲学家。这是康德的文献，是关于康德的文献。这是现代人的档案汇编。通过对它的研究，人们真正研究的是人类思想的可能性。不需要研究其他的东西了。在有关康德的文献里，包含着二十世纪一个好奇而聪慧的人所能想象的一切问题。通过马克思和康德的关系，人便可以明了一切。只有这样,你才能理解马克思主义。关于维特根斯坦也是如此。研究一下维特根斯坦是如何理解康德的,是如何怀着全心的虔诚恭敬试图回避康德的,你就会发现维特根斯坦的秘密。约翰·科内柳森自己也试图加入这个名家云集、声名显赫的群体之中,是的,他希望的结果是,自己的硕士论题能够在时机成熟时加入这一系列人类思想的档案中。但这是个如此宏伟的目标,他不愿意把它高声讲出来,他不是那种狂妄自大的家伙,也不愿被人看作一个自命不凡的人,他不过是来自挪威东部一个铁路小镇的二十五岁的年轻人,当然没有见过真理,也许有人会这样以为,但他试图在两百多年来谦卑热忱的康德诠释者们所体悟出的巨大关联中,思考一些微小的可能性。为了实现这个目标,他需要充裕的时间。这就是为什么他的学业进展缓慢。当他遇到埃娃·琳达时,他学习哲学已有八年之久,但距离他完成硕士学业的时间还很远很远,遥遥无期。

然而在这同一时间里,埃利亚斯·茹克拉完成了自己的学业。1968年秋天,他通过了语言学考试,获得了大学学位,1969年春天,他完成了在高级中学任教必备的教育课程。他搬出了松恩的学生城，同时在雅各布街物色到一套价格相对便宜的三居室公寓，在银行贷款买了下来，尽管那时他还没有得到维持生计的工作。然而就在那个春季，他在法格博格高级中学获得了一个教职，作为一名完成了教育学等所有学科考试的教师，他将从秋季学期开始任教。约翰·科内柳森依然还是学生，跟从前一样受到所有同学的仰慕，包括男生和女生。现在他甚至成了一名学生领袖，因为一种反叛精神席卷了欧洲所有大学，约翰·科内柳森成了旗帜鲜明的马克思主义者。如我们所知，马克思是建立于康德基础之上的，因此这并没有对约翰·科内柳森的学业产生致命的影响。他一如既往地继续自己的学业。埃利亚斯也依然和他保持着牢固的友谊。他常常去学生城拜访约翰，他们一起到外面真实的世界里去探索寻求。只有一件事发生了变化，那就是约翰·科内柳森意外地坚持要给埃利亚斯·茹克拉介绍他认识的一位女士。这是件新鲜事，因为在他们的友谊中，约翰·科内柳森一直把女人的事"摒弃在外"。在他们穿越人生迷宫的共同旅途里，他不断与女人"邂逅"，在那些学生派对上，甚至不止一次与同一位年轻女性"约会"数周之久，通常是他俘获的女同学，或者是他让自己被俘获，他们在弗雷德里克学生餐厅或是其他什么地方见面，并不介意让别人看见他们在一起，但也没有把这当回事。他会带着自己的年轻女伴径直快步走到埃利亚斯面前，毫不客气地坐下来，仿佛他们三人是老朋友一样，通常几周以后她就会消失，他漫不经心地聊起她，像是谈到一个不经常见面的好朋友。但是有一天，他邀请埃利亚斯去他在松恩学生城的小公寓共进晚餐，因为他想让埃利亚斯见见他结识的一个年轻女孩子。

当埃利亚斯来到学生城时，他们已经坐在约翰·科内柳森狭小住所内的一张沙发上等候着他了。桌上铺着雪白的桌布，摆着餐盘和杯子，每一套餐具旁都配有餐巾，有种盛大节日的庄重。在这盛大节日里埃利亚斯·茹克拉和埃娃·琳达第一次相遇。在这盛大节日里埃利亚斯·茹克拉踏进了约翰·科内柳森起居的狭小房间，为沙发上的这对恋人做一个见证。她坐在约翰·科内柳森身旁，起身与埃利亚斯·茹克拉握手致意，他注意到她给了他一个"额外"温暖（可能意味着一种恳求）的握手。这对新人似乎有点焦虑，约翰·科内柳森却仍然同以往那样满怀期待。他完全有理由如此。这位年轻女士美得近乎不真实。与她同处一室,而且是如此狭小的、几乎机舱一样的房间里,会有一种妙不可言的奇异感。他以为她会去厨房里准备食物然后端上来,但去做这些的是约翰,他消失去弄吃的了。一切都提前备好了,所以他离开的时间并不长。但就在这短暂的时间里,他和她单独在一起。他期期艾艾地问她现在在做什么。她说她在准备大学预考。啊,当然是这样,埃利亚斯·茹克拉说,我应当想到的。她莞尔一笑,对他这颇为愚蠢的感叹没有流露出一丁点儿的惊讶。她可能猜到了他的想法,这太简单了,就像二乘二等于四一样,埃利亚斯·茹克拉稍加思索便会猜到她是约翰·科内柳森的学生。作为一名有天赋的哲学硕士生,他多年来一直通过为参加预科考试的学生讲授哲学获取可喜的额外收入。课表上写的是:哲学系硕士研究生约翰·科内柳森,回顾解决问题的特殊逻辑方法。他的名字也列在那些大学讲师和教授之间。她笑的时候没有直接望着他的眼睛,而是朝向一旁,对着窗户谨慎地笑了笑。因为约翰此时不在屋内,埃利亚斯想道。他喜欢她这一点。约翰端着食物进来了,浇了蛋黄酱汁的牛排,这是他亲手做的。还有法国博若莱红酒。这是第一次（也是最后一次）埃利亚斯应邀到约翰·科内柳森的学生住所来共进晚餐。他们举杯共庆，美得令人无言的埃娃·琳达也举起酒杯，朝着埃利亚斯抿了一小口，带着一点出于一种礼节性的意味，再朝向身边的约翰抿了一口，是那么、那么地接近。晚餐。这就是约翰·科内柳森邀约的晚餐了。美得难以形容的埃娃·琳达进餐的时候是那样安静，简直令人觉不出她的存在，埃利亚斯几乎要屏住呼吸，不敢吞咽，因为他害怕自己的嘴里会发出声音，更不用说他咀嚼食物时那种无声的专心致志，生怕冒犯坐在对面沙发上约翰·科内柳森身旁的这位端庄优雅的美人，这是他自己的选择，他甘愿如此。约翰·科内柳森一定感受到了晚餐时房间里令人窒息的沉默，于是他开始说话，但他挑选讲话的对象不是埃娃——因为这会让她受人注目——而是作为朋友的他。他开始和他的朋友交谈，谈话的基点就是他们通常说的那些话题。埃利亚斯明白自己的行为应该完全跟以前一样，应该像埃娃不在场一样对待约翰。他们要像从前在一起交谈一样交谈。约翰·科内柳森兴高采烈地打开了话匣子，语气坚定，恳切万分。自然点，埃利亚斯！别为埃娃·琳达费心了，跟我谈一谈，你的朋友约翰！一切都跟从前一样，唯一的新变化是埃娃·琳达在场，美丽而柔弱的埃娃·琳达，埃利亚斯明白约翰试图这样告诉他。两个老朋友聊了起来，他们谈到以前聊过上千次的那些事情，埃娃·琳达坐在一旁静静地听着。

这个晚上就是这样度过的。两个朋友坐在那里一起交谈，关于政治、共同的朋友的八卦、体育赛事的结果、世界各地的新闻，还有关于未来世界在哪里，会是什么样的形式，带来什么信息，等等等等。约翰·科内柳森兴高采烈，热情洋溢（尤其现在他是一个充满反叛精神的马克思主义者）。埃利亚斯更多是持怀疑态度，是的，时不时还有点迟钝，充其量只是表现出一种干巴巴的幽默感（他希望是这个效果）。像从前许多次一样。约翰坐在沙发上，埃利亚斯坐在房间里的一张扶手椅上。但在沙发上约翰的旁边，是他选中的埃娃·琳达。当埃利亚斯说出几句干巴巴的幽默话的时候（这是他的强项），她那张难以描绘的美丽的脸庞上就会闪过一丝笑意，给出一种适度的积极反馈，埃利亚斯发现自己很难假装没有受到这位美丽绝伦的女士影响。他从未和一个这么漂亮的女人共处一室！在某种程度上，他觉得自己是个不速之客，随着时间流逝，他好几次想起身告辞，说谢谢今晚的款待，好让这对恋人有单独相处的时间，理应如此。但约翰·科内柳森请他留下来。于是埃利亚斯·茹克拉留下了，他当然不能说他是替埃娃·琳达着想。她现在无疑渴望同约翰单独相处，整个晚上她就这样坐在那里旁听，一定早就感到厌倦了，她可能只盼望着时间快点过去，他们能够独处。而他，埃利亚斯，占据了她的时间。出于对她的考虑他想离开，但他不可能这样说，这对她来讲不太礼貌。另外，埃娃·琳达看上去也是一副欢欢喜喜的样子。看着这两个朋友继续聊天，她似乎也处于安宁平静的状态。最后她踢掉鞋子，蜷着腿坐在沙发上。她没有向约翰靠过去，而仍旧是坐在他的身边。但她投向他的目光，她注视着他的方式，她对他含笑的样子，让埃利亚斯·茹克拉不得不垂下眼帘，内心触动，她竟然可以向一个凡俗之人投去这样的目光。有一次她抚摸着约翰·科内柳森的一只衣袖，掸去了上面的一些灰尘，可能是烟灰或类似的东西。这一摸一掸的动作使得埃利亚斯·茹克拉明白，这位美丽得几乎难以言述的埃娃·琳达已经把自己的整个心完全交给了约翰·科内柳森，这一现实的庄严与神圣让他内心五味杂陈，不得不再次把目光移开。

午夜之后，约翰·科内柳森才接受了埃利亚斯·茹克拉的告辞，他想应该把时间留给这对恋人。他从扶手椅上站起来，说时间不早了，第二天还要早起，今晚最好别再喝了。约翰·科内柳森和他的埃娃·琳达也从沙发上站了起来，他们一起把他送到了公共的门厅那里。约翰和埃利亚斯交换了几句愉快的、私密的话语，除了他们自己以外别人都听不懂他们在说些什么，埃娃·琳达向他伸出手来告别。一个坚定结实的握手，但不再带有"额外的"（恳请）意味，就像几小时前他们第一次见面时那个握手一样。他很高兴她能这样做。过了一会儿他沿着松恩路离开了学生城，朝雅各布街上自己的寓所走去。他满怀感伤地想，自己的青春已经无可挽回地结束了，是该考虑安定下来的时候了。他尝到了孤独的滋味，尽管约翰·科内柳森在自己的幸福中一直表现得非常慷慨，整个晚上都在间接地告诉他，或者说，向他，还有她保证，他们之间的友谊对他来讲弥足珍贵，不可替代，即使爱情以及爱情的对象也无法对此产生妨碍；而是恰恰相反，约翰·科内柳森说，是他的爱的对象必须融入这友谊。约翰·科内柳森不时流露出的这种宽宏大量深深地打动了他，但他清楚这只是一种愿望，而不是现实，因为像埃娃·琳达这样的女人作为爱的对象，所以他，埃利亚斯·茹克拉也明白，对她的爱慕一定会耗尽约翰·科内柳森所有的时间，因为这种爱慕正在约翰·科内柳森的心中燃烧着，假如他不能频繁地、不断地靠近她，看见她，触碰她，这激情的火焰就会将他一口吞噬，埃利亚斯·茹克拉想道。

约翰·科内柳森的那种间接保证，虽然也许不切实际，仍然让他为之深深感动，觉得自己应当有所回报。因此，他一直无法平静下来，直到第二天通过电话（经过多次尝试）联系上约翰·科内柳森。他一整天都在拨打走道上的公用电话，他在松恩学生城集体宿舍住过，知道那个公用电话，但每次接电话的人都告诉他，约翰不在，埃利亚斯能听到他去约翰·科内柳森门前敲门的声音。直到傍晚他才成功联系上他。然后他没有寒暄，直截了当地说，多么优雅美妙的女人。我嫉妒你，你得好好珍惜她。我觉得你应该和她结婚。

约翰·科内柳森沉默不语了。接着埃利亚斯听到他笑了起来,带着一点窘迫,但这种窘迫是因为他很快乐。"是吗,是吗,嘿嘿嘿……""是的,就为这个给你打电话。再见。""好,再见。"埃利亚斯放下了话筒。

他再次见到约翰·科内柳森已经是几个月以后的事了。那是初秋季节,他给他打来电话,邀请他来参加一项义务劳动,翻新格隆德的一套三居室公寓。埃利亚斯按时到了那个地方,一同出现的还有约翰的十到十二个朋友。这是一间狭窄破旧、年久失修的小公寓。约翰·科内柳森的朋友们给它进行了翻新。他们抹墙,刷漆,贴墙纸,铺地板。材料一样样地运来,显然都是约翰私下安排的。约翰·科内柳森自己是整个计划的核心组织者。他打了个响指,一眨眼的工夫,一所明亮、美观、现代化的时尚三居室赫然出现在格隆德的住宅区。埃娃·琳达将要搬进来。她还什么都不知道,当天晚上他要和她在市中心碰面,然后带她来这里。两天之后,约翰·科内柳森的十二个朋友又有了另一项任务。这次是搬家。他们先是去松恩学生城取了一些物品,又到埃娃·琳达在卡尔·邦纳尔的住处(埃娃人不在)取她的东西,然后开车前往格隆德。他们把所有的东西都搬上去,然后由不知来自哪里的五花八门的各种货车运来了沙发、冰箱、炉灶、电视机、桌椅、窗帘、灯具,等等等等。他们帮忙把所有这些东西都搬上去,安置好,书放在书架上,衣服挂在衣橱里,甚至窗帘也挂好了。到了傍晚,整个公寓已经焕然一新,可以入住了。然后他们离开了,因为埃娃·琳达随时会来。一周以后办了一场乔迁派对。他们所有人终于看到了埃娃·琳达。她站在门厅里欢迎他们,埃利亚斯·茹克拉(和其他所有同伴们)都觉得她美得难以描述,就像他第一次见到她的时候一样。

约翰·科内柳森和埃娃·琳达搬到了一起,在格隆德一栋塔楼的三居室公寓。那是1969年春天。他们在1970年新年结婚,同年晚些时候他们的小女儿卡米拉出生了。1972年,约翰·科内柳森获得了哲学硕士学位,他的论文题目是关于马克思与康德的关系。因为种种原因他最终未能谋到一个职位,这样一来他们的经济状况可以说是很糟糕了。1976年,约翰·科内柳森显然是受够了,他离开了格隆德的三居室公寓,离开了依旧美丽动人的妻子和他们六岁的女儿卡米拉,再也没有回来。作为约翰·科内柳森的密友,埃利亚斯·茹克拉在此期间一直是他们家的常客。他接到约翰从伏沃勒布机场打来的电话。约翰告诉他,他要抛开这里的一切,现在他手里拿着一张去往纽约的机票,八小时以后他将抵达美国,去寻求一个完全不一样的未来,这一次跟哲学没关系。

尽管这是个令人震惊的消息,但当时埃利亚斯并不感到意外。对约翰·科内柳森来说,一切都陷入了停滞,从他给埃利亚斯的临别赠言里就可以看出来。埃利亚斯完全没了主意,他镇定下来,最后一次收束理智,说:那埃娃呢……还有卡米拉?约翰·科内柳森简短地说:你替我照看她们好了,然后挂断了电话。埃利亚斯完全慌了神,不知该怎么办,同时也清楚地意识到,这句话是一种惯用的套路。约翰到底是怎么了?

至少1970年,他们在格隆德还是团圆幸福的一家,埃娃和约翰,还有刚出生的卡米拉。1972年约翰取得了哲学硕士学位,不出所料,受到了哲学系的广泛推崇。但之后什么事也没有发生。约翰·科内柳森无处可去,哲学系里没有职位空缺。他本可以获得一笔人人梦寐以求的巨额奖学金,德国的一所大学,大家都劝他去申请,但他始终没有去。现实问题很难解决,他说,因为如果埃娃和卡米拉跟着一起去,奖学金就太少了,如果他单独一人去,那得离开一年,或许是两年,不,这不行。于是他最终还是留在了家里,做半职研究员,可以获得项目资助资金的一半,同时为哲学预考生授课。所有工作时间加起来,再加上他也到孔斯贝格、诺图登、希恩、通思贝格和福勒迪里克斯塔的大学授课和举办讲座,他有了一笔年收入对付家用,但也仅此而已。至于埃娃,她接受教育的水平完全是随机的。她的学业成果寥寥,最后找了一份办公室女职员的工作,约翰忙于硕士论文时,她是全职工作,之后大多是兼职。在慷慨而光鲜的表象下,他们的生活相当拮据,一直都很拮据,即使在幸福感可以说是最为高涨的 1970 年也是如此。

作为他们家庭的朋友,特别是约翰的朋友,埃利亚斯和他们一直都很亲近。约翰会直接打电话给他,邀请他去格隆德做客。埃利亚斯·茹克拉去了。他先乘电车从马尤斯图阿区到国家大剧院,再乘地铁从国家大剧院沿着卡尔·约翰大道一路来到铁路广场,从那里乘地铁去格隆德,进入一栋高高的塔楼,乘电梯到第九层,他们在那儿等候着他。对他来说，他们几乎是完全不分彼此的一家人。他们一起进餐，一起散步，一起照顾婴儿（当然，只是作为一个感兴趣的旁观者）。他还跟他们一起，或是跟两人一起，或是跟其中的一位，去超市购物，并坚持主张要付一半的账单，作为回报，他也会干涉买什么东西。他也在他们家留宿过，就睡在客厅的沙发上。冬天他们一起去丽路原野滑雪，埃娃，约翰（拖着坐在雪橇上的小卡米拉），还有埃利亚斯·茹克拉。埃娃的美丽惊艳夺目，当她在人前滑过去时，那些男性滑雪者会立刻停下，望着她的背影目瞪口呆。他们三人都装作若无其事的样子，但有时约翰还是没忍住大笑起来，于是三人都笑了，笑得有些无奈。但埃利亚斯的笑声里并不是真正的无奈，因为他自己也被埃娃那出奇的美弄得心神不定。他和她并肩走着，约翰拖着雪橇走在前面。她留意着不让小卡米拉被太阳光刺到眼睛，埃利亚斯·茹克拉也一起照看着她，两人一边走一边聊着天。他喜欢她讲话的那种方式，当她说话的时候，在声带深处的某个地方，有一种他从未听过的、隐晦的语调，他不知道如何描述。这个美妙的女子口里搜寻着词语，咀嚼着它们，仿佛是一种玩味自问，同时也在问别人，尤其是和她走在一起的埃利亚斯·茹克拉（约翰拖着雪橇走在前面，小女孩坐在雪橇上）：那我可以这样说吗？她时不时会因为他说的话笑起来，显得非常的快乐，他真喜欢她这时候的样子。但他不能说他"了解"她。不，他不能这样说，他对她知之甚少，或者说根本不了解她，但他依旧感觉到他跟她是那样的亲近，就像朋友一样。尤其是在这种时候，拖着雪橇的约翰、埃娃和他，埃利亚斯·茹克拉，三个人一起在丽路原野上从那些男人面前滑过，他们目瞪口呆地盯着她的背影。他觉得她就像是一尊美的女神，必须要受到呵护，也包括他，约翰的朋友的呵护。她的一颦一笑，举手投足，都让他心折。他需要非常谨慎当心说错话，比如用太多词汇来描述她，因为他怀疑这非但取悦不了她，反而会惹她生气，甚至因此而非常讨厌他，或许更严重，她会私下向约翰·科内柳森说他的不是。因此面对她时他相当谨慎，不敢过分接近，唯恐冒犯到她。他就是怀着这样的心思和她聊天的，更多的是试图逗她开心，而不是去了解她。在他内心深处，埃娃·琳达的美貌是与睡眠相关的。当她如丽路原野那次滑雪时一般，举手投足间展露自己的美艳,她的容貌就从睡梦中清晰浮现出来,同时又带着几分冷漠,显然这是她真实情绪的表露,因为她不喜欢被人评头论足。所以约翰对那些追随着她的目光发出无奈的笑声,而他,埃利亚斯,也尽可能跟着一起笑起来,这是正确的,是的,尊重女性,一种骑士精神。但他很清楚,她的美貌的归宿是沉睡之时。也许是因为他经常在他们格隆德的公寓里,看到她在卧室熟睡的样子。他与埃娃·琳达和约翰·科内柳森的来往是基于这样一个事实:他是约翰·科内柳森的朋友,他单身汉时期的朋友。那时他们的共同活动常常是一起痛饮狂欢,风雨无阻,他们的友谊依然包括痛饮狂欢,虽然程度大不如前。约翰和埃利亚斯常常在城里碰头。酒馆打烊之后,他也常常邀请埃利亚斯去格隆德的家中继续聊天。埃娃在一扇正对着客厅的紧闭的门后沉睡,约翰和埃利亚斯还在一起讨论、交谈,总体而言,还是关于人生(哲学、文学、艺术、政治等等,常常还对照他们自己的生活)。埃利亚斯·茹克拉通常在客厅的沙发上过夜,第二天一大早乘电车回城,接着赶到法格博格去上他的第一堂课。在他匆忙离开之前,约翰和小卡米拉已经起床,埃娃还在睡。她的美容觉，他这样猜想。所以每次他真正见到她时，比如星期天他们一起去丽路原野滑雪的时候，他总会想到埃娃睡卧的模样。她柔嫩光洁的面容被睡梦安抚，含着一种安宁和满足，她是一个天生的睡美人。尽管他从来没有见过她睡觉时的样子，只知道她躺在面对着客厅的那扇关着的卧室门背后。那块长方形木板与墙壁明显区别开来，门把手在中偏下一点儿的地方，朝向左边，每当他们像这样在格隆德一栋高楼九层的公寓里坐到深夜时，约翰·科内柳森总会按下门把手，进去至少一次，轻轻关上门，很快又出来，什么话也没说。啊，约翰·科内柳森美得难以形容的女人。约翰·科内柳森和埃利亚斯·茹克拉坐在客厅里。约翰·科内柳森走到窗前向外张望。下面是万家灯火。四车道的高速公路上灯光明亮，深夜里一辆车也没有。哲学家约翰·科内柳森教导了埃利亚斯·茹克拉很多东西。约翰·科内柳森进行了阐述，埃利亚斯·茹克拉提出了反驳，发表了一通干巴巴的评论，试图对约翰·科内柳森所有深刻的思想和观点表现出一种健康的怀疑态度。他们讲话时尽量压低嗓音，但他们时不时地会激动起来，于是其中的一个得截住另一个人的话,向他嘘一声。但有一次埃利亚斯像这样对约翰·科内柳森嘘了一声时,他说:没这必要。反正她也没睡,她假装睡了,其实躺在那儿听着呢。我们以为她睡着了,但她能复述我们的对话,我才发现的。这件事给埃利亚斯·茹克拉留下了相当深刻的印象,自此以后每当他在格隆德和约翰一起,喝酒聊天直到深夜时,他就会想到她躺在那道门的后面,沉陷在睡梦里,轻柔的梦包裹着她,而她在聆听。他心里充满了思念的忧伤,因为这个女人躺在那里,在睡眠的氛围里聆听着她的丈夫和朋友的声音,这声音在她似睡非睡的意识中高低起伏,让埃利亚斯·茹克拉想到了自己孑然一身的处境。那应该是1974年,约翰·科内柳森突然说出他年轻的妻子在睡眠中聆听的事,埃利亚斯·茹克拉那时是个三十四岁的单身汉,早已放弃了寻找人生伴侣的念头。实际上这对他来说也不是很重要,他喜欢一个人生活。他总是在女人面前退缩(在他向她们提出约会的请求并送她们回家之后,通常来讲这会是男人亲近女人的时机,埃利亚斯却反其道而行之,他向对方伸出手来,为这个美好的夜晚感谢她们的陪伴,这是很绅士的做法,但每每在他回到家后才会发现,那位年轻的女士对此感到失望),理由之一是他害怕迷失自我,要与一个完全陌生的女人分享一切,让他心里涌起一种窒息感,一种深深的束缚感,这种感觉如此强烈,以至于他决定做个单身汉,独自生活,这对他是最合适的。但他时不时地也会感到悲哀,有种空落落的感觉,这不仅让他在别人和自己的眼里像个可怜虫,而且也使他成了一个不完整的人,因为在三十四岁的年纪,他的生活里已失去了对"另一半"的追求。现在他就这样坐在格隆德一栋高楼的第九层,在朋友的寓所里,和他的朋友一起,心知自己是个不完整的人,也不可能成为一个完整的人,悲伤完全淹没了他,同时他也知道,约翰·科内柳森的女人就在那扇门后,她使得他成了一个完整的人,她在睡意蒙眬中聆听着丈夫(和他们的朋友)的声音,而我,他想,我以这样的方式潜入了她的沉睡,就像我是约翰·科内柳森的影子一样。这个想法并不让他感到痛苦,因为这只是对于事实的确认罢了,毕竟他当时的生活状况就是如此,而且大体上,埃利亚斯·茹克拉认为,1974年的时候,他的生活丰富而充实,公平地说,是一个人所能期待的那样一种生活,充满意义的工作,充分的人格自由，对生活以及生活所定义的个人的限制与范围怀着理性的好奇，尤其是社会视角下的生活。过不了一会儿，他就会接过约翰·科内柳森递给他的床单、被子和枕头，开始在沙发上铺床，准备像以往一样过夜；约翰·科内柳森则在寓所里窸窸窣窣地走来走去，关灯，检查开关，然后无声地消失在卧室里，到他依然迷人的妻子埃娃·琳达身边去了。

这就是星运所定了。1974年约翰透露了埃娃·琳达会听他们谈话之后，他们就开始用另一种语言形式对话了。埃利亚斯·茹克拉爱恋埃娃·琳达吗？他躺在她和约翰·科内柳森卧室门外的沙发上，这七年里他是在等待她吗？不，埃利亚斯可以凭良心说并非如此，这简直令人难以想象。他被她吸引，这个他承认，但他首先是把她当作约翰·科内柳森的女人。她个人对他来讲没有任何价值，这不仅是禁忌，而且完全不可思议。他当时对她产生了难以置信的爱吗？埃利亚斯不排除这种可能性。如果这是真的，那就可以解释，为什么他会在某些时候感到内心的一种刺痛，比如悲伤，是的，就像那种哀愁，还有一种兴奋的状态，就像约翰·科内柳森透露说埃娃躺在那扇关着的门背后听他们讲话时一样。从1969年到1976年，从二十八岁到三十六岁，埃利亚斯·茹克拉在法格博格高级中学谋得一席教职，怀着极高的期待开始了自己的职业生涯，也在雅各布街购置了自己的寓所安顿下来，同时有些懒心无肠地试着寻找一位人生伴侣，特别是在法格博格学校的年轻同事中寻觅，也不排除其他学校。闲暇时和学生时代的老友相聚，培养并维持着与约翰·科内柳森尤其亲密的友谊，与此同时他对埃娃·琳达怀着难以言述的爱恋，为此备受煎熬，控制不了自己的脚步。——这并非绝无可能。即便如此，这秘密爱情的蛛丝马迹也已不复存在，除了在这漫长的七年里偶尔出现的短暂悸动。还有一个地理位置的衡量也相当奇怪：埃利亚斯·茹克拉和约翰·科内柳森在城里会面交谈，言犹未尽时会换个地方继续，但他们没有选择去雅各布街，而是去了偏远的格隆德，距离奥斯陆市中心和众多餐馆有一英里之远，作为教师，埃利亚斯·茹克拉次日一大早就得从那里匆匆动身，好赶上第一节课。而如果他们选择在雅各布街留宿，约翰·科内柳森可以轻松一点，因为第二天清晨无需过于匆忙。但约翰坚持他们要到他那里去，理由是第二天早上他要照顾醒来的卡米拉（好让埃娃继续睡），所以他必须回家。也就是说，如果他俩还想继续聊，那就只能到他家里去。所以并不是沉睡的埃娃诱惑他来到了格隆德——难以解释地走上这么一遭——而是约翰·科内柳森的陪伴。尽管如此，埃利亚斯·茹克拉还是无法排除这一可能：他一直在经受着对于埃娃·琳达不可思议的爱的煎熬，而即便如此，他也从未有过唐突的举止，如果不是发生了一些他无法控制的事情，造成一种全新的局面，那么他终其一生，直到这一切被写下来的今天，也就是此刻，可能丝毫不会怀疑自己正在遭受一种无望之爱的折磨，其源头正是渐趋迟暮的美人埃娃·琳达·科内柳森。

1974 年，埃利亚斯·茹克拉觉出了这种悸动，想到埃娃·琳达就在那扇门后，睡意蒙眬地聆听着，他便感到一阵焦灼不安的刺痛，以及随之而来的渴念。然而在那个时候，约翰·科内柳森无意识地做了一个决定，让埃利亚斯·茹克拉那无望的爱变得可以想象。证明这一点的是他做了一个奇怪的决定，即放弃申请那笔丰厚的奖学金，这笔奖学金原本可供他和家人在海德堡大学学习两年的时间。他的理由是负担不起他的整个家庭，而他又不想独自前往。所以，因为顾及家庭，他放弃了申请（大家都敦促他申请），埃利亚斯和许多其他人都对这一决定难以置信，以约翰·科内柳森在海德堡大学的经济条件，这个小小家庭应该不会有特别大的问题。而这个让大家意外的决定也指向其他一些东西，一些影响更为深远和严肃的东西：通过这一决定，约翰·科内柳森郑重宣布，他将不再全心全意地投身于哲学研究。通过这一决定，约翰·科内柳森（向那些期望如此的人，但当时没有人如此期待）表示，他将不再为在伟大的人类思想档案中占有一席之地而奉献自己的一生。曾几何时，他曾断言，关于伊曼纽尔·康德的文献就是人类思想档案的汇总。约翰·科内柳森一定是思想根基出了什么岔子。

他于1972年毕业并获得哲学硕士学位，时年三十岁。结婚成家之后，他关于康德和马克思关系的论文进度加快了。论文完成后他非常高兴，让埃利亚斯在他提交评估之前先阅读论文。埃利亚斯为此感到十分荣幸，他读了那篇论文，虽然他完全没资格这样做。他被约翰·科内柳森气势磅礴的思想惊呆了。与此同时他的心里也悄然冒出一丝疑虑,却又犹豫着不知道是否该表达出来。约翰在论文中从康德到马克思的转换,是否像约翰在与他(及其他人)的谈话中所表达的那么顺利呢?尽管埃利亚斯·茹克拉没有资格和能力对这篇论文进行评估,但他想知道它的基础是否有些不明确。毕竟这是约翰·科内柳森一直雄心勃勃要进入的领域:康德文化,但埃利亚斯仍然觉得,这篇论文究竟是基于一个康德主义者的观点,还是马克思主义者的观点,这一点似乎并不明确。约翰·科内柳森这篇论文里要阐述的核心问题,到底是康德文化(即马克思与康德的渊源)还是解放意识形态的马克思主义?埃利亚斯·茹克拉难以确定,他感到很困惑,但正如前面所说,他在犹豫是否要表达这种怀疑,既因为他没有能力和资格产生这种怀疑,也因为他害怕伤害他的朋友。即使这种怀疑是一个不合格的评判者产生的,考虑到约翰·科内柳森眼下的境况,也可能会造成伤害。然而约翰·科内柳森本人毫不怀疑自己是一个马克思主义者,当然,他不再是学生领袖,也没再参加其他任何形式的政治活动,但他坚持认为,他从根本上是一个马克思主义者。无论如何,他的硕士论文在布林顿哲学系顺利通过,反响热烈，哲学硕士约翰·科内柳森的未来一片光明。两年后他有机会申请海德堡大学的巨额奖学金，但后来他拒绝了。为什么？

难道他抱有不合格的论文读者埃利亚斯·茹克拉阅读论文时产生的类似的疑虑？还是说他是因为担心自己最终还是会被拒，索性不去申请？来自哲学系最高权威的这一邀请里是否含有某种保留，而约翰·科内柳森察觉到了？他的硕士论文所激发的热烈反响难道不是一种暗示吗？埃利亚斯·茹克拉出席了约翰·科内柳森的学术评判讲座，也参加了之后的欢庆活动，他意识到，虽然只是隐隐约约地勉强意识到，人们对约翰·科内柳森的敬意里掺杂着一丝紧张。看上去所有人对这场期待已久的盛会都很关心，但是真正热情的是追随约翰·科内柳森的学生们，他们给庆祝仪式带来了绝对必要的刺激，但他们把这场活动看作是马克思主义学说的政治宣传，约翰·科内柳森的论文则与马克思主义的小册子无异。约翰·科内柳森已经沉溺于马克思主义之中了。埃利亚斯·茹克拉事后回忆起那次庆祝活动时，也无法以其他形式来看待。难道他现在无法像以前那样，怀着理性的热情去理解马克思主义，就像他曾经梦想加入康德学说的阐释者的行列一样？他是个马克思主义者，这一点毋庸置疑，但马克思主义能否给他带来同样的满足感，同样持续不断的快乐，让他能够感受到突破思想界限的喜悦？就像他曾经在心中立下一个宏伟而远大的计划，想要跻身于那些将自己视为康德阐释者的众多重要哲学家之列时所感受到的一样？埃利亚斯·茹克拉对此感到疑惑，并且他更想知道约翰·科内柳森是否有同样的疑惑，换句话说，他是否从未想过这个问题，而且理所当然地否定了它，但却依然在他内心深处留下一种无声的失望。要回到他早年学生时期的思想是不可能的，因为他认为马克思历史唯物主义的根基是不言自明的，所以他被马克思主义所困，甚至在思想上也是如此，马克思主义无法给他提供足够的沉思的满足感，埃利亚斯·茹克拉想。那时在格隆德那栋塔楼九层狭窄的三居室里，他与埃利亚斯·茹克拉夜间长谈，约翰·科内柳森主要用马克思主义作为解析资本主义的方法。随着时间推移，约翰·科内柳森很少再提起作为自由解放工具的马克思主义。他慢慢地避免使用如工人阶级这样的词汇，这让埃利亚斯·茹克拉松了一口气。另外，他也并非不曾从中受益,与约翰·科内柳森的谈话让埃利亚斯·茹克拉获益良多,他可以在法格博格学校授课时借鉴它们,无论是挪威语课还是历史课,坐在教室讲桌的后面,他注意到了课堂上学生们的话语与哲学硕士科内柳森先生的语言如出一辙。不,正是马克思主义在理解我们这个地区占主导地位的社会制度方面的优越性才让他着迷。于是他不再只思考那些外部因素,如阶级关系、权力结构等,马克思主义首先是一种工具,可以用来理解深受资本主义影响的人们内心的梦想、期待与失望,还有隐秘的渴念。约翰·科内柳森对广告非常感兴趣,包括文字和画面,从埃利亚斯认识他的时候起就一直如此,以此为起点,他向马克思主义的转变和他对马克思主义所体现的世界更深入的理解完美融合在一起。1960年代中期的时候,埃利亚斯就对约翰·科内柳森与广告的关系大为惊奇,譬如那次他们在极富艺术格调的格里姆勒电影院。电影放映前的广告片总是让人们哈哈大笑。埃利亚斯通常也跟着一起笑,而他身旁的约翰·科内柳森坐在黑暗里,在周围爆发出的哄堂大笑声中,独自欣赏着广告画面,感悟铭记。他仿佛觉得广告是我们这个时代艺术的一种表达方式。确实如此,后来他公开这样说。广告画面比画廊里的艺术品更能反映我们的时代,他断言。后来,作为一个叛逆的马克思主义者,他做了更进一步的阐释。画廊里的艺术迎合的是都市里的富裕阶层的口味。广告——或者说商业艺术,他这样称呼它——则用尽一切手段迎合同样身在城市里的广大民众的爱好。如此令人着迷。他说,这是一个理解问题,正是这种令人着迷的魅力将我们拽向资本主义的黑暗,从理性的角度,我们都能理解它们是充满魅惑的、亮闪闪的、华而不实的玩意,如果你睁开眼睛去看,资本主义也同样如此。闪亮、璀璨、耀眼,任何一座大都市都是这样。是的,1975年12月初,他去墨西哥城(Ciudad de Mexico,他用西班牙语称呼它)参加了一个大型的国际哲学研讨会后,对这个问题更加着迷。那时他目睹了大批贫困民众如何为城里人的生活所蛊惑,涌进这个大都市。他们离开灰暗贫穷的农村,来到大都市郊区绝望的贫民窟,却再也不愿离开。他们原本可以在家乡生活得更好,但他们还是来到城市里,死死抓住不肯松手。为什么?因为那种令人着迷的魅力。与那些豪车、电视节目、豪华餐厅、车流、电影院的广告灯牌、彩票，还有高墙后配有武装警卫的豪宅与时共在的魅力。饥饿会啃啮你的肠胃，但同时出现的电视节目可能会让你忘却饥饿。梦想可以解除干渴。梦想使人满足！他曾在格隆德狭窄的三居室公寓里这样突然高喊，声音太大，让埃利亚斯接连向他嘘了两声，当两人之一为强调自己的观点，不小心提高嗓音时，另一个人常常这样发出嘘声，作为提醒。

从这个意义上说，从墨西哥的国际哲学研讨会归来五个月后，约翰·科内柳森在奥斯陆郊外的伏沃勒布机场给埃利亚斯·茹克拉打来电话，说他要去纽约，不会再回来了。约翰告诉他说，他将要为资本主义效力了（一种自嘲，或可称之为反讽）。埃利亚斯·茹克拉并没有感到惊讶。他毫不怀疑约翰·科内柳森仍然是一个马克思主义者，而他又能做些什么呢？毕竟，他拥有独特的洞察力，也就是马克思主义，这赋予了他卓越的天赋和才能来诠释人们在这个社会里曾经怀有的梦想。只有通过为资本主义效力，他的聪明才智才能真正得以发挥，因为资本主义是唯一能够利用这些梦想的东西，尤其是利用这些对梦想的诠释者。马克思主义本身的教育性质及其道德伦理观念，与这种能力的使用是相互冲突的。约翰·科内柳森说他已经在纽约找到了一份理想的工作。是在一家规模很大的咨询公司，对各种商业投资意向做评估，一些规模很大的电影公司、广告公司，图书出版商和唱片公司都是他们的客户。他会变成有钱人，他说，带着一种显而易见的幼稚。埃利亚斯·茹克拉衷心地希望他能如愿以偿，成为一个有钱人，虽然他也感到一种莫名的失望，是的，一种被欺骗的感觉。约翰永远离开了，而他事先对此只字不提。约翰现在是美国的一名哲学顾问，一个解梦师，他跟他提起埃娃（和卡米拉）的时候，才意识到她们并不属于约翰崭新的未来，直到这时他才感到震惊。尤其是当他听到约翰说：你替我照看她们吧，他当时将这句话理解成一种讽刺，既伤人又费解。

这一切早有计划。套路很明显，至少从1974年开始，约翰肯定已经在潜意识里计划着放弃哲学研究，在墨西哥那次国际哲学研讨会上，他一定建立了人脉，让这一计划的实施有了可能。五个月前他就知道自己将永远离开他们了。他一个字也没向埃利亚斯透露。他跟埃娃说过吗，什么时候？当然他必须告诉埃娃，但在什么时候呢？

他们俩知道多久了？知道此事后她做了些什么？他对此一无所知，当他晚些时候去摁响格隆德那栋塔楼第九层公寓的门铃时，这个女人再也没有提起约翰·科内柳森的名字，也不再谈及此人。但他为什么要离开她？埃利亚斯无从得知，即使他们俩还生活在一起的时候，也从没有让他介入过两人之间必然有过的分歧。他唯一能够确定的是：约翰·科内柳森离开了埃娃，不仅仅是埃娃，还有这世上他最为珍爱的六岁的女儿。既然他离开了她们，那一定是因为他的爱已经死了。他的爱死了，即使他珍爱他们共同的孩子胜过世界上的一切，这也不足以让他决定带着孩子一起去美国，因为这样一来他还得带上孩子的母亲，而他的爱已经死了。这爱情消亡有多久了？约翰·科内柳森逝去的爱，有多久了？他从墨西哥城回来，为实现这一飞跃拓展了关键性人脉的时候，这爱就已经死了。他计划了五个月，紧闭着的卧室门后是他死去的爱情，在夜晚，独自一人，或是同埃利亚斯·茹克拉在一起（只字未提），或是同其他的朋友在一起（同样只字未提，只是绞尽脑汁地思考）。为什么，为什么？爱已经死了。但他对埃娃·琳达的爱怎么可能会死呢？

还有,在他挂断电话之前,作为朋友之间的最后一句话,为什么要嘲讽他呢?埃利亚斯对此十分不解,在之后的许多年里也一直没有想明白。因为他必须处理约翰·科内柳森这突如其来的最后的离去,尽管他没有任何人可以倾诉。为什么这嘲弄般的话一出口,他就立刻挂断了电话?为什么要以这么不近人情的方式结束多年来的友谊?他时不时会想到,也许那根本不是嘲讽,而是一种天真的、有点不知所措的愿望的表达,随后约翰就在尴尬和迷茫中挂断了电话。也或许是因为去伦敦(在此转机飞往纽约)的飞机刚刚最后一次发布登机广播,他要赶紧跑去赶飞机。是的,在接下来的许多年里,埃利亚斯时常这样遐想,但不管他怎样发挥想象力,约翰·科内柳森临别时的话语依然让他百思不得其解。他一次又一次地仔细回想约翰在挪威度过的最后五个月,以及那段时间他们之间的对话,不管是他们俩在格隆德或城里单独相处的那些夜晚,还是埃娃、约翰和他三人在一起的时候,但却找不到一点约翰可能给他的暗示,暗示他将要离开他们。当然,他确实发现了某些可能的迹象,并进行了仔细的思考,但是一旦他开始将它们作为约翰给出的暗示进行具体分析，所有这些可能的迹象就立刻化为乌有，于是他不得不得出结论：约翰没有留下任何迹象，也没有留下任何信息，或许只有他挂断电话冲去登机之前，最后一刻的那句嘲讽。埃利亚斯·茹克拉大惑不解。约翰·科内柳森给他打来电话时，他还在法格博格中学。他在教师办公室里接的电话。约翰放下话筒的时候他完全一头雾水。他立刻去找校长，请求免去当天最后的三节课，因为他最亲密的朋友出了点状况，需要他到场，这是他当时的措辞。然后他乘坐地铁直接赶往格隆德。

埃娃独自一人在家。她很平静，只是稍微有点疲惫。她确认了发生的事情。一切都已落定。两人的分居协议已经签好寄出。没什么好说的了。就她而言，再谈这些也没有任何意义了。但她还是要请他喝杯咖啡，因为他跑了这么远一趟到格隆德来。埃利亚斯感到惊讶，甚至是愤怒，并且形之于色，因为他不曾有过任何怀疑。那是……不……他完全一无所知。他是如此茫然而不知所措，让她大笑起来。他们并肩坐在沙发上，因为她是这样在桌上摆放咖啡的。埃利亚斯担心地问起她怎么安排生活，她回答说不会有问题的，只要把这事放到一边,都会好的。是的,她显然是有点疲惫了。突然她把头靠在了他的肩上。对,她把头依偎在他肩上,一阵奇怪的颤栗传遍他的全身,埃利亚斯·茹克拉以前从未有过这样的经历。不,不,他想道,这不可能是真的,为了想自己确认这一点,为了摆脱这像电流一样传遍全身的奇怪感觉,他拿起她的手,以纯粹的友谊的方式,小心翼翼地拍了拍。他们就这样一起坐了一会儿,她的头靠在他的肩上,他心中充满了难以置信的喜悦,然后他起身说,他得走了。

他茫然失措,躁动不安,并被这种从未感受过的狂喜所驱使,他承认这狂喜几乎要从他心中满溢出来,三天后他打电话邀请她共进晚餐。他们俩在马尤斯图阿的佩缇特餐馆见面了,她注视着他的眼神,她对他讲话的方式,她靠近他的意味,还有她对他莞尔一笑的神情,这一切都让他明白,以前不可想象的事情现在变得可以想象了,她随他一起回到了他在雅各布街的寓所,那晚他们在一起了。那时埃利亚斯·茹克拉三十六岁,对于突然降临到他身上的幸福,他只能惊讶地摇摇头。

接下来在很短的时间里发生了许多事。埃娃

带着女儿搬进了埃利亚斯·茹克拉在雅各布街的寓所,不是那间小小的三居室公寓,是他换成的一套更大的四居室,在同一街区的同一条街上。甚至在约翰·科内柳森在纽约的新生活开始之前,这一切就已安排妥当。几年后他们俩结婚了,但埃娃依然保留着她未婚时的姓氏,琳达。茹克拉老师穿着一双软底鞋,步履轻盈地走在雅各布街上,绕过一个个在三月温和的春天里解冻的小水洼,朝每天上班的法格博格学校走去,这是1978年左右,必须要说,他现在心满意足,后来的日子里也是,尽管埃娃从未说过一句爱他的话。他不明白她为什么不说,但既然她已经搬进了他买的新公寓,和他住在一起,之后又同意与他结婚,那她一定是爱他的,只是有某种理由让她无法说出来。是因为她害怕他不会相信她吗?是因为这样会引出他更多的问题吗?对那些已经发生了的事情她不愿再提,过去了就是过去了,一切都已终结。他不知道。但她已经来到了他身边,是她主动亲近他的。清晨他和他那美貌绝伦的妻子,还有她任性的女儿一起吃早饭。这是他的新生活。下午和晚上的时光他们俩聚在一处,大多在公寓里,她的女儿在一边跑来跑去。夜里他和她睡在一起,在雅各布街的公寓一间专门用作安寝的房间里,是的,他是这样描述的,如果只说他和她一起睡在卧室里,或者睡在他们共同的卧室里,他会觉得这种描述太一般,太轻飘飘了,涵盖不了他和埃娃·琳达睡在一起的感受。他自己总是把卧室称为"专门用来与她同床共寝的房间",就算听起来有些夸张,他还是会这样对自己描述,因为他必须这样描述,尽管他不会当着别人的面这样说,包括埃娃,因为会让她感到难为情,就像她在做爱时偶尔表现出的那种难为情一样,她把自己给他的时候,常常把脸扭到一边,他不太清楚这是她天性如此还是有另外的含义,时常会令他气喘吁吁地说:我爱你,我爱你。然后她可能会抚摸着他的后颈,或是他的肩头,同时注视着他,直直地望进他的眼睛里,一句话也不说,但她的抚摸对他来说已经足够了。这一刻她属于他。顺便一说,在这个房间,这间所谓的卧室里,埃娃消磨了许多时间,因为她的梳妆台就在这里。在这个房间里和浴室里,瓶瓶罐罐、口红唇膏、盒装管装,各式各样一字排开,数量之多,几乎让埃利亚斯·茹克拉不敢相信自己的眼睛。她来到了他身边。他渐渐对她熟悉起来。

她带来了好几本照相簿。她坐在沙发上,把那些照片拿给他看。那都是她年轻时的照片,她一边(热切地)向他展示,一边讲述。业余摄影者的作品。在赫勒夫斯拍的照片,在色特斯谷低处拍的照片,在巴杜拍的照片,那是利勒哈默北部的一个村庄。她是一个军官的女儿,1950年代在挪威长大。对他来讲,这些照相簿像是装有宝藏的匣子,它们使他的内心充满了无穷的爱意。能够这样和她坐在一起,看着她挑选出来的成长过程中的照片,听着她激动的描述,熟悉的声音充满热忱,他感到受宠若惊。他情不自禁地认为婚姻生活是一个谜,两人一起紧挨着坐在沙发上,欣赏这些业余水平的照片,听她用朦胧不清的嗓音一再重复地讲述着每张照片背后那些平淡无奇的故事,就这样便建立起他们二人关系的基础。这是通向她的那条路。他们圆满的性生活进一步扩展,变成一种日常,每天都乐此不疲。埃利亚斯·茹克拉认为,与其说他了解她,不如说是他自身陷入了一种每天都被她占据的境况,即使看不到她的时候也深陷其中,而且他几乎理所当然地确信,这种情怀是双向的,她对他亦是如此。他开始了解她,这个过程以一种令人深深满足的方式塑造了他的意识。他对她有许多地方都不了解,那是她为自己保留的部分,但他已经逐渐开始了解的一切,都是他用之不竭的快乐源泉。在杂货店里看到某个牌子的巧克力,他会想,埃娃喜欢这个,看到另一种巧克力,他会想,埃娃会皱鼻子。他知道她晚上喜欢喝茶,很浓很浓的茶,早上喜欢喝咖啡。他知道她喜欢吃什么,什么时候吃,也知道她不喜欢吃什么。他知道当她拿不定主意时会是怎样的表现,会用什么样的方式去掩饰。这些都是简单幼稚的小把戏,但他乐于去了解,因为可以得到她毫无保留的赞同,让她和他更加贴近。他知道她也是以同样的方式了解他。总的来说,就是所有那些他自己不太在乎的细枝末节,譬如吃牛排的时候他更喜欢搭配撒了辣椒粉的薯片而不是洋葱,不喜欢在早上洗澡,所以会选择晚上洗澡,诸如此类。所有这些无关紧要的细节,他其实完全可以调整,只是多年来它们已经变成了习惯,一种不能随便打乱的习惯,而他并没有把这些习惯定义成自己必要的一部分,但对她来说,这些细节是和埃利亚斯·茹克拉这个人是不可分割的,为了和他更亲近,她乐意为他买撒了辣椒粉的薯片,做牛排时不加洋葱,她的这些行事习惯恰恰投他所好，他欣然接受，并根据她的喜好方式表达自己的赞赏。而她也和他一样，认为这些细节无关紧要，但正是这些琐碎的细节把他们联系在一起，融合在一起，这是他们共同的欢乐的生活，他们就这样一起生活，互相顾念着对方。直到三十六岁，才有一个女人认真地走进了他的生活，埃利亚斯·茹克拉对此非常重视，并毫不犹豫地将其描述为婚姻的奥秘。他非常乐于在回家的路上思考今天要跟她说些什么，给她讲述白日里的哪几段故事，他也期待着听完故事后她会露出什么样的表情，因为他在想：埃娃听到这个一定会很高兴！他花了几千个小时来考虑这些问题，又花了几千个小时来自动解释、斟酌、反思，甚至没有意识到自己在做这些，他整个身心全都凝聚在她一人身上，她完全掌控了他。譬如，在学校办公室里和一个同事聊天时，或是在教室里讲到中途时，他的脑子里可能会倏地冒出一个念头：我得记住要提醒埃娃，今晚电视上的《电影杂志》栏目要讨论杰克·尼科尔松主演的一部电影（他在《每日新闻》上看到了这样一条消息），尽管身边没有任何事情能让他合理产生这方面的联想，无论是办公室还是课堂上，只是他心里突然升起的一些快乐的念头,仿佛在祝福他的已婚生活。是的,他已经了解了她。而她任他了解,毫无保留,包括那些与他们的关系并不直接相关的角色。她让他毫无障碍地进入到她不同身份的生活:(卡米拉的)母亲、(她的父母的)女儿、(经常前来拜访的她的女性朋友的)朋友;当他骄傲地把她介绍给同事时,她便以一个妻子的身份站在他身旁。她走向他,留在他的身边。他不知道为什么,但她走向了他,留在了他的身边。她从来没有说过她爱他,但当他问她,假如他买下雅各布街这套宽大的寓所,她是否要搬来一起住时,她同意了,她搬来了;两年后他提出他们应当结婚,她望着他,沉思良久,对他微笑说好。但她想保留埃娃·琳达这个名字。就在那一刻,埃利亚斯·茹克拉想,是的,她是埃娃·琳达,我永远不会知道为什么她想和我在一起。但她愿意,这就够了,是的,只要她愿意。我很高兴她愿意,虽然我永远不会知道原因,也不确定这些原因是否与我所愿相同。

她试着向他表明她很在意他。通常是以一种令人感动的方式,比如为他打理衣物。她绝不是家庭主妇那种类型,但她坚持要为他熨烫衬衣和裤子,掸刷外套上的灰尘。他在书桌前批改作业的时候,她就在客厅的熨衣板旁笨拙地熨烫,对,就是那种没有章法乱搞一气的方式,同时还像一个真正的家庭主妇那样哼着小调唱着歌(事实上她有一份秘书的兼职,另外也在继续学校的学习)。完工之后,她会露出开心的笑容展示新熨好的裤子或衬衣,然后再把它们叠好。每次他要穿西装时,她都要先掸刷一下。是的,她像照管贵重物品一样打理他的衣物,他从来没有要求她做这些,她也不需要做这些,但从她到这里的第一天起,她就把它当作一项任务来完成,并且对自己的完成情况十分满意。实际上她宁愿自己现在是在另一个地方,但那已经不可能了。既然无法去到最想去的地方,所以她愿意待在这里,和他在一起——莫非这才是真相吗?这就是她一直保持缄默的原因吗?是的,如果真是这样,是的,埃娃·琳达,是的,留在这里。于是埃利亚斯·茹克拉从他的书桌和那一摞作业本前站起来,朝站在熨衣板架旁的她走过去,给了她一个情意绵绵的拥抱。感谢你给我熨烫了裤子,感谢你给我熨烫了衬衫,感谢你给予我的一切。随着时间流逝,埃利亚斯·茹克拉在表达对她的爱意时变得极为谨慎，因为事实证明，当他说他爱她时，她无法用同样的话回应他。于是埃利亚斯知道，他应该避开这种表述，尽管有时他会觉得很难忍住，但他知道这才是正确的做法。所以他们的相处是这样的方式：她手里拿着新熨好的裤子对他微笑，他从书桌旁站起身来，走到她身边，给她一个情意绵绵的拥抱。

他们就像这样一起生活。埃利亚斯·茹克拉待她十分小心，以免让她陷入尴尬的境地。有时当她以为没人注意她，或是忘记他在场时，她会心不在焉地凝视着虚空，那时她脸上的表情是悲凉的，是的，那么忧伤。但一旦她意识到自己陷入了沉思，而他还在房间里，便会神情大变，微笑着迎向他，试图抹去无意中向他展示出来的表情。这让埃利亚斯百思不得其解，他不明白她为什么要对他隐瞒那一瞬间的不快乐；即使在内心深处她一直这样郁郁寡欢，也不必对他隐瞒，因为他可以接受这样的现实，而且就这一点来讲，他也没法为她做点什么。但早上她无法掩饰自己。埃娃·琳达从不期待新的一天，她执拗地守着自己的睡梦，不愿醒来，这看上去有点奇怪。这是她的天性使然，埃利亚斯·茹克拉想，她一定一直都是这样，喜欢睡觉多过清醒，这就是为什么她看上去总有点迷糊的、睡意未消的样子。

其实她有一点娇生惯养。她身上有种被宠坏了的气质，与她那无与伦比的美貌关系很大，她自己也看不上这种娇气，但她又没法摆脱它，因为这种惯宠让她感到愉悦，当这一特质在她内心燃烧起来时，近旁的人就会产生伺候她的欲望。娇生惯养这一点在她身上不断显现出来，但每次都只是稍纵即逝。他们经济并不宽裕，埃利亚斯·茹克拉要偿还学生贷款和住房贷款，中学老师的薪水一直都不算高，而在1970年代末的挪威，这个数字比以往任何时候都要低。每一个克朗都必须精打细算，这是个痛苦的现实。埃娃不得不继续在奥斯陆市的电影放映局做兼职秘书，而她早已荒废的学业也没能重新捡起，尽管她自己很想这么做。但她还是一声不吭地继续做着秘书的工作，事实上她很乐意能为他们共同的经济状况做出必要贡献。但她会突然对他发作起来。有一次埃娃一心想要一间新的厨房，并带了许多宣传小册子回家，然后埃利亚斯说这是不可能的。他们根本买不起（半年前他们刚买了一辆车）。她立刻冲着他咆哮起来：你这个守财奴，小气鬼，满脸鄙夷地望着他。没错，就是鄙夷。明白无误的鄙夷。有两三秒钟的时间，埃利亚斯·茹克拉看着她的眼睛，这个美丽得难以形容的女人，对他怀着无限鄙夷，她好像一下子泄了气松垮下来，声音变得柔软，说对不起，我知道我们买不起，我太蠢了。那天晚上接下来的时间里她都低眉顺目，当他们上床睡觉时，她给了他一个明确的示意，如果他想要她，她会再高兴不过了，他可以确定自己能得到她热情的接纳。

这让埃利亚斯·茹克拉感到担忧。不是担忧她对他充满仇恨的眼神，而是之后的温顺。为什么她不能坚持对他的鄙夷？家里的旧厨房已经破败不堪，而他却没有能力给她提供一间新厨房？她有权利向他提出要求，尽管他只能告诉她他们置办不起，但他完全能够理解，她是有权为此而鄙视他的。一个男人要是娶了像埃娃·琳达这样的女人，那就得明白自己需要承担某些义务，而他没能履行这些义务，不得不对她那最普通不过的梦想说"不"。他当然可以说，既然她选择和一个收入有限的普通教书匠结婚，就应当知道自己该做什么，所以他说现在不可能置办新厨房，这没什么问题，但同时他应当提醒她，一个寒酸的高中老师是不可能实现像她这样一个女人的愿望和梦想的。这句话说出来,她一定会爆发出一阵快活的银铃般的笑声。所以她知道自己在做什么。但她是因此而否定了自己作为埃利亚斯·茹克拉视若神明的女人的价值吗?当他不得不承认自己无法满足她一个最普通的愿望时,她表达出的这份鄙夷,恰恰展示了,事实上是突出了她的价值,使她达到埃利亚斯·茹克拉心目中她应有的高度。所以埃利亚斯·茹克拉完全能够接受她的鄙夷。让他难以接受的是她事后试图以一种轻描淡写的方式来掩饰这一点。事过之后她刻意的顺从。这究竟是什么原因?为什么她不敢坚持自己的鄙夷?因为她已经放弃了这种权利?这很明显,但它意味着什么呢?在内心深处,她已经完全放弃了对他提出要求的权利吗?这又意味着什么?埃利亚斯不知道,但他对她暴怒过后的这份所谓的温顺深感失望,实际上他发现自己很难回应她的主动邀约,让他夜里来找她,而且她已经给出了明确的示意,如果他想要她,她会再高兴不过了,正因如此,他无法拒绝,并且相反地,他还得努力做好准备。因为这对他来说是莫大的荣幸,是他不配得到的荣幸。在这个基础上,埃利亚斯·茹克拉这些年来的生活可以如此描述：即使他不是一个满足的人，或者一个快乐的人，至少也是一个幸运的人。

约翰·科内柳森的女儿小卡米拉和埃娃·琳达一起，搬进了雅各布街上新买的四居室公寓。她是埃利亚斯·茹克拉的继女，从六岁到十九岁一直和他们一起住在这里。可以肯定地说，埃利亚斯·茹克拉从未像了解卡米拉那样深入地了解过其他人。作为一个从未缺席的继父，他密切关注着她的成长。埃利亚斯和埃娃·琳达从未有过孩子，所以卡米拉是他唯一看着长大的孩子。关于卡米拉他可以说，她不必担心有什么要对他保密的——至少就她的天性而言，因为他对她了如指掌。他看着她在童年和青春期毫无顾忌地自由表达自己，在一片喧闹中逐渐变化成长，直到成为今天年轻女郎的模样。他通过她理解到一个孩子对与其他人不一样的恐惧，甚至是最微小的细节。他明白这种恐惧比被关进黑屋子里的恐惧还要严重，两者都是巨大而难以释怀的。一个小孩会因为自己的鞋扣而感到恐惧，即使她自己也认为鞋扣很漂亮，但跟其他孩子们的鞋扣完全不一样，这对孩子的灵魂来说是一种真正的折磨，而且会持续很长一段时间。这让他产生了很多思考，同时也不能不为之担心。在这样的生存环境下她如何才能成长为一个独立自主的人，在卡米拉的成长过程中他常常这样询问自己。这个小孩对身边所有人都怀有同样的开放和信任，包括埃利亚斯和她的母亲，甚至还有那群孩子——那群和他们有一丁点儿差异都会让她感到恐惧的孩子，这样一来情况不会变得更好，反而会更糟糕。这绝不能导致什么灾难，无论是真实的还是想象的。埃利亚斯也近距离经历了小卡米拉的所有不幸和崩溃。在卡米拉的母亲失去耐心的时候，埃利亚斯便会插手，试着去缓和矛盾，给予女孩鼓励和支持。到了卡米拉十来岁时，他必须扮演中间人的角色，调解母女间的关系。他倾向于站在卡米拉的立场，因为他认为埃娃·琳达有时候不能完全区分自己究竟是卡米拉的母亲和教育者，还是她的母亲和拥有者。顺便一提，这种情况在他们搬到一起后不久就开始了。卡米拉随后有了属于自己的房间，和他们一起生活的这些年，她一直住在那个房间里，随着时间推移，房间的样子变了很多，但埃利亚斯始终认为，没有事先打招呼的话，他们两人谁都无权擅自进入这个房间。他认为一个孩子有权拥有自己的房间,可以独自待在那里,不必担心被大人打扰。埃娃不同意这一点,多年来他俩为此发生过不少争议,埃利亚斯在其他有关卡米拉的问题上都倾向于向埃娃让步,毕竟她是她的女儿,但关于这件事他很坚持。卡米拉经常跟他说自己的心里话。当这个六岁的小女孩抱着一个玩具熊,怯生生地跟在母亲身后来到他的身边时,他对她充满怜惜。他有一种感觉,她的生命中被剥夺了某些东西,而她被剥夺的东西——父亲——带来的失落感是无法弥补的。而他并不想来填补这个位置,即使他能够填补,他也不愿意。他是卡米拉的继父,取代的是她父亲的位置,但他不能替代她的父亲,因为他不是;她的父亲叫约翰·科内柳森,住在纽约。埃利亚斯·茹克拉是她母亲的朋友和新丈夫,他是以这个身份站在卡米拉父亲的位置上。他一刻也不愿夺走卡米拉对她父亲的思念,他没有权利这么做。因此他对她总是略有保留。当她满怀信任地来到他面前,希望他满足她所有期待的时候,他必须小心和她保持一定的距离。他也以同样的方式,与埃娃的父母——退休的上校和他的妻子——保持着一种疏远的关系。毕竟,他们来看望茹克拉

&琳达夫妇的目的,其实是为了保持与他们的孙女卡米拉·科内柳森的联系。较之他们的这种关系,埃利亚斯·茹克拉便显得像个局外人,所以当他们去拜访上校夫妇或是招待他们来访时,他也尽可能让自己留在幕后,譬如圣诞节的时候。在他的印象里,埃娃的父母把他看作是一个默默照顾他们女儿的男人,即使在他们正式结婚以后亦是如此,埃利亚斯·茹克拉觉得这是人之常情。但在这种情况下,尤其是埃利亚斯·茹克拉并不十分期待的在利勒哈默与上校一家共度平安夜的时候,恰恰感到没有什么可高兴的地方,他总担心卡米拉会像在家里习惯的那样,跑过来坐在他的腿上。当她这么做的时候,他会试图耍点小把戏转移她的注意力,尽快谨慎地哄她离开,特别是圣诞树下还放着一个来自约翰·科内柳森的大礼包。

因为在他们一起生活了一年后,约翰·科内柳森有消息了。他写了一封信给他的女儿。卡米拉那时刚刚开始上学,她母亲把信拿到了她的房间里读给她听。信里写了什么,埃利亚斯不得而知。但他坚持让卡米拉回信,而埃娃有些不赞同。埃利亚斯最终还是占了上风,他同小卡米拉坐在一起，花了很长时间给她的父亲写了一封信，如果她会写信，她自己也会这么写的。然而她还不会写信，她只会写大写字母，然后再费劲地把它们拼成单词，如果要用这些单词表述一个完整的句子，便会在纸上占据太大的空间。所以埃利亚斯得帮忙，既要把她想写给父亲的句子写出来，又要让纸页容纳得下这些句子。当这一切终于完成之后，卡米拉要在信封上写下她父亲的名字和地址，这又是一项艰巨的任务。埃娃已经事先表态，不想与这封回信有任何关系，埃利亚斯也无法让自己在一个里面装着女儿写给他的信的信封上写下约翰·科内柳森的名字和地址。所以没有其他办法，只能让卡米拉自己写。要用孩子的笔迹把约翰·科内柳森这一长串地址写在信封这么小的纸片上，可不是件容易的事，这花了不少时间的，无论如何，至少卡米拉学会了自己稚气的大写字母的书写规范，在同龄的孩子中这并不多见。后来收到的书信更多了，同样的过程一再重复，直到卡米拉长大一些，能够读懂父亲的信，并自己回信为止。她会坐在自己的房间里，不受干扰地给一个她几乎不认识的父亲写信，父亲这个身份是她终生的失落，永远无法抚平，埃利亚斯·茹克拉这样想着。卡米拉十四岁的时候收到纽约的邀请，去看望她的父亲和同父异母的弟弟妹妹，那是约翰·科内柳森第三次婚姻的子女。埃娃·琳达对此坚决反对，但埃利亚斯再次设法说服了她。但是当他们站在盖德姆机场高台，看着卡米拉缓缓走向那架即将把她载往纽约的大型喷气式飞机时，埃利亚斯·茹克拉感到一阵恐惧攫住了他。万一她不再回来，万一她写信告诉我们，从现在起她想和她的父亲一起生活。他留意到，她时不时地会按她父亲的新名字约翰·科内柳斯（Cornelius），把自己的名字写成卡米拉·科内柳斯，虽然不是在正式场合，但她的文具盒上写着卡米拉·科内柳斯，她会把卡米拉·科内柳斯这个名字潦草地涂写在纸条上，把这些纸条扔得到处都是，这一半是开玩笑，但也是为了尝试另一个身份，比起卡米拉·科内柳森这个名字，与她的美国父亲有更直接的联系。正如约翰·科内柳森自己弃用了这姓氏一样，现在卡米拉也想弃用科内柳森，跟随她父亲用科内柳斯这个姓，至少她正在尝试，一次又一次潦草地写着，如他所见。尽管如此，他还是坚持同意让她那年夏天去纽约。他没有别的选择。他有什么权利阻止约翰·科内柳森与分别八年的女儿重逢呢?他有什么权利阻止他的继女与她的父亲见面呢?毕竟对她来说已经时隔一生。但他还是被恐惧攫住了。埃娃永远不会原谅我的,他想,她为什么要原谅?约翰·科内柳森不配,他想,这对埃娃来说简直太不公平了。他不能这样对我们,他想。但整个夏天他都心惊肉跳,这恰恰就是约翰·科内柳森可能干的事。埃利亚斯·茹克拉了解约翰·科内柳森的张扬个性,当他在令人眼花缭乱的新环境中展示自己时,哪个十四岁的女孩能抗拒自己的父亲呢?可怜的卡米拉,他想,指望你能抵挡这一切,这要求实在太高了。但约翰·科内柳森不能这么做,他想,但如果他想,他就会的,抛下我们,把我们单独留在这里,为此我将永远无法得到原谅。这个人对我们有多么大的影响力啊!他咆哮起来,第一次对约翰·科内柳森和他整个为人产生了怨恨。但夏天过去了,卡米拉回来了。八周后她回到了家,回到了他们身边,她余下成长的日子都是和他们一起在雅各布街度过的。十九岁她高中毕业,离开了童年时代生活的家,开始求学。

1989年。埃利亚斯·茹克拉是一个安静沉稳的挪威语教师,一生迄今为止没有任何方面出类拔萃，这并没有让他感到困扰，因为他从未想过自己会在任何方面出类拔萃。他就是一个关心社会的普普通通的挪威公民，读自己的报纸，看自己的电视，读自己的书，思考自己的问题，每天按部就班去学校工作。他一生中唯一轰动的事情似乎就是十三年前，也就是三十六岁的时候，娶了一位如此美丽的妻子。当他与埃娃·琳达同时出现，并且把她作为妻子介绍给大家时，许多惊讶的目光扫过他的脸，他清楚地看到了这一点。现在她的美丽已是明日黄花。她大大发福，从前的娇媚迷人已荡然无存。埃利亚斯·茹克拉并没有太在意。看到埃娃十三年前的照片，并与这个跟自己结了婚的四十多岁的女人做比较时，他确实感到震惊，她们是同一个人，但几乎毫无相似之处。一种伤痛在于青春易逝，美丽无常，正如埃娃失去的魅力。的确令人伤怀。那些惊讶艳羡的目光也不复得见，他必须承认他很怀念，因为人人都会怀念自己消逝的光环，埃娃失去光环时当然也是如此，因为相对于其他人，失去光环的人是他自己。这就不是小事了，那些晚上他独自一人坐在客厅里，喝着啤酒和阿克维特烈酒时，埃利亚斯·茹克拉这样思忖着。他常常这样一个人坐在这里喝酒。这些年来他酗酒的倾向愈发严重。晚上埃娃上床睡觉后,他会坐起来喝酒。这已成为一种习惯,对他有镇定的作用,他需要一点时间独处,喝啤酒和阿克维特烈酒。因为碰到了一些糟心事,他难以理解,也难以接受。被社会排斥的感觉日渐强烈,他对此非常苦恼,而且感觉这种情况很不寻常。但作为一个有社会意识的个体,他对自己所获得的一切似乎也不再有多大的兴趣。无论是电视还是报纸都不再能刺激他。为什么会这样,他也很难给出一个有说服力的答案。但它们就是刺激不到他。他一次又一次地对自己说:事情没有那么糟糕。报纸上既有新闻版,也有文化版,我在抱怨什么呢?以前的报纸要好得多吗?没有。人们总是在抱怨报纸,还有电视,我也不例外。但是第二天早上,打开另一份报纸的时候,他又产生了同样的被排斥的感觉。他本应感兴趣的当日新闻和文化版已不再具有吸引力,他只是从头到尾翻了一遍,手上的动作还常常是烦躁不安的。电视也是一样。当他坐在电视前看一场辩论时,也是同样的感觉。他感觉辩论者说的话毫无新意,即使一开始他对辩题很感兴趣,甚至很期待接下来的辩论。他获得的唯一好处是,研究这些辩论者的谈话技巧，他们语义中内含的奥妙以及他们精心选择的服饰装扮，然后"揭穿"他们，但即便如此，他也丝毫高兴不起来，特别是当他想到这竟是他获得的唯一收获。简直大失所望。这些辩论者完全不是在对他讲话，而是对着其他人，显然他们远比他重要得多。但他不再从报纸和电视中得到任何乐趣，这真的值得抱怨吗？对埃利亚斯·茹克拉而言确乎如此，因为这影响到了他日常的心情，是的，作为一个社会个体的心态基调，已经到了令人不安的程度。一翻开报纸，诸如独一无二、耸人听闻、头等重要、出类拔萃之类的字眼，完全无法令他共情，反而让他生出一种抵触，不是感到索然无味，就是一头雾水的陌生，甚或令人作呕的愚蠢。这一切在日复一日、月复一月、年复一年的重复之后，只能让他感到悲伤。再加上埃利亚斯·茹克拉感兴趣的东西在报纸上根本找不到，或者——几乎更糟糕——只能在报纸上最不起眼的犄角旮旯看到，这让他觉得自己是一个过时的、衰败的人。他觉得自己好像再也无力跟上自己的时代，没有人能经历这种感觉而不感到悲伤，或许还有愤懑。他看着那些照片，上面那些知名人士最近做了什么什么,但他们的扬名之举对他来说毫无意义,也没有给他留下丝毫印象,他们刚刚完成的特殊壮举在他看来微不足道,而他感到有点意思的东西却必须去寻找,就像是被藏起来了一样。报纸的等级制度让他反感。那些为社会定下基调的人评判和反映现实的方式,让他觉得是在贬低他所坚持的一切,每天都将他排斥在外,他不得不承认,接触报纸和电视,对他来说就意味着每天都要遭遇个人的失败,并且永无止境。还不够吗!他偶尔会自言自语。你们能不能放过我们,他恳求道,他知道看报看电视是自愿的选择,但事情并非那么简单,这可是门学问呀。作为一个具有社会意识的个体,他需要接触世界,理解世界,对世界产生兴趣,通过报纸和电视满怀热情地参与整个社会所关注的事物,进行所谓的交流,但他已经没法这样做了。这里仅举一例,晚上埃娃睡下之后,他在雅各布街的寓所的客厅里来回踱步,如此自言自语。——1970年我在芬兰参加了一个文学研讨会,接触到彭蒂·萨里科斯基的作品,被深深吸引住了。对他评价很高的不只是我一个人,他是公认的斯堪的纳维亚当代最伟大的作家之一。但四十多岁的彭蒂·萨里科斯基英年早逝时,挪威的报纸上只字未提。埃利亚斯知晓此事，是缘于半年后偶然得知的一则消息。但不久之后，一个瑞典电视艺人去世，这件事不仅出现在挪威报纸上，还登上了头版。更不用说挪威新闻播音员去世的情景。报纸上宣布全国哀悼。即使面对死亡，人们也不再停下来思考。收敛一下吧，表露一点谦恭之心，提几个每个人都必须提出的基本问题，除非你一开始就决定让这一切都见鬼去吧。埃利亚斯·茹克拉自言自语道，独自怀着对社会现状的一腔悲悯忿怒，直至深夜。新闻播音员的逝世是一桩私人事务，她的离去是她家人的悲痛，应当给他们留出追思的空间；这不涉及公众利益，因为一个新闻播音员（即使是电视新闻播音员）不会留下任何具有重大价值的东西（以其他人的价值来衡量），能够让她的离世超越私人领域的界限，成为全国关注的问题。报纸却把它变成了一项国家事务。令人作呕，埃利亚斯·茹克拉想。怎么能发生这样的事情？这究竟是怎么啦？是的，这是怎么回事？——我当然知道这是怎么一回事，埃利亚斯·茹克拉自言自语。想想霍克松。霍克松有多少人关心四十多岁的彭蒂·萨里科斯基去世的消息？有二十人吗？但霍克松有多少人认识这位电视新闻播音员,甚至提前知道她生病了?四千人?五千人?答案是有了,但没有问题,没有根本的问题。因为没有人提出根本的问题,所以答案当然令人难堪。——就是这样,他咆哮起来。为什么没有人再提出根本问题?哦,我拒绝回答,他怒吼一声,因为人人都知道。我必须说吗?不,我拒绝,他执拗地重复了一次。此时他想到了自己的生活和工作。如果有谁对这个社会有着绝对的无可置疑的忠诚,那就是他,埃利亚斯·茹克拉。为了成为一名挪威青少年的公共教育工作者,他奉献了生命中七年的时间来学习和准备。此后将近二十五年里,他每天致力于向下一代传递国家的自我认知和基本价值观。所有这一切,他完全出于自愿,目的明确;是的,这是他自己的选择,是他在许多其他可能性中自由选择的,比如成为一名律师、工程师、经济学家或是医生等等,但他选择学习语言学,为的是成为社会忠诚的教育工作者,进一步构建整个社会必须建立其上的基础。当然,这个选择没有经过深思熟虑,因为它是如此不言而喻。二十五年来,作为一名平凡而低调的中学老师,他拿着微薄的薪水,忠实地履行自己的终生使命。表面上那是一种灰蒙蒙的单调乏味的生活，薪水的数字更添一分惨淡。但他事先就知道这一切，所以他不能抱怨自己没有律师那样优渥的生活。因为他选择的职业是高级中学教师，这份工作给他的日常生活带来一种内在的充实和精神的满足，而这种充实和满足会在他的心中产生光明，让他忽视生活外在的灰暗与单调。这种想法表明了他对挪威社会及社会基础的信心，他必须把这信心描述为感人的，甚至是美丽的，在属于他的1960年代以及那十年的之前和之后，有许多青年学子都抱有和他一样的情怀，这着实令人吃惊，是的，在我们国家的历史上，这种感人的信心其实普遍存在于有才华的年轻人当中，他有些惊讶地想，因为他从来没从这个角度思考过。因此，当报纸和电视不再关注他和像他这样的人，让他感到深深的伤心。公众舆论的塑造者似乎再也不关注他了。相反，他们似乎刻意对他视而不见，好像这样能给他们带来特别的乐趣。对他们来说他就是空气，埃利亚斯·茹克拉被深深刺痛了。真是活见鬼，他想，我还是个对社会事务感兴趣的普通人，受过高等教育，有良好的认知力。我也算是博览群书。为什么那些设定基调的人对我丝毫不感兴趣，甚至完全置之不理呢？对，这就是埃利亚斯·茹克拉的感觉。简单地说，报纸伤害了他的虚荣心，因为当他读报纸时，感觉自己蠢透了，他有那么多的可能性，却做了个教书匠。今天绝不会发生这样的事，他想。去年他曾明确告诉他的继女卡米拉。无论如何，不要当中学教师，他说，不要把自己关在学校里。如果你非要当老师，那完全是因为你不愿意费心去做别的事情。我是认真的，在他的继女从家里搬出去之前，他对她说了这番话。他感到非常挫败。他所坚持的一切都已经在日常的公共话语中消失了。每一个夜晚，在埃娃上床睡觉以后，他在雅各布街的那间公寓里来回踱步，思考着这些问题。喝几杯阿克维特烈酒，然后再用啤酒中和，他得非常当心不要喝得太多了，因为他不想带着宿醉的样子去学校，但有时还是会喝太多。阿克……呀，当他要去睡觉的时候，他明白自己还是喝太多了。有时，这样的想法会让他非常烦躁。更糟糕的是，他感到自己已经无话可说了。除了自言自语。一个时代结束了，他坐在这里自言自语道。一个时代结束了，作为具有社会意识的个体，埃利亚斯·茹克拉随之一起走向终点，因为，毕竟，他是一名公共教育工作者,他受命于这个时代。他不想成为新时代的教育者,说得客气一点,他也没有这个资格。就这么简单,他怒吼一声。真该死,事情就是这么明摆着的。四面楚歌。看看你的四周,他又怒喊道。该死,你甚至连话都说不出来了。最后一次跟人谈话是什么时候?一定是很多年前了,他想着,一副若有所思的样子。为了寻求对你有意义的东西,你必须穿过商业利益驱动的人群往前走,他补充了一句。话可以少说一点。他们把这一团糟称为民主。如果我说这是一团糟,他们就会说我鄙视人民,他愤愤不平地想。或许他们没有错,他若有所思。也许我不再相信民主了。不,别胡说八道了,埃利亚斯。你现在喝醉了,他对自己严厉地说,为保险起见,他说得很大声,想听听自己的声音是否含混不清,听到了一些,他松了口气。但这样的想法反复出现。有好几次,埃利亚斯·茹克拉在夜深人静的午夜之后发现自己在反复思索,每一次都使得他沮丧万分。连这也跟我作对!事实上,他内心深处已经不再是一个民主主义者了!接下来会发生什么?是因为他被打败了吗?他遭受社会苦难的原因是文化乃至生活的民主化吗?但他反对民主!民主让他心烦意乱！既然如此，既然民主让他心烦意乱，那他为什么还要支持民主呢？你醉了，埃利亚斯，他听到他对自己说，上床睡觉去，夜深了。但他没有去睡觉。他继续思考，尽可能深入地思考下去。被打败的、几乎被消灭的少数派很难赞美打败他们的人，也很难赞美彻底征服他们的武器，这种情况是很常见的，他试着用这样的想法安慰自己。但这项责任是强加给他的，因为正是人民的声音和人民自我表达的权利打败了他。我拒绝认为自己不民主，他执拗地想着。我不能容忍这一点。这就是为什么我必须说，尽管我心里不无反感，如果你想以民主的支持者的身份出现，那么当你是少数派时，你也必须是民主的支持者，无论是在理智上还是在内心深处，坚信多数派以民主的名义，正在粉碎你为之奋斗的一切，对你有意义的一切，事实上是这一切给了你生存和坚持的力量，赋予你的生活一种意义，可以说超越了你自己偶然的命运。当民主的先驱们日复一日地狂呼大叫，声嘶力竭地宣扬他们庸俗的胜利，让你真正地感受痛苦，就如我的经历一样，你还是得接受它，因为我不想别人对我另有看法，他想。他就这样静静地坐着，陷入沉思，长时间地凝视着虚空。这简直太可怕了,他补充道,然后突然起身去睡觉。我再也没有人可以交谈了,他叹了一口气。当然,还有埃娃,但那不是我想要的交谈。

他想的是另一种交谈,那种滔滔不绝的交谈,这对埃利亚斯·茹克拉来说一直非常重要。可能有人会同自己的妻子,或者他生命中的一个女人建立这种关系,彼此之间有说不完的话,但对埃利亚斯·茹克拉来讲,这种情况绝非自然,他与妻子的关系绝然不同,也完全不符合埃利亚斯·茹克拉对交谈的需求,再往深里去想,他也看不出他认识的已婚夫妇在交谈这件事上的表现会比埃娃和他好多少,尽管他必须承认,他的判断可能过于表面化。对埃利亚斯·茹克拉来说,参与谈话总是让他充满活力。没有什么比参加一场谈话或讨论更能让他兴奋,无论是谈话正在进行的时候还是结束之后。在他从家里出门时,或是在他回家的路上,他都会思考谈话的内容,并且最大限度地继续虚构下去——特别是对自己很想说的那些句子,但这些话讲出来后不总是句句都好听。但之后对自己言论的润色也是其中的一部分,是的,这确实是充实生活的一部分,埃利亚斯·茹克拉想着,思想中的嗓音里充满热情。但首先也是最重要的，谈话本身要丰富生动，无论是两个朋友在深夜时的交谈，还是几个人一起围坐在桌边的共同讨论。其中自然会有几个人占主导地位，其他的人更多是充当背景，比如埃利亚斯·茹克拉，但他们一直对正在讨论的主题充满兴趣，并深深触动。即使整晚都坐在那里一语不发，也一直热切地参与其中，期待着其中一个主导者的下一个论点，在他们说完之后对自己重复那些话语，进行判断与思考，哦——是吗？或者，唔——嗯，或者，真是绝呀，诸如此类；如果倾向于赞同上一位可敬的发言者的意见，之后又因为下一个人说的话而改变想法，也不会因此而自我贬低，因为这种交谈的方式就是这样，埃利亚斯·茹克拉想，回忆起自己经常参与的这些交谈，兴奋不已。但不时地也会出现这样的情况，埃利亚斯·茹克拉自己也有一个清晰的想法，或者至少是一个可以成为清晰想法的东西，他很想提出来，但同时他又一直琢磨着他是否敢这么做，因为他在心里想得非常清楚的东西，当他想用一句话把它们讲出来时，可能会显得有点愚蠢，这样的情况并不少见，也完全可能再度发生，但就在埃利亚斯·茹克拉举棋未定的时候，谈话已转换到了下一个话题，埃利亚斯·茹克拉的想法就不再有什么意义了，因为它将会被淹没在这滔滔不绝的交谈之中，也就是说，开口要适时，埃利亚斯·茹克拉常常在回到家之后或是回家的路上做这样的总结。啊，他思念从前常常经历的像这样的夜晚，它们如同他记忆里的闪光点。能获得机会参与其中是自由的特权之一。但埃利亚斯·茹克拉再也没有进行过这样的谈话了，无论是同一个朋友单独交谈，还是围坐在桌旁和许多其他人在一起的谈话。他已经没有什么话可说了，他的朋友圈或同一文化阶层圈子里的其他人似乎也都无话可说。他们看上去对这种交谈已无兴味。大家在一起认真地交谈，直抒胸臆，达成对个人的或是社会问题的共识，即使只是短暂的瞬间领悟。就埃利亚斯·茹克拉自己来说，他必须承认他再也无法做到了，他完全失去了谈话的能力。他不明白从前他怎么会常常加入那种谈话——那是他早年时经常干的事，于是他也开始怀念当初自己的那份能量。在法格博格学校的教师办公室或是朋友的聚会上，他曾有过许多次机会开始这种交谈，但他没能这么做，因为他有一种感觉，从某方面来讲这会显得有点太"不真实"。这看上去会是"虚构的"，是的,"不自然",是的,甚至有点"故作深沉"。埃利亚斯·茹克拉十分确信,其他很多人也会是同样的感受,其结果就是这种"虚假"使得他的社交圈子里的谈话自行终止。事实上这有点令人费解。譬如在法格博格学校的教师办公室里每天有四五十个人聚在一起,共同担负我们时代的普通公共教育的任务,涵盖的学科有历史、宗教、植物学、生物学、法语、德语、英语、美国语言文学,甚至还有西班牙语,除了北欧语言文学外,当然还有生理学、物理学、数学、化学、艺术史、经济学、政治史、社会学,还有通过田径运动和食品营养学来增强体质的综合体育学科,尽管没有一个人是自己学科领域的顶尖人才,能够产生新的思路和创新,但他们依旧有足够的能力去学习领悟新知识——从总体上看,不去苛求教师个人的实际能力——在他们自己的领域,他们的知识储备足以让国家安排他们培育下一代,而让埃利亚斯·茹克拉极为惊讶的是,这样的知识储备和较高的文化水平,对教师个人性格的影响却很浅。与人们的预期相反,他们好像在竭力拒绝自己高文化水平的定位,然后就可以理所当然地以此作为发表意见的出发点。他们以债务奴隶自居。

这就是他们谈话的方式和内容。每天上午，四五十个债务奴隶带着自己的便当坐在法格博格学校的教师办公室里。他们聊这个，聊那个。关于学生贷款的数额和偿还期限，住房贷款的数额和偿还期限，汽车贷款的数额和偿还期限。但并非所有人都是债务奴隶，债务最重的是那些年轻人，而其他人，如埃利亚斯·茹克拉这个年龄及以上的人，他们只能算是曾经的债务奴隶。在办公室面对同事们，埃利亚斯·茹克拉首先是一个摆脱了债务束缚的自由人，为了维护自己的形象，他也会据此自然地表达观点。也就是说，当听到年轻同事说现在学生贷款的利率降到了8%，他就会说，这跟他1970年开始偿还学生贷款时的利率一样高，或者一样低，他也可以告诉这位年轻同事，1982年他的房贷利率第一次超过10%的时候，他切身体会到的恐惧。大伙儿就这样在教师办公室里说开了，大家都在谈论他们以前或是现在的债务情况，那是午休时间里最受欢迎的话题。如果埃利亚斯·茹克拉在社交场合碰到他们，女士们妆容整齐，男士们穿着舒适现代，那也是一群债务奴隶的聚会。他们也在那里，他们总是以债务奴隶的身份出现，埃利亚斯·茹克拉想，这真是太明显了。他并非不能理解,教师的工资不高,但这些薪水微薄的同事们代表着另一种形象,一种文化水平较高的形象,他们竭力掩饰这一点,以免暴露自己生活和喜好中那"虚假的"的一面,这不仅是出于对自己的尊重,也是对那些与他们处于同一水平的人的尊重。于是两个居于较高文化层次的人,会以债务奴隶的身份互为介绍,并以此为开场白展开对话,不论是在这些债务奴隶自己的地方、学校老师办公室,还是他们聚会的所有场合。似乎只有以债务奴隶身份,他们才能把自己看作具有社会意识的个体,才有可能发声,和所有其他人一起参与必要的共同的议论。鉴于他们的文化水平,他们有理由担心,在社会意义上,他们会显得有些"虚假",甚至"不自然",但作为债务奴隶,他们过着一种几乎是戏剧性的社会生活,非常值得自己和他人来加以评论和思考。诚然,作为债务奴隶的人是一个失败者,一个不完全成功的人,但它让你作为一个完全现代的个体与社会生活紧密联系在一起。在身为债务奴隶的前提下,你也可以参与报刊和电视的各种讨论,心情舒畅地对其中谈到的话题评说一番,毕竟它们都是当下的热门,作为债务奴隶分享其中所表达的价值观和偏好,甚至生活的方式与态度,并不是一件难事。埃利亚斯·茹克拉没什么可说的,但他可以和其他人一样,滔滔不绝地说一番无用的废话。与整个话题保持批判和讽刺的距离,但全是空话连篇。埃利亚斯·茹克拉记得,读完昆德拉的《不能承受的生命之轻》后,他感到很失望。不是对这本书失望,这书是极好的,是的,一部杰作,而是对书名失望。书名起得不对。这本书不是关于无法承受的生命之轻,而是另有所指。因为"生命中不能承受之轻"并不是人类生活的一种存在状态,而是二十世纪后半叶西方世界某些阶层的一种社会生活条件。不能承受的生命之轻影响着我们这个世纪的最后二十年里,挪威首都的法格博格中学这些沉思默想的渴求知识的人,剥夺了他们说话的能力。对他人。谈话。谈话陷入僵局。埃利亚斯·茹克拉这个社会阶层的人不再交谈。或者只是些只言片语和无关痛痒的泛泛之谈。他们基本上只是耸耸肩。是的,也许还是互相耸耸肩,一种讽刺式的心领神会。因为对话需要的公共空间已被占用了。正如俗话说的,他们在那里进行其他活动。作为局外人,你不得不宣布公共空间已被占用,你就成了

"虚假的"。在"不自然"的惊讶里,你不得不说这样的空间不复存在了。不复存在。不复存在。不复存在,因此像埃利亚斯·茹克拉这样受过高等教育的老师会突然感叹:啊,不,卡西·库尔曼·菲弗*可能确实得了糖尿病。这和一位重要的政治人物会有什么关联?对此我满腹狐疑。他为什么这么说?在教师办公室里高声说出来,所有的老师都能听到。他们会惊得目瞪口呆吗?不,他们没有,反而意味深长地点了点头。他们也想知道,卡西·库尔曼·菲弗是否会安然无恙。一位身患糖尿病的高层政治人物。这可能不是件易事。啊,埃利亚斯·茹克拉多么渴望有人可以倾诉。啊,他多么渴望有人能打破这种局面,说点什么,哪怕只是提到生活还有更多其他的东西。他真的希望有人能在这一点上做出暗示,哪怕通过某种暗号,是的,哪怕只是某个人在教师办公室里的一次简单谈话中,突然竖起自己的食指指向天空,以这种方式表明在我们这个地区,存在一种以基督教为基础的悠久的宗教传统,人们常常这样指

---

* Kaci Kullmann Five(1951—2017),前挪威议会议员,诺贝尔委员会成员。

向天空，传说上帝和他的天使们，还有那些受祝福的人应该在那里。啊，埃利亚斯·茹克拉会紧紧地拥抱他，不管对做这个动作的人和其他人来说，这根手指多么滑稽可笑。对埃利亚斯·茹克拉来说，这会是一个充满严肃性的信号，即使裹着讽刺语言的外衣。啊，他真的腹内饥渴，他觉得自己的大脑过热了，仿佛脑膜上有一种潜在的精神炎症，随时都有可能爆发，他不再是一个神智完全清醒的人，他仿佛在等待一次发作，仿佛马上就会出现一轮剧烈的、解脱性的呕吐，就在接下来的某刻，但这并没有发生。他期待着同事里能有人表达一些别的意见，一些可能成为前奏的东西，他在他们说出的每一句话里努力寻觅挖掘，怀着世界上最美好的愿望，对一切都做出最有利的解释，准备着在可能隐晦的话语一出口的时候，就立即赶去救人，以表达自己的感激之情，然后他自己也开始说话，他想，一开始的时候很可能只是嘶哑的低语。有一次这种情况出现了。突然间就这么发生了！在第一节课的上课铃声响起之前，他的一个同事走进教师办公室，说：我觉得今天我有点像汉斯·卡斯托普，我可能应该躺在被子里。埃利亚斯·茹克拉猛地一惊。他没听错吧?有人提到了汉斯·卡斯托普的名字,而且是以这种漫不经心的方式,就像顺便一提一样?托马斯·曼的小说《魔山》当中的主角汉斯·卡斯托普,被法格博格中学的一位老师随口提及,而且不是德语老师,而是一位数学老师!是的,千真万确,埃利亚斯·茹克拉在那一瞬间心里陡然一亮。这里必须补充一点,这当然不是法格博格中学的同事们第一次提到某个作家或文学作品中某个虚构人物的名字。他们提到过的作家有易卜生、奥拉夫·迪恩、谢兰等等,但都是在教育背景下发生的,是与教学有关的问题。或是有人去国家大剧院看了一场易卜生的戏剧,就会提到易卜生的名字,同时也会提及剧中的一些主要人物,以及饰演这些人物的演员的名字。但在这种情况下,这更像是在走一种程序:一个同事在剧院里度过了一个愉快的夜晚,他在办公室里提到了这件事,或许另一个同事前几天去过同一家剧院,看过同一场剧目,那他也可能会提到这件事,如果之前他没有提起过的话,甚至可以听到有人对海达·高布乐或是房格尔小姐的诠释是否令人信服表达不同的意见。这些都是简短的交流,就像评论雅恩·奥托·约翰森的大胡子在电视节目《国外一览》里是不是一种干扰元素,或达恩·伯厄·阿克罗的主持风格是他自己的,还是通过对国外节目,特别是美国或英国的节目深入研究后模仿的。但那个数学老师说的话,我觉得今天我有点像汉斯·卡斯托普,这句话就不同凡响。天真自然,脱口而出。没有什么深奥的意义,只是一位数学老师感到有点轻微的发烧,所以他琢磨着今天是应该盖着被子待在家里,还是忘掉这件事,仍然去学校,因为他只是有点不舒服,不是真的病了,于是他就这样告知他的同事们,自己不是很舒服,而他这么做的时候,忽然想到自己的情况有点近似于汉斯·卡斯托普在八九百页的《魔山》中生病的状态,于是他就说了这样一句话来解释他的病情,不是为博取同情,而是用他突然想到的常见参考来描述自己的状态,于是话便溜到了舌尖:我觉得今天我有点像汉斯·卡斯托普,我可能应该躺在被子里,或许是因为他刚好正在读《魔山》这本书,也或许因为当他醒过来时有一点发烧,他就这么想了,今天我要待在家,躺在被窝里,那我就可以继续读《魔山》这本书了,然后他又改变了主意,为解释这一切,他说:我觉得今天我有点像汉斯·卡斯托普,我可能应该躺在被子里,当他这么说的时候,他的一位同事,这个五十出头的挪威语兼历史教师埃利亚斯·茹克拉开始快乐得心里发颤。是的,一阵突如其来的快活的颤栗传遍他的全身。另一个人——甚至还是他自己的同事,提到了小说中这个杜撰的人物汉斯·卡斯托普,作为对他自身日常状态的一种自然的参照!对埃利亚斯·茹克拉来说,这是学校里不可思议的一天。一整天里他都很高兴,当他站在讲台上课时,当课后走回办公室,和其他同事坐在一起时,他的心情一直很愉悦,偶尔也会偷偷瞥一眼说那句话的同事。他坐在讲桌后面,用他那令人恹恹欲睡的方式授课,他的母语文学授课依然没能突破常规,还是普通的沉重的一堂课,但他的心里一直在哼唱着:我觉得今天我有点像汉斯·卡斯托普,我觉得今天我有点像汉斯·卡斯托普,这种快乐是如此强烈,以至于他用手摸了摸自己的额头,看自己今天是否也有点出汗,有点潮湿,有点发烧的迹象。在此之后的很长时间里埃利亚斯·茹克拉密切关注这位同事,他非常愿意与他更熟悉一些。是的,事实上他在竭力地去接近他,但他的同事并没有注意到。在课间休息时他坐在他的身旁(在午休时间和午餐时间,大家多半都有固定的座位,埃利亚斯·茹克拉和他坐在不同的桌上),等候着他说点什么。讲点类似于他曾讲过的那些话,那些可以给予他同样奇特的精神振奋和鼓舞的话。在教师们私下的一些聚会上,不时和他在狭窄的过道上相遇,站在他身旁。他自己试着想说点什么,但说什么呢?他想说的话无法说出口,实际说出来的话也没有使他们互相增进了解,只是简单随意地说了几句,因为他们站在狭窄的过道上,或是在短暂的课间休息时间坐在同一张桌旁,是不可能完全保持静默的。他想着,他可以邀请他共进晚餐!埃娃的烤羊肉,配上大蒜和迷迭香的调料。不,不要大蒜,和不太熟识的朋友一起进餐时,不适合加上大蒜类的东西,他们一定是不喜欢这样的,吃了之后会有口气。不,烤羊肉加欧芹,多多的欧芹。他想邀请他的这位同事和他的妻子来家里与他和埃娃共进晚餐。他站在狭窄的过道上那排玻璃门的书柜跟前,试着想象如何筹划邀请他来吃晚餐的事。但这不会显得有点奇怪吗?他们俩并不熟悉,只是一般的同事关系,现在刚开始有一些关于天气和风之类的简短对话。邀请他一同吃晚餐,甚至还邀请他太太一起来,看上去是不是有点不可思议？要是不邀请他的太太呢？那更糟糕，埃娃、埃利亚斯·茹克拉和这位数学老师，那为什么非得这样呢？不，他必须邀请他和他的妻子一起来。但这样做看起来更觉得不靠谱，他并不是真正熟悉这位同事，更不知他的太太是谁，而埃娃对他们两人则是完全彻底的一无所知。或许他应当再邀请罗尔夫森，罗尔夫森和他的太太，午休时间鲁福森和那个数学老师坐在同一张桌旁，就在他的对面，埃利亚斯·茹克拉经常看见他们聊天。他和埃娃对罗尔夫森和他太太都很熟识的，对，就这么办。但他也没有这样做，因为总的来讲，他觉得自己还没有跟他熟悉到可以邀请他及他太太的程度，对罗尔夫森和他的太太也一样，尽管他们俩跟罗尔夫森比较熟。他首先得对他更加了解。但他未能如愿，他无法让自己说些能使他们彼此间更为熟悉亲近的话，数学老师那方面也无有可诠释为他希望与茹克拉相熟的什么迹象。另外他渐渐发现，迫使自己接近他，这是不合适的，同事们不可能完全没有察觉，至少这一点他确信无疑。于是一段时间后，埃利亚斯·茹克拉不再从那狭窄走道的书架前走过，也不再在课间休息时和他坐在同一张桌旁，偶尔为之，但那一定是在极为自然而然的一刻，否则这种情况绝不会发生。但他始终在期盼着。期盼着那个同事会说出点什么，让他兴奋得颤抖，微微冒汗，就像发烧一样；他坐在那里留意着，教师办公室里人声嘈杂，午休时间尤其如此，通常不可能听清楚其他桌上的人都在说什么，特别是没有刻意去听，而只是坐在那儿带着些微的期待，看是否会冷不丁地出点什么状况，而这种情况不太可能发生。啊，他巴望着有人来讲点什么，这念头折磨得他快疯掉了。夜晚也是如此。在埃娃上床睡觉后，他坐在雅各布街自己家中的客厅里，喝着啤酒和阿克维特烈酒，陷入沉思。他有自己的想法，也读了很多书。历史和小说。他读的大多是1920年代的小说，这对他来说是一个概念。马塞尔·普鲁斯特、弗朗茨·卡夫卡、赫尔曼·布洛赫、托马斯·曼和穆齐尔是他读得最多的作家，对于他来讲，他们都是1920年代的作家。还有詹姆斯·乔伊斯，他不喜欢乔伊斯，但他仍然也把他算作一位1920年代的作家，因为这样才能感受到二十世纪欧洲小说的大致轮廓。严格来说，他所谓的1920年代作家很少是真正的1920年代作家，至少是有所保留的。比如卡夫卡，他写的书没有一本是1920年代的，甚至绝大多数都在1914年前就完成了，但还有谁比卡夫卡更称得上是1920年代作家呢？托马斯·曼应该算是一位十九世纪作家，但他最著名的《魔山》和《浮士德博士》都是1920年代的作品——尽管《浮士德博士》在第二次世界大战后才正式出版。马塞尔·普鲁斯特最著名的作品《追忆似水年华》大部分内容写于1914年前，只有很少一部分在1920年代完成。而1920年代里给这些作品打上烙印，不仅是因为这些作家的大多数作品均在那时问世，也因为人们觉得这些作品的背景应该是1920年代，在弗兰德斯泥泞的战壕里，徒劳无益、毫无理由的血腥战争持续了整整五年之久，这些作品是对昔日欧洲的反思。欧洲在这场战争中幸存下来，是我们这个世纪的真正的历史之谜，至少对我而言，总有一天要把它弄个明白，埃利亚斯·茹克拉想。埃利亚斯·茹克拉眼中的这些1920年代小说之所以具有启发性，还因为它们并没有因为实际创作时间的不同而有所区别，无论是写于1914年前、1914年—1918年的第一次世界大战之间，还是其后，即真正的1920年代，譬如《魔山》，甚或更晚一些，也就是1930年代—

1940年代，是的，埃利亚斯·茹克拉甚至可以毫不犹豫地将我们这个年代的作品也归为1920年代。《审判》《追忆似水年华》《梦游人》《没有个性的人》《魔山》（如果愿意的话还可以加上《尤利西斯》，但这是在钻牛角尖，埃利亚斯·茹克拉自己非常固执地坚持这一点），它们都是具有催眠效果的、叙事冷静的小说，来自同一历史时期范畴，也就是我们这个世纪真相变得清晰而痛苦的那个时刻。埃利亚斯·茹克拉不知道自己为什么会对1920年代小说如此情有独钟，在书中他也未觉出应该有的那种感同身受，但他喜欢它们的风格和温度，无论1920年代的作家们在写作风格和温度上有多大的差异。他在这些作品中再次发现了欧洲大战引起的心灵的颤栗，八十年后，他在自己的灵魂里也再次发现了这种颤栗。在那场战争中，他的祖国一直处于中立的边缘，至少相对弗兰德斯战壕而言是如此，但他的内心深处却属于这些震荡仍在回响的地方，应该有更多人思考过这个问题，埃利亚斯·茹克拉想，在1920年代成为一个历史锚点的起因，也就是1914—1918年的战争开始之前，这个锚点就已经存在了，而在我的脑海中也存在着由此产生的震颤，尽管没有任何历史证据，埃利亚斯·茹克拉沉思着，略微感到些惊讶。或许我应当把昆德拉也归为1920年代作家，之前我不认同这一点，因为他的写作深受第二次世界大战——1945年以后的东欧——的影响，而不是1914—1918年间的战争，但以我现在所想来判断，这不应该成为障碍；以作为读者的我为例，当然我完全可以这样做，昆德拉可以完美融入1920年代的作家，而且我对他极为看重——是的，我很看重他——埃利亚斯·茹克拉想，所以昆德拉也是一位1920年代作家。但在老的这批1920年代作家当中，他最喜爱的一位逐渐变成了托马斯·曼。最初是卡夫卡，然后是马塞尔·普鲁斯特，但最近他开始越来越关注托马斯·曼。因为他有一个奇异的想法，认为托马斯·曼是唯一一个能写出一部关于他——埃利亚斯·茹克拉——的小说的作家，他可以写下他的整个故事，没有自怨自艾，没有牢骚满腹，还带着一种罕见的幽默，一种完全不同于我们这个时代的幽默，这是曼式幽默，不是用来对抗现实，而是一种谨慎的暗示，当一切都结束后，正如最终发生的那样，命运如何也并不重要（在这个想象的例子中，是埃利亚斯·茹克拉的命运），尽管它确实是一种命运，必须加以研究，当然肯定也可以研究。当然，有资格成为小说中的主角本身就是一项成就，但我又有什么权利认为自己可以被视为这样的人物，而且还是在托马斯·曼的小说中？埃利亚斯·茹克拉胡思乱想着，几乎要对自己摇头。托马斯·曼不会对我的灵魂或是我灵魂的黑暗感兴趣的，他凭什么会对它有兴趣？但我想，他可能会从描述我今晚在雅各布街这所公寓里的徘徊中获取某种乐趣，我在这里走来走去，被这样一个事实困扰着：我是一个具备社会意识的个体，但却再也无话可说，埃利亚斯·茹克拉想。事实上，托马斯·曼是1920年代作家当中，唯一一个会考虑把埃利亚斯·茹克拉塑造为小说人物的作家。他可以生动地想象自己参加试镜，被选为小说中的一个角色，受到1920年代作家们的审视。他能看到他们如何婉拒他，一个接着一个；他看到马塞尔·普鲁斯特几乎连眼皮都没抬一下，就向他的同事们投去了短暂的、意味深长的、讽刺性的一瞥，然后塞利纳粗鲁的笑声（是的，塞利纳也是典型的1920年代作家，尽管《茫茫黑夜漫游》写于1930年代）在埃利亚斯·茹克拉耳畔回响。只有托马斯·曼会认真对待这个渴望成为小说人物的可怜的候选人。他会看着埃利亚斯·茹克拉,问他是否可以说说,为什么他认为自己的命运可以用作小说素材,无论是作为主要人物还是次要人物,毕竟如果一个人有当主角的意愿,就必须清醒地认识到,他也可以适合成为次要人物。这是一个作家对某个人的命运产生任何一点兴趣的先决条件,他想着托马斯·曼这样对他讲。在埃利亚斯·茹克拉讲述了自己的生活之后——无论我是否说得磕磕巴巴,都会是简洁的典范,他想——托马斯·曼会谨慎但友好地看着他,说:是的,我不会允诺什么,就我所知,我现在的计划还无法容纳你和你的生活,但在这之后还有其他时间,到时候我们可以再来讨论这件事。我什么也没有承诺,恰恰相反,但这应该足使先生您不至于气馁,像以前一样继续生活,即使没有准予您作为一个角色进入我的小说里。对,这些晚上埃利亚斯·茹克拉就像这样一直坐到夜深,幻想着自己的生活,以及至少与他最看重的文学有一点交集的可能性,他感到有点害羞,是的,或许还有点羞耻,因为他担心,在判断自己是否适合成为托马斯·曼小说中的一个人物时,他以托马斯·曼的口吻说了太多话,或者说,让托马斯·曼来表达对他作为托马斯·曼自己小说中人物的可能性的看法，根本就行不通，即使这只是他个人的想入非非。现在我们已经进入了1990年代，是的，被现代性弄得眼花缭乱的挪威人已经开始期盼千禧年的到来，以及届时的盛大烟火表演，埃利亚斯·茹克拉想着，发出了一声几乎听不见的叹息。

在埃娃·琳达的女儿卡米拉·科内柳森从雅各布街的公寓里搬出去之后，现在那里只有他们俩了。一个轻微酗酒的教师和他的妻子，昔日的女神。可以说埃娃·琳达那难以描述的美貌已经消失了吗？对埃利亚斯·茹克拉来讲，这不是正确的表达方式。也许他可以说她的美貌已经消失了，或者她已经失去了自己的美貌，但在这种情况下，他必须从她昔日的美貌里剔除"难以描述"这个概念，因为他觉得这种说法不太恰当，是的，说埃娃·琳达那难以描述的美貌已经消失了，或埃娃·琳达已经失去了自己难以描述的美貌，这是不恰当的，甚至是误导性的。埃娃·琳达不可能失去她难以描述的美貌。她身上发生的生理变化必须用另一种形式来描述，而不是与她曾经拥有的美作为参照物来比较。他可能说过——而且确实在心里对自己说过——他很难从埃娃·琳达现在出现在他面前的身材和举止中找回她从前的魅力。她发福得厉害，看上去自然显得笨重。现在她在房间里穿行的方式，也不再是他记忆里那个当初的她，听到她的脚步声时，他会常常冒出这个念头来。她的面庞也失去了从前令人难以抗拒的柔嫩，那柔嫩的面颊曾经让男人们想入非非。但埃利亚斯·茹克拉现在看见年轻女人的时候，他觉得她们的脸庞光滑细腻，但并不是与埃娃·琳达联系在一起的那种柔嫩，他得承认，他很怀念那种柔嫩。但他只是在看见埃娃时思念这种柔嫩，而不是那些年轻的女人。埃娃跟以前一样坐在镜子前化妆。埃利亚斯·茹克拉注意到，她能够看见自己憔悴的脸，五官不复精致，脖子也失去了线条，她弯腰向前，头发轻轻滑落下来，她跟从前一样把它撩开。埃利亚斯·茹克拉站在她身后，在卧室的门口，看着梳妆台镜子前的妻子，说了一番关于女人的青春永驻之类的溢美之词，拥有漂亮妻子的男人们经常会开这种玩笑，仿佛时间没有在她身上刻下任何痕迹。他觉得说这些奉承话是他的义务，但其实并无这种必要。埃娃·琳达确实在尽力修复自己黯淡的容貌，但她似乎并不十分在意那些已经发生的变化。发生的已经发生了。到最后她似乎为美貌的逝去感到欣慰。她任凭皱纹和赘肉出现,丝毫没有因为失去了轻盈和难以言喻的吸引力而歇斯底里。她从未认识到自身的美丽光彩,她一直把这美视之平常而安之若素,对男人们为她的美貌优雅吸引而投向她的目光,她更多的是感到困扰而不是喜悦。现在她自由了,看上去这也的确适合她。现在埃利亚斯·茹克拉站在她身后,站在卧室的门口,在她日常梳妆时说了一番满足她的"虚荣心"的话,她不得不微笑,她喜欢他的用心,但其实并无这种必要,他的行为并不能让她振奋起来。

在卡米拉搬出去之前,埃娃·琳达就已决定自己要有一个新的未来。她结束了在奥斯陆电影局的秘书工作,因为她希望接受教育,成为一名社会工作者。埃利亚斯对此表示支持,因为她强烈想要做一份更有意义的工作,而不是她在奥斯陆电影局,或是不管哪里的什么秘书工作。因此她干了一系列社会机构的临时工,特别是那些与吸毒者有关的机构。所有这一切都是为了积累申请进入挪威市政与社会学高校的分数。埃利亚斯·茹克拉对她突然对吸毒者产生兴趣有点难以理解，以前她从未表露过这方面的兴趣，这可能与卡米拉的少年时期有关，作为母亲，她担忧自己的女儿会因不慎或追求刺激而尝试，在他们自己意识到这一点之前就陷入瘾君子的环境。但她没有明确表示过这种担心，据他们所知，卡米拉也没有给过她这种担心的理由。埃利亚斯自己认为，最主要的原因是她不再满足于这份秘书的工作，她不想再干下去了，尤其当她想到自己今后几十年都要继续做这份工作的时候，因此她或多或少都想去追逐新的东西，也是或多或少地偶然有了当一个社会工作者的念头，因为从事与吸毒者有关的工作让她觉得很兴奋，两三年来，作为临时工，她每天都在和吸毒者打交道，她对这份工作的热情已得到了证实，因为她没有放弃，也没有开始做别的事情，或者说她压根儿就没想过要去做别的事情。作为埃利亚斯·茹克拉，她是可以这么做的，至少在理论上这是成立的。埃利亚斯·茹克拉不明白，为什么与吸毒者打交道会让她感到兴奋和具有挑战性，在他看来这是一种繁重的工作，几乎没有什么亮点，那种环境也不会让人感到快乐，看看埃娃值完夜班一大早回家时的那副模样，他就知道这一点。但事实是比起当秘书,她更喜欢这份工作,即使值完夜班回家后身心交瘁,她也没有动摇。埃利亚斯·茹克拉怀疑埃娃失去对秘书工作的兴趣与她逝去的美貌有所关联。他不会向别人透露自己这种观点,尤其是埃娃本人。但在她美得难以描述的时候,她做秘书一直很开心,埃利亚斯·茹克拉怀疑,那是因为她的美貌给予了她一种保护。不管听起来多么矛盾,她很抵触男人的目光。坐在柜台后面,她的美貌对进入办公室的男人似乎有种教育作用。至少对绝大多数男人都是如此。当他们看到她时,他们都不自觉地变得和颜悦色,彬彬有礼,以某种方式表示出友善和礼貌,竭力表现出谦谦君子的风度,得体地陈述他们要办的事宜。对这一切她极为受用。那些没有这样做的人,那些试图和她搭讪、自吹自擂、哗众取宠的人,在这样的场合中让自己显得非常荒谬,很容易遭到埃娃毫不客气的尖锐嘲讽,而且往往是在另一位秘书或男性上司在场的情况下。埃娃总是不得不忍受那些无法摆脱的闪烁的目光,那些在背后偷瞄她的目光,对这一点她无可奈何,但在奥斯陆电影局办公室里,她终于可以结束这一切,报复回去,她为此感到非常高兴。埃利亚斯认为他有充分的理由下此断言,也是因为埃娃跟他讲过自己工作的情况。当她的美貌不再时,虽然她并不觉得沮丧,但这种乐趣也随之消失了,剩下的只是例行公事的秘书工作,因此,她开始寻找其他更有意义的事情。她选择了做一名社会工作者,去值班,对此她并无后悔。初夏时节她收到了令人愉快的消息,就在这个秋天,就在三周以前,她已经开始在挪威的市政与社会事务学院学习。也就是说,埃娃·琳达要在已近五十岁的年纪,面对为期三年的大学课程。这也意味着埃娃和他在这段时期内只能靠一份收入维持生活,也就是他作为教师的薪水,虽然不是很高,但如果他们节俭务实,也足以应付生活的开销。无论如何,年近五十的妻子决心接受有意义的学习深造,而不是到处去抱怨自己的工作,无论是做秘书还是——说起来有点荒谬——做一个教师先生的家庭主妇,至少埃利亚斯是极为高兴的。顺便说一句,从他们结婚的时候,也就是1970年代中期开始,他就经常建议她继续自己的学业,但那时有太多的"如果"和"但是",还有卡米拉,事情一桩接着一桩,一半就足够了,埃利亚斯·茹克拉想。

埃娃·琳达在雅各布街的寓所中过着自己的

生活，夜晚她睡在卧室的门后，埃利亚斯·茹克拉坐在那里想着自己的心事。为了保证第二天的精力，她很早就上床睡觉了，她在社会学院学习，班上的学生绝大多数都是远比她年轻得多的一代人。尽管她的美貌已经严重衰退，但她仍不失为一位优雅的女士。她知道如何打扮自己，无论是像她的同学一样穿一条牛仔裤，还是穿一身灰色西装和高跟鞋。一个有气质的女人，埃利亚斯·茹克拉可能作如此评价，其他的人亦如是说。是的，有点过于丰满，但仍是一个优雅的成熟女人。不过她对她的丈夫埃利亚斯·茹克拉已经不再有吸引力。埃娃身上总有某种卖弄风情的样子，他很喜欢这一点。因为自己的外貌而收到男人注视的目光，这确实让她很烦恼，但她仍旧未能摆脱自己美艳的桎梏。她不喜欢盯着自己的目光，但她又做不到无视，于是她用一种迷人的卖弄风情的方式来应对。她脆弱的美丽。她的整个存在方式都建立在他人眼中美得难以描述的基础上，她没法做到不去利用自己的美貌，因为外界眼中的她就是她，尽管她并不认为美貌本身有任何价值，当然对她来说也没有任何价值，这美貌依旧是她的资本，她必须要利用自己的美貌，才能获取一些有价值的东西。她强迫自己最大限度地展现自己的美貌，因为她没有别的东西可以利用，如果她有别的可以利用的资本，也不会有人在意，至少在了解她并被她吸引的时候不会。她知道自己的价值，虽然她并未琢磨出其中的意味。但当她看着一个男人时，她知道这意味着什么。所以她不应该盯着男人看，但当她这么做的时候，她知道其中蕴含的意义。也就是，她知道她可以看着一个男人而且几乎可以肯定会产生预期的效果。荒谬可笑，但事实就是如此。当她美艳不再，她知道这种情况不会再自动发生，她不必再面对这些。她从美的桎梏中解脱出来了。她不必再装模作样卖弄风情，不管是出于自愿还是被迫。美貌已经离开了她，她可以自然真实。她不再是一个卖弄风情的女人，而是一个真实自然的人。她可以以一个简单而直率的成年女性的形象立于人前，她在这样的年纪开始一段长期的学习生涯，这种勇气和决心给人留下了深刻的印象。埃利亚斯也对她怀着同样的敬意。一位优雅的女士，和她的年轻同学一样穿着牛仔裤，或是在适当的天气或场合，穿一身灰色套装和高跟鞋。她脸上的肌肤有点松弛，这是一种自然的生理变化的表现，这种变化所有人都有，男人和女人一样无例外，但对女人来讲，这常常意味着她们失去了自己的魅力，尤其是那些漂亮迷人的女人。如果她没有意识到这一点，而是与之抗争，试图让自己看起来像一个年轻的女孩，而不是接受身体的这一自然变化，坦然地面对生活，那后果往往是可悲的。埃利亚斯·茹克拉无法否认他为妻子感到骄傲，能够和她一起生活了将近二十年，他常常怀有一种隐秘的、深深的满足感。但他也不禁怀念她的魅力，或者说，她的那种卖弄风情。

这种感受他无法与任何人分享。他不能对埃娃说，我爱你卖弄风情的样子，因为他说不说她都不会在意，对这些她无动于衷。他本可以对她说，我喜欢你现在把头往后一甩的姿态（因为这让他想到了埃娃以往刻意扬起头来的模样，虽然并不完全是，因为她现在还保留着这习惯性的动作，这与她被美貌所桎梏的时候用来吸引男人的那种表演没有关联，只是自然地把头往后一甩。但这依旧是一种回忆，对埃娃的一种回忆，这是他一直在追寻怀念的东西），她会喜欢的，她会笑起来，带着一点困惑。她会喜欢的，但她不会再重复这个动作了，因为他想象着自己曾经有一次这样说过,她听到了他说的话并无反应。因为现在她已经从这一切中解脱出来。但他怀念着她已经摆脱的束缚,同时以一种奇特的方式,感受到了她的冷酷无情,他难以用语言来表述。

总之,埃利亚斯·茹克拉不禁觉得,埃娃的自然随性中带有一丝冷酷的意味。摆脱了卖弄风情之后,她表现出冷漠和自私的另一面。仿佛美貌对她举止的要求已经驯服了她的天性。或许她一直有这一面,只是在为她的魅力神魂颠倒的时候,埃利亚斯·茹克拉没有看到?他所说的"被宠坏"和"娇惯"也许正是这种情况的一种表现,但这种情况出现在一个三十出头的漂亮女人身上,与现在出现在一个年近五十的中年女人身上,给人的印象是不同的,没有那么直接。再者,很明显,埃娃·林德能够摆脱美貌的束缚,并不是靠自己的力量,而是借助了自然的发展,可以说,这给她提供一种可能,去展示自己更庸俗的一面,而且极其快乐,无需伪装掩饰,像一个自然的人一样,让一切无拘无束地展现出来。毫无疑问,她也是贪婪的。就看她盯着属于别人的东西那副模样,她那皮肤松弛的脸上,显露出的是一种贪婪,想到自己与她同桌进餐,同床共枕,这简直让埃利亚斯·茹克拉感到惊骇。不在于这贪婪本身，而是在他们二人的关系当中表达出了这种情绪。她占有了并不属于她自己的东西。当他们两人参加朋友聚会时，她高声赞扬主人的那些豪华精美的器具陈设，她一次又一次地走向它们，观看欣赏，高声赞誉，投向它们的目光里充满极度的艳羡，这自然大获主人欢心，也让埃利亚斯·茹克拉暂时放下心来，觉得她的行为只是出于礼貌。但并非如此。因为当她站在昂贵的精品时装店，或是一些高档家具店的橱窗跟前往里望进去时，她就是这副样子。她站在那里，贪婪地盯着里面的奢侈品。不过她从不抱怨他，因为他们不可能有钱买这些东西。但她有对这些东西的渴求，当贪欲之光从这张皮肉松弛疲惫的脸上透露出来，她站在那里，身体笨重，几乎看不出体态，穿着优雅的灰色套装，将鼻子贴在玻璃橱窗上，这场景让他感到惊骇不已。这光辉的，不，喧嚣的女性的贪欲，在一个不再张扬自己的女性魅力的女人身上表现出来，一个年近五十的普通女人。这种对奢侈品的渴望永远无法满足，除了观察别人家里的陈设和盯着玻璃橱窗之外，她从未显露过自己想拥有这些东西的愿望。这个不再卖弄风情的自然普通的女人,她放弃了自己的女性特质,却滋生出如此贪婪的女性欲望,埃利亚斯·茹克拉感到一种可怕的陌生感击中了他,他怀念从前的日子。让她回到楚楚动人的那个妙人儿,他毫无悬念地被她吸引,这也正是埃利亚斯·茹克拉出现在她近旁的正当理由。但当体态臃肿的她站在那里,把鼻子贴在奢侈品商店的玻璃橱窗上,贪婪地往里盯着看时,在那一瞬间,他便全无了和她在一起的正当理由,就在这个瞬间,那种陌生感在他的心上猛地一击。但同时他也强烈意识到自己变得有多么依赖她,因为当她站在那里,渴望着所有那些奢侈品时,她没有流露出半点自己希望从他那里得到的意思,但她仍然向他表现出了极强烈的渴求,尽管她并不想要,因为这是不可能的,他知道这一点,假如她不尽快地向他表现出一点善意和亲切,以抵消他的这种看法,这种怀疑,怀疑这就是她对自己生活的真实表达,或者这种对奢侈品的贪婪只是她背着他的秘密生活的一角,而现在她几乎是公开地向他展示,那他为此产生的不安将真正摧毁他。她后悔了吗?当她站在那里,鼻子贴在玻璃橱窗上,一个优雅但已臃肿松垮的四十多岁的妻子。

但她确实对他表现出了极大的善意,就像他试图跨过根深蒂固的社会痛苦并向她表达尊重和善意一样。或许他们各自活在自己的世界里,但他们住在同一个寓所,共同拥有那里的东西,在这样的条件下他们彼此有所关联而没有碰撞,但在各自的轨迹上与对方擦肩而过,并不觉得对方的存在有紧迫压抑之感,也不会感到被干扰,或是有不舒服的感觉。她可能也会突然打破自己一贯友善的运作模式,完全信任地转向他。这个秋天她四十七岁,而他时至今日仍是一个中学教师,五十三岁。她向他吐露心声,让他窥见她生活中最私密的一面。她向他诉说自己身上不舒服的地方,一边抱怨着,一边把身体上那些使她难受的部位指给他看。当她像这样半裸着身子坐在那里,指着自己身上爆出的静脉时,她一点都不像一位优雅的女士,只有当她穿上牛仔裤,看起来那么圆润的时候,或是穿上那身灰色套装和那双高跟鞋,她才是一位优雅的女士。但她却以完全的信任和自然,让他看到她的身体。在这些时刻他是她的丈夫,她毫不担心自己的身体在肉欲、性感等方面的衰败,她向他展现自己的身体,同时天真地谈论着困扰她的东西,只和他谈,他是目睹她所有这一切的唯一见证人。对埃利亚斯来说，这是痛苦的。她有点胖，身体松弛。埃利亚斯·茹克拉听着她的讲述，感到一阵强烈的刺痛。她指着自己完全走了样的身体，告诉他那些鼓胀起来的静脉如何困扰着她。埃利亚斯·茹克拉记得这个声音一直吸引着他，他记得当他给她打电话时，听到她的这声音会感受到一种特别的愉悦。但这声音也会一点点地消融变化，就像人在电话里同一个陌生人通话一样，可以毫不费力地明白对方的年龄，但这并不包括我们熟悉的女人。假如当初的生活是另一个走向：1974年约翰·科内柳森和埃娃·琳达（还有小卡米拉）一起去了纽约，留在了那里，二十年之后他们回来做一次短暂的拜访，埃利亚斯·茹克拉将和他们会面，比如就在欧陆酒店的大堂里，看见埃娃时他会想：这就是埃娃，她算是完了。但假如他们不是见面，而是给他打了个电话，他先和约翰·科内柳森讲话，然后是埃娃，他听到她的声音，那时他会想：埃娃！因为他会立刻听出来这是她的嗓音，那么清晰，但声音里含有一种奇特的含混不清，声带底端带着一种喑哑，仿佛得了慢性感冒，他会立刻在脑海中想象出埃娃的模样，是他的记忆中1974

年 5 月最后一次看见她时的那个样子。此时埃娃就在用这样的声音说话,她坐在那里,半裸着身子,露出松弛的身体,把大腿上曲张的静脉指给他看。这一刻他对她产生了一种强烈的爱怜。埃娃!埃娃!他暗自叹道,一动不动地站在她的身旁,让这柔情完全淹没了他。他完全可以把对埃娃的这种爱怜表露出来,或许他也应当这么做,但他无法表达自己现在对妻子埃娃·琳达产生的爱怜究竟是基于何种缘由,因为她并不关心,或许会感到困惑,甚至可能会反感,同样,她无疑对他对她的真正感情也并不关心,也会感到困惑甚至反感,埃利亚斯·茹克拉想。

她对他是冷漠的。她从未接纳过他。她对他只有一种可能的冷漠。尽管她也对他表示出深深的信任——差不多是全无遮掩的——但在与丈夫相处时她所做的一切,始终蕴含着一种可能的冷漠。对自己褪尽的美貌她居然能安之若素!难道她就没考虑过,现在对埃利亚斯·茹克拉来说,她已经失去了吸引力?即或不是如此,她不也应当感觉到内心深处有一种恐惧吗?埃利亚斯对她的迷恋正在逐渐消失。这念头至少应该在她的心中一闪而过,像是脸上掠过的一道阴影,极其轻微，但他从来没有看到过这样的阴影。她如此轻易地接受了现实，这对她来说是一种解脱，但她也就此把自己完全对他封闭起来了。她不明白这一点吗？他希望她不明白，希望这念头能远离她的想象，从未在她心里闪过。因为如果不是这样，如果她明白，但却没有为此担心，那么这就意味着，对她来说，他爱她或不爱她并不那么重要，而且从来没有那么重要过；与此同时她又一直心怀感激，因为她可以在需要的时候来到他身边，留在他身边。是这样吗？基于这样的想法，埃娃·琳达继续存在于那里，就如一个难解之谜，是的，一个使埃利亚斯·茹克拉激起情欲的女人。这个体态略嫌丰满的女人与他同桌进餐，同床共寝，但从来没有向他敞开过心扉，同时也不让他走进她的内心深处，她自身的那些急迫紧要的问题——不管是当初还是现在，都是淡而化之烟消云散。此刻他站在比斯勒特体育场的环岛旁边，心里想着的就是她，他的手被伞骨划得鲜血淋漓（可笑），自己也束手无策，小雨淅淅沥沥，他不知道现在要走哪一条路，过往的车辆溅起泥浆。大祸已经闯下了。他知道校长会试图淡化整个事件，同事们会试图说服他留下继续教学，他们会说任何人都可能出现这样的崩溃。但它没有发生在任何人身上，它发生在他身上。对他来说，他已经出局了，干脆可以说他已从这个社会完全出局。他知道自己再也不会踏进法格博格中学半步，也不会去别的学校当老师。埃娃在社会学院的三年学业刚刚开始，要依靠他的工资维持生活，作为妻子，她该怎么办呢？这意味着一切都结束了，他想。这令人不寒而栗，但已无回头路可走。

安德森教授的夜晚

圣诞节前夜，安德森教授的客厅里有一棵圣诞树。"我必须说出来。"他注视着它，心里想着。"对，我必须要说出真相。"接着他转过身去，听着电视里播放的圣诞歌曲，在客厅里慢悠悠地走动着。"对，我必须要说出来。"他又重复了一遍。"那，我该说什么呢？"他思忖着，补充了一句。他望着餐室里已经精心铺设好的餐桌，桌上是一人份的餐具。"不可思议，这传统怎么这么深入人心，"他想着，"完全没一点儿幽默感，"他加上一句，摇了摇头。他很高兴地等着这道圣诞晚餐。圣诞树下有两个包好的圣诞礼物，分别是他那两个已是成年人的侄子送的。"如果我说我希望得到一个皮烤得焦黄酥脆的猪排，是不是就给这节日添加了一点幽默感？不，"他想，"要是猪排烤得不够酥脆，我会大发雷霆，高声咒骂起来，管他是不是平安夜。"他补充一句。安置圣诞树的时候，他就这样高声骂过，费劲地把圣诞树安放到底座上，之后检查树是否安放好了，有没有东倒西歪——室内的圣诞树是应当端端正正地立在那里的。把那些小灯泡挂到圣诞树的枝条上时，他也这样高声怒骂过，今年他跟往常一样围着树走了一圈，结果电线缠在了一起，于是他不得不回转身来重新开始，把灯泡一盏一盏拆下来，差不多完全又从头到尾再做一遍。该死，那时他骂了一句。该死，响亮而清楚，但那是昨天的事了。"不可思议，平安夜在我们脑子里这么根深蒂固。"他想。这个节日，这神圣的夜晚，是从午夜十二点开始的，并非像许多挪威人认为的那样在此之前，今天是圣诞夜的前夜，或者说，平安夜。他来到厨房，打开烤箱，取出猪排，感受到一股肉香扑鼻而来，金黄焦脆的猪排让他十分满意。待一切就绪，他把猪排端进餐室准备好就餐，然后走进卧室匆匆更衣。再次从卧室走出来时，他穿着一套质地精良的灰色西装，洁白的衬衣，打着领带，一双黑皮鞋擦得锃亮。他在餐桌旁坐下，开始享用他的圣诞晚餐。

安德森教授享受着自己传统的圣诞正餐。他吃烤猪排，要配酸白菜*、新鲜蔬菜、土豆、糖渍李子和红浸浸的蔓越橘果酱，这是他家乡地区的人们通常的吃法。挪威的绝大多数人都在这同一时刻——下午五点到七点之间——在某个地方享受这道圣诞晚餐。他喝啤酒和阿克维特酒，因为在圣诞节之外难得吃得如此丰盛，人们通常都会喝点烈酒。他慢慢地吃着，神圣而庄重，若有所思地喝着酒。用完餐之后，他把餐盘和其他餐具放到托盘上一起放回厨房，端上来的甜点是米浆†，这也是他们家族的一个传统，虽然味道并不怎么样，他想。但他依然吃得很庄重。之后他收拾好餐桌，走进客厅，把咖啡放在壁炉前的小桌上。他点燃壁炉，坐了下来。咖啡和白兰地。"那些圣诞糕点我就免了，"他想，"圣诞糕点饶了我吧，我宁愿喝更多的咖啡和白兰地。"他快活地笑了，凝视着立在壁炉一旁点亮了的圣诞树。圣诞树看上去很简单，闪亮的配饰和挪威小国旗一层又一层对称得当地围裹在树上，把它点缀得颇有

---

* 用乳酸菌发酵的卷心菜，北欧一种流行饮食。
† 一种用冷米粥、糖、香草和生奶油制作的甜羹。

气派。"大多数的人对圣诞树的装饰都过于繁赘,"安德森教授自言自语着,"但有小孩子的家庭大多都愿意这样的吧。"他善解人意地补充了一句,然后开始打开侄子们送给他的礼物。一个侄子送了他一本英格瓦·安布约恩森[*]的小说,另一个侄子送的是卡斯滕·阿尔纳斯[†]的小说。"是啊,是啊,今年的圣诞也不例外。"他想着,轻叹了一口气。

晚上安德森教授感受到了一种内心的祥和与安宁。这种心灵深处的平静,不是因为宗教气氛的感染,而是出于一种社会性的缘由。他喜欢让自己沉溺在社会礼仪规范下的这些圣诞仪式里,而事实上他又全然不把这些当回事。他并不需要搞这一套,他是独自一人庆祝圣诞节的呀,他没有把这些习俗与内心深处的情愫联系在一起,比如就算没有这棵圣诞树,他也完全可以过好这个节,如果有人在圣诞节期间来拜访他,也没人会因为他没有圣诞树而有所指摘,相反,他可以想到的是那些可能会来看望他的人会因为他有一棵圣诞树而表示惊讶,而且是那么大的一棵圣诞

---

[*] Ingvar Ambjørnsen(1956—),挪威作家。
[†] Karsten Alnæs(1938—),挪威作家、历史学家。

树——事实上比他自己都高大。他不妨现在就开始驳斥那些会因此而落到自己可怜的脑袋上的俏皮话,他这样想着,忍不住笑了起来。不,安德森教授是有圣诞树的,一棵比他自己都高大的圣诞树,他觉得圣诞树就应当这样粗壮高大。安德森教授庆祝圣诞节,主要是因为想到自己可能要对着干,不庆祝,他感觉非常不安。让平安夜的一切都见鬼去吧,让该准备的准备,该庆祝的庆祝,日子还跟往常一样,这样就会多出来一个极为必要的工作日。穿着普通的牛仔裤写一份讲稿,或者回复一些信件,都是他早就该做的事情,特别是其中涉及官方公文的部分。在厨房里吃烤肉饼和奶油烩卷心菜,或者是一道他最拿手的意大利面。做自己平日里该做的事,让其他人在万家灯火中欢庆他们的圣诞。他原本可以去做这些事,而不引起任何特别的反应,这个念头让他有些意难平。在某种程度上,如果他这样做了,他会感觉到自己情感上的迟钝。"对,我确实会感觉到自己的愚笨。"他带着几分执拗想道,或许还有几分惊讶,因为事实上他就是这样看待圣诞节的。他不能破坏圣诞节的规矩,他必须遵守传统习俗。这就是他应当做的事情,没有任何别的选择,即使他是以自己的方式遵循习俗,无关家庭责任或其他义务,在这义务之外他才能感受到自身的存在,那种真正发自内心的感觉,指向一种对他来说毫无意义的意义。他独自一人过节,是的,没人知道,或者说也没人在乎,他参与了这一重大的基督教节日,为纪念耶稣的诞生,在这整个过程中他感受到了内心的平静安宁,也实现了与自身的和解,即使他在国内最古老的学府里担任文学教授,拥有很高的社会地位,这种和解对他来说也是不多见的。

他坐在壁炉跟前,注视着里面燃烧的火焰。他把那两份圣诞礼物的彩色包装纸扔进了壁炉里,看着它被火苗吞噬。两张写有礼物赠送者和收受者名字的卡片没有扔进去,他保留它们的主要原因是他不忍心扔掉那些带着个人祝福的东西,手写姓名的礼品卡就是这样的东西,他想。他喝着咖啡,品啜着白兰地,凝视着壁炉里跳动的火,徜徉在自己的思绪中。时间在流逝。他不时站起身来走到窗边,向外望去。在空旷无人的街道上,上了锁的汽车一排排停在人行道的边缘,街对面的公寓里有灯光投射出来。有些房间是黑的,只有屋内深处圣诞树发出幽暗微弱的光,这意味着住在那里的人出门了,和家人一起欢庆节日。但也有房间亮着灯光,那里的人们在家里庆祝圣诞。他特别注意到有四间公寓,能看到许多人在那里聚会。刹那间他懊悔了,在享用圣诞晚餐的时候没能起身到窗边来瞅一瞅街对面,因为那时他或许会看到那四家人同时坐在桌旁的情景,所有人尽在自己的视野中。在每一间亮着灯光的公寓里,他们各自面对面地并排坐着,彼此之间明显保持着距离,实际上相互并不熟识,即使他们是出于同样的习俗礼仪,为着同样的目的而聚在一起。啊,要是能亲眼看到这一幕,他该有多高兴啊,这种天真、忏悔的文明之美,让他感到如此亲切,然而现在为时已晚。但此刻他依旧能观察到那四间灯火通明的公寓,那些画面给予了他一种奇妙的归属感。他可以隐隐约约地看到所有公寓里的人影。他们或是坐在窗前七臂烛台活泼泼的烛光下,或是在枝型吊灯的亮光下,甚或在屋内深处圣诞树的黯淡的光线里,坐在一片混沌迷糊的静默中。他可以感觉到在那些热腾腾的屋子里,人们的面孔和身体散发出的暖意和热量,一种如释重负后的宁静蔓延到安德森教授身上,带来一种昏昏欲睡的熟悉感。他知道他与他们之间有一种默契。在这个晚上,当时间接近十二点,平安夜即将开始时,他希望自己能与他们同聚在一处,至少有那么短短的几个小时,哪怕屋内的那些人或许没这个想法,同时这与他的性格也相去甚远,但在安德森教授和他从自家窗口观察到的他们——那些在混沌迷糊的安静中坐在自己公寓里的人们——之间,现在依然存在一种默契,彼此融为一体,因为他们都是这有着深厚历史渊源的文化传统仪式的参与者,即使只有首都这里的少数人才能共聚一处,获得完全意义上的体验,但至少在这一刻,大家都是参与其中的。

这一定是晚上大约十一点钟,也就是所谓的圣诞夜或平安夜到来之前的一个钟头,我们挪威王国和其他北欧国家每年都在这同一天庆祝这个日子,虽然重点是前夜,也就是所谓的圣诞前夜,但都目标一致,是为了纪念这个神圣的夜晚:我们的救世主,来自拿撒勒的耶稣,在这个夜晚于犹地亚伯利恒镇的一个马厩中诞生,这一年被称为公元元年。安德森教授就这样站在那里,注视着街对面灯火通明的公寓,心里充盈着奇特的亲近感,因为无论他们留意与否,所有人都在这个夜晚,与两千年前的古老画面联系在一起。在他的内心有一双眼睛,他看到在我们的历史纪年开启的那一年的十二月,犹地亚沙漠上方一片辽阔的天空。苍穹繁星密布,成千上万的星星在深邃碧蓝的天空里辉耀闪烁。伯利恒郊外田野上的牧羊人。一位天使站在他们面前,宣告一个重大喜讯。安德森教授用心灵的眼睛看到天使站在牧羊人和羊群跟前,他的心里充满了光明,想象中的天使的画面让他感到愉悦与欣喜,给这漆黑的夜晚带来了光芒。他想象自己听见天使赞美上帝的声音,这也使他相信自己有了一种奇特的如献祭般的圣洁情感。马厩里的一个马槽。玛丽亚和约瑟夫身着宽松的衣袍,俯身在马槽上方,牧羊人跪下朝拜,羊群看着他们。巨大的金黄色的伯利恒之星在沙漠的天空中闪耀。三位智者骑着骆驼,跟随那颗巨星穿过沙漠,在伯利恒的马厩外停了下来。东方之国的君主们匍匐在马槽前,呈上黄金、乳香和没药。啊,这些画面可能会让他带着孩童般的向往为它们所俘攫征服,但内中并不带有深刻的宗教含义。在那个时代,几乎没有什么东西能够幸存下来,对这些遗迹的无信的敬拜在重见天日之后,瞬间就会迷失在历史的迷雾中,安德森教授想着,微微叹了一口气。"我站在这里,半醉半醒，多愁善感，还被圣诞经文所吸引，"安德森教授想。"一个五十五岁的教授，向着自己内在的天真完全敞开心扉，因此能够自然地接受那些宗教追根溯源的古老故事，让它们悄然地进驻自己的灵魂，会像这样吗，你说呢？"他疑惑起来。"对，一定会是这样。"他补充一句。"那就让它这样好了。"他又在心里加了一句。"我不信教，但我属于基督教文化，我可以让圣诞节的平和与宁静充溢我的心灵，而绝不带半点的戏谑之意。平安夜即将到来。但所幸我有着自己的定规。"他这样想着。"在我嘴里是说不出'耶稣斯邦纳'*的，它会自动变成'巴苏斯耶纳'，我会大笑起来，"他这么想着，感觉到哈哈的笑声已在他的全身荡漾开来。"我也说不出'耶稣'这个词，他急急地补了一句，好让自己严肃起来，"我必须立刻加上'来自拿撒勒'，我可以说'来自拿撒勒的耶稣'，但不能只说'耶稣'。我可以说'救世主'，也可以说'基督'。若是有人问我是否信奉耶稣，那这会有点为难我，但若有人问我是否信奉基督，那

---

* Jesusbarnet，意为"耶稣的孩子"，带有浓厚的宗教色彩。挪威孩子变换字母，故意把'耶稣斯邦纳'念成'巴苏斯耶纳'（Bassusjernet）

没问题,我可以恭敬诚实地回答说不,我不信基督。"安德森教授这样想着,凝视着街对面那些灯火通明的窗户。看见人们坐在自己的客厅里,坐在亮晶晶的圣诞树旁边,庆祝这个有两千年历史的节日。"这种仪式对许多人来讲已经意义不大,但他们又不能不遵循习俗,还换上了最漂亮的衣服,就像我一样。"他想。"带着一种孩童的天真,对,就是一种孩童的天真,"他重复道,"在这个极北之地,在一个高科技发达国家的现代化的首府,在二十世纪即将结束的一个漆黑寒冷的夜晚。"他想着。"是的,一个成年人应该带着完整的童心感受平安夜的画面,"他想,"至少在他内心极深处,能以温和接纳的态度看待周遭,或者以平和宁静之心应对各种可能,鼓励它们的存在,而不是像人们通常做的那样,将其搁置于应在的位置上,而且往往也是正确的。"他迟钝机械地补充了一句,此时他正站在自家公寓的窗前,等待平安夜的来临。他会在深深的思索里消磨一个或者两个钟头的时间,然后上床去睡觉。这样决定好之后,他穿着自己最漂亮的衣服站在窗前,注视着街对面那些灯光明亮的窗户。

一扇窗户里的一个女人进入了视线。它不属

于那个晚上他特别注意的四间公寓之一,而是同一幢房屋里一个较小的寓所。他留意到整个晚上那里都亮着灯,但那扇窗户没怎么引起他特别的好奇心,或许是因为那里面的人待在房间的深处,不可能对他们产生什么印象。但现在那里站着一个女人。她在朝外面张望。安德森教授觉得她很美,她站在窗前,有一头金色的长发,严肃地直视着前方。实际上她不一定长得很漂亮,但像现在这样出现在窗口,展示出的就是一种美,那纤细的少女般的身影,还有那金色的长发。"青春,"安德森教授想,"她也许是个办公室职员,也许是个学生——全职学生抑或是半工半读。"然而他不能观察她多久了,因为她倏地转过身去,屋里的另一个身影在她身后冒出来。这是一个男人,看上去也很年轻,安德森教授没有立刻弄明白,为什么他会认为这个新出现的身影是个年轻男子。"但就是那么确信,没有片刻的犹疑,可能这跟他出现时那副精神抖擞的样子有点关系。"他想着,然后他看到那个他立刻确定并断言是个年轻人的男子双手掐住了女人的脖子,他不禁惊恐万分。安德森教授看见女人的两只胳膊上下挥动,身体在那个男人的钳制下扭动挣扎,然后突然完全静止，瘫软下去。年轻男人直起身来，安德森教授急忙把自己藏在窗帘后面，因为他看见他正朝窗户走过来。教授小心地从窗帘后面往外窥探，对面那间小公寓的窗帘已经拉上了。

"我必须报警。"他想。他朝电话走过去，但没有拿起听筒。"这是谋杀，我必须报警，"他想，但他还是没有拿起听筒。相反，他又走回窗口。街对面那间公寓的窗帘还是拉上的。没有任何迹象表明那里发生了不寻常的事件。圣诞节前夕的深夜，窗帘拉上是很寻常的事。"但我亲眼看见了，"他喃喃自语，"我是一场谋杀的目击者，我一定要说出来。"他注视着那扇拉上了窗帘的窗户。他盯着那里，一直盯着那里。窗帘拉得严严实实，没有透出一丝光亮。"发生了什么事，"他想。"这太可怕了，就在我的眼皮子底下发生的呀，是的，我可以描述出所有的细节。我必须报警。"他走到电话旁边，可是没有拿起听筒。"我要说什么呢，"他想，"我目睹了一场谋杀？对，这就是我必须要说的。然后他们便会嘲笑我，让我上床睡觉去，等脑子清醒之后再打电话，这是众所周知的事实，"他接着补充道，"你喝了点酒，又要试着做出一副头脑清醒的样子，那很容易会让人觉得你醉得不轻,又因为你对自己说话时的口齿不清非常焦虑,最后你的舌头就会真的完全不听使唤。我现在就是这样,这是行不通的。"

客厅里所有的灯都关掉了,他站在窗帘的后面,留意着那扇发生过一场谋杀的窗户。他就这样在客厅的黑暗之中站了几个小时,一直盯着那里,盯着对面那扇长方形的窗户,他之前看到的一切都被隔绝在内。"真奇怪,我没有报警,"他想,"现在报警也为时不晚。即使他们不相信我,坚持认为我是喝醉了或者其他什么,但至少我算是报了案,然后就该是他们决定做什么了。就这么简单。"但他没有去打电话。他就站在窗前盯着,盯着对面那块长方形。他还在里面吗?应该是吧,因为他没有看见有什么人独自从大门里出来。但他也可能在安德森教授到电话那里去的工夫逃脱了。那他为什么要拉上窗帘呢?"不,他肯定现在还在里面。"安德森教授想。"在这密闭的窗帘后面,有一个年轻男人和一个他刚刚杀死的女人,我知道这件事,"他想,"但我却什么也没做。我应当打电话的,就算不为别的,单单为着自己。真是奇怪,我知道我应该怎么做,但我却做不到。事情就是这样,我简直拿它没辙。"

他继续盯着那紧闭的窗户，同时也留意着大门的动静，以防凶手从那里出来。但什么事情也没有发生。已是深夜时分，安德森教授注意到自己有了几分睡意。他为什么站在那里？为了看窗帘会不会又被突然拉开？或是凶手会不会从大门出来，让他看到？为什么他要这样？这与他有何相干？他非得要瞧瞧这个他未能向警察举报的男人，这个本来会因刚杀了人而被逮捕的男人吗？他非得这样做，究竟是为了什么？安德森教授必须承认，自己就是想看看这个杀人凶手，差不多有点走火入魔了。这就是他为什么站在窗边，眼睛没有半点松懈，直直地盯着大门口那里。因为他十分清楚，他长久地把目光锁定在那扇关得严严实实的窗户上，希望看到窗帘被再次拉开，是出于某种荒唐无稽的想法——那时候展现出的一切将都跟以前一样，那个年轻的女人将出现在窗口，跟先前一样青春美貌，他也无需再继续揣测下去，不论是什么理由。但当他的目光扫过大门口，所要捕捉的是凶手在那里出现的一刻，而不是那个不可能的梦：一对年轻夫妻吹着口哨，在圣诞节的凌晨从那里走出来。啊，不，他是绝对不会相信这个场景的，即使是在不可能的梦里也不相信。当他朝大门口瞥去时，就是为了看到凶手飞奔出来逃之夭夭，就是为了看到他的面孔。一个像着了魔一样的希望。然而这希望向安德森教授展示了太多繁杂的画面，他决定不站在这里让自己被为实现看一眼凶手面孔的古怪愿望所裹挟。于是他上床睡觉去了。

他入睡了。肯定是不安宁的睡，但他睡去了。他的身体在床上翻来覆去地折腾着，几乎是一种极不安宁的睡眠，但他也算是睡了。快到清晨时他醒了过来，他得起床去撒尿。于是他翻身下床到卫生间去了。撒完尿，他又折回来睡觉，但他回到床上之前，绕了个弯先去了一趟客厅，他向窗户那儿走去，瞅着街对面的那个公寓看，那窗帘依旧紧闭着。他又回到床上，当他醒来时，早已天光大亮了。

他去卫生间梳洗完，穿上昨天穿过的那件西装、白衬衣和领带，脚上是黑皮鞋。这是圣诞节的第一天，他去厨房做早饭。在餐厅摆桌时他又一次转身走到窗户那里，朝外面张望。开始下雪了。大片的雪花从天上飘落下来，覆盖了路面和人行道。一切看上去都是那样宁静祥和，当安德森教授让自己的目光停留在街对面那间寓所的窗户上时,他觉得心里紧了一下。窗帘依旧紧闭。用完圣诞节的早餐后,他决定在这个下雪天里出去溜达一圈。

安德森教授在西勒贝克有一套宽敞的公寓,位于弗朗纳海湾下面一个靠海的住宅区,但去往海边的道路先是被一条铁路(这条线路现已废弃)阻隔,然后是一条高速公路,这是通往奥斯陆西部的交通主干道。他走出大门,一阵新鲜清冽的空气扑面而来,转过一个弯,他来到德拉门路,同时感觉到飘飞的雪花落在自己的头发上(他没有戴帽子)。地面的雪已积得很深,除了德拉门路上之外,其他地方的积雪还无人清扫,辅路上弥漫着一种欢快的、听天由命的气氛,车主们很难驾车离开。同时因为今天是圣诞节,实际上没法指望有谁能尽职尽责,于是关于这场夜晚或是凌晨时分的降雪带来的混乱的冬季环境,最终在人们的吵嚷中达成了一致,而这些对于安德森教授来说是可怕的社交活动。他冒着雪大踏步地穿过身边嬉笑的人群,他们正努力完成自己徒劳而艰巨的任务。他走上了尼尔斯·尤勒斯大街,到了比格岛林荫路,然后朝布里斯克比走去。他只是跟许多人一样,在圣诞节早上出来散个步。既然已经走到了布里斯克比,他决定往回走。再往前走有点受不了了,他已经开始喘粗气。他既没有得到休息,还加上心烦意乱。"啊,"他想,"我还是希望我打过电话,那就完全万事大吉了。那只是一段令人紧张的经历,就我而言已经画上了句号。而现在我是既不消停也不安宁。"他这么想着,决定就此打道回府。

然而有那么一瞬间,他想知道自己是否不该继续这样下去,他朝布里斯克比走去,然后沿着布里斯克比路走上因都斯提街,再往前走到马尤斯图阿,警察署就在雅各布街。"现在我可以报警了,"他想,"之后我就一了百了。肯定会有些不愉快,因为我没能早些检举,但大家都会明白的,只要人们试着去理解,那一定会是个完美的结局。"继续朝布里斯克比走去,沿着布里斯克比路去到马尤斯图阿的警察署,有一瞬间他被这个念头牢牢占据——事实上这想法完全可行,这让他几乎全身一阵轻松。但在这种轻松的心情还未传遍全身,他已明白这只不过是一个空想,他的确会为此暂时雀跃起来,但他绝不会将其付诸行动,同时他决定同这些假想的推断,这些只会导致他越来越深地陷入困境的假设做一个了断。他这样对自己说着，转身走下尼尔斯·尤勒斯街，又朝西勒贝克走去。他回到家，急切地想知道有没有发生什么事情。站在楼下的街道上，也就是他自家寓所的那栋房子前面，街对面就是另一栋房子，他克制着自己不要朝对面那户人家的窗户望去。一直等到开了锁，进了大门，上楼进入自己的公寓，锁好房门，他才朝窗口奔了过去。啊，那里一切照旧。

"振作起来。"他敦促自己。"你在圣诞节这天离开了半小时，更准确地说，是在12点45分到13点15分之间，怎么能想象这么短暂的时间里窗户那儿会出点什么状况呢？希望吧，对，但这希望很渺茫。那儿肯定会发生点什么，但不一定会在今天发生。静下心来，去想想别的事情。"但他做不到去想别的事。

"我得和什么人说说话，"他想，"我得打个电话。"他开始思考要给哪一个朋友打电话，与此同时他想起来，明天，也就是圣诞节的第二天，他要去尼娜和伯恩特·哈尔沃森夫妇家吃晚餐。"我可以等到那个时候，"他想，"我可以跟伯恩特聊聊这件事，毕竟他是个医生。"约好的晚餐时间是晚上七点，如果他提前一个小时到那里，就有充分的时间和伯恩特聊一聊,那个时候尼娜应该在厨房里准备食物,他想。伯恩特很可能只需要安排酒水,把一瓶酒放在靠近壁炉的地方预热就好,伯恩特·哈尔沃森照看酒水的工夫,他就可以向他解释这件事。这个主意让他得到安慰,平静了下来。只消再等一昼夜的工夫,他就可以把这一切讲清楚了,这准能成。他可以坚持到那个时候。他进了厨房,看了看放在冰箱里的鲁特鱼*。他把鱼从冰箱里取出来,感受了一下。鱼肉不错,还很紧实,只要买到的鱼质量好,鲁特鱼在冰箱放一昼夜没问题的,他想,又把鱼放回了冰箱。他要到晚上才吃这鱼。他想,晚饭前的这段时间里他可以读一本好书,不管这么做有何意味。看书时可以喝威士忌加苏打水,晚餐喝啤酒和烈酒,喝咖啡配白兰地。

可以说万事就绪,一切照这套预定程序走了下来。在酩酊大醉之后的次日清晨,安德森教授醒了过来。雪还在下。德拉门路上到处都能听见扫雪车的轰鸣声,夹杂着机器铲刮路面上的积雪

---

* 一种用碱液处理过的鱼,多以鳕鱼为原料,是北欧地区圣诞节的传统食物之一。

时发出的尖锐刺耳的声响。对面的窗户依然窗帘紧闭。长方形的窗帘布遮住了整个窗户，把它盖得严严实实。在昨天，也就是圣诞节这一天的白天和晚上，安德森教授不停地走到窗边朝街对面观望，今天他也重复着一样的动作。他一整天都在期待着与尼娜和伯恩特·哈尔沃森的晚餐聚会。下午五点钟他就离开了自己的公寓，因为他突然决定步行去萨格讷，这是一条很长的路。

他沿着尼尔斯·尤勒斯街往上走到利德沃斯广场，然后沿着卡米拉·科莱特路和尤瑟芬勒斯街，穿过豪曼斯比恩到达比斯勒特，从那里出发，沿着道斯堡街往上走到乌勒沃路和圣·汉斯豪根，然后是瓦尔德马·特那勒斯街，陡直地朝下直到亚历山大·谢兰广场。再从那里顺着马利道斯路往上走到沃伊恩桥，再往上走，在阿克塞瓦河边有一栋小房子，邀请他一起共进晚餐的哈尔沃森医生夫妇就住在那里，现在积雪已经覆盖了河岸的草坡。他穿过大雪，在圣诞节阴郁的天气里向利德沃斯广场和比斯勒特走去，这一段路步履安闲，是的，他慢慢地走着，因为时间充裕，他不想到得太早，尽管邀请的晚餐时间是七点钟，而他打算六点钟就到那里。但走到比斯勒特之前，他已经注意到自己的步子加快了,因为他迫切想要实现自己的想法,于是当他走到圣·汉斯豪根,开始往下走向亚历山大·谢兰广场时,他已身体发热,感觉良好,并且对快要达到的目的充满期盼——他就要把这一切都讲出来了,此刻走着的时候他满脑子想的都是这件事。因为他很清楚,自己为什么会陷入这种境地。他别无选择。他是一场谋杀的目击者,而且没有报警。是的,他没有。他是绝对不会这么做的,他有自己的理由。凶杀已经发生了。这是既定事实,作为目击者他并不能挽回已发生的一切。他也无法对这种无可挽回的事发出警告。如果他是一桩抢劫案的目击者,比如看见强盗闯入那间公寓,抱着电视和音响设备出来,那他会毫不犹豫地报警,因为这是紧急情况。如果发生火灾也是如此。假如他看见有烟从窗户里冒出来,或是闻到焦糊味,他当然也会毫不犹豫地给消防队打电话。对,如果他在街上看到有人斗殴,一个人看上去像要杀死另一个人,他会飞奔去报警。如果不是太过胆小,在等待警察到来的时候,他会考虑自己介入去阻止事态恶化。好,我们权当他就是个胆小鬼,在警察到来之前一个人已经将另一个人殴打致死,而他在出事地点看到了这一切，于是这自然引起了他极大的良心谴责和内疚，但他得接受这现实，是的，他得接受这个该死的现实，这个念头死死地拽住了他，但不管是不是胆小鬼，他都应该报警。这一点毫无疑问，因为报警电话也许能够阻止一些惨剧的发生。而作为目击者来说，对这种既成事实的惨剧他无能为力。对已发生了的事件打电话报警，已经失去意义。这场凶杀是已经发生的事实，他是这场既成事实的目击者。"在凶手被捉拿归案之前，我不能对这事发表意见，这是我唯一要遵循的。"凶手会被捉拿归案，但不应是因为他，安德森教授，介入其中并通知警方，有人犯下了谋杀的罪行。对这个说法他必须反对。

"你们知道我在说什么吗？"他想，此时他正急匆匆地朝这两人的房子走去。"那个年轻女人永远不会再次站在窗前了。也许我这两天一直在期待她会又一次站在那窗户跟前，但她不会。她死了。她被谋杀了。窗帘拉上了。等它们拉开的时候，站在窗帘后面向外张望的会是那个凶手。让我参与抓捕此人绝无可能，我可不会干袭击一个杀人犯这样的傻事。"他想着，光是这个念头都让他感到恐怖，而与此同时他又急切渴望着向朋友倾诉此事,疾步走向马利道斯路。是的,他几乎是一路小跑着穿过风雪,穿过冬日的昏暗和城市的灯光,就是为了与他人分享他对这桩已然发生、无可挽回的凶杀事件的看法。

按下哈尔沃森夫妇家的门铃时,他已气喘吁吁。伯恩特开了门,"哦呀,你现在就到了?"他嚷道。"是啊,不是七点的晚餐吗?"安德森教授无辜地回答道。"对,晚餐是七点,可现在还差一刻才到六点呢。"伯恩特笑起来。"啊,真该死,我一定是看错时间了。"安德森教授小声咕哝着。伯恩特·哈尔沃森把门敞开,安德森教授慢慢走了进去,情绪有些低落。这不是他预先想象的那样。他预想的场面应该是伯恩特·哈尔沃森一脸惊讶,说他到得太早了,于是他就会顺理成章地回答:"是,我知道,但我有重要的事情要和你说。"为什么他没有这么说呢?

或许是因为在伯恩特看来他有点鲁莽了。但毕竟他还有充足的时间在其余客人到来之前和伯恩特谈谈这件事,他会试着用一种自然的方式进入这场谈话。但看上去似乎行不通。他没机会谈起这事,甚至在他和伯恩特各自拿着一杯酒在客厅里坐下时,也没能说成这事。那会儿尼娜正在厨房里准备晚餐，不时要丈夫帮忙做点什么。每次伯恩特去到厨房，安德森教授都有充足的时间来考虑如何谨慎地将谈话转到他急切渴望告诉朋友的秘密话题，要么鼓足勇气直奔主题，要么找到一个迂回的引子，让安德森教授轻松给出一个适时的评论，即使很糟糕也没关系。而当伯恩特·哈尔沃森回到客厅时，这一大堆话却瞬间消失得无影无踪。时间接近七点，其余的客人很快就要到了。安德森教授等待着门铃响起的声音。他们会按门铃的，因为他知道。他现在明白了，他还没准备好与他的好友伯恩特·哈尔沃森的谈话，不能谈这件事。他们可以谈许多别的话题，但不知为何，这件事不行。

其他的客人到了。他们都是安德森教授熟悉的朋友。演员扬·布伦希尔德森，国家大剧院出色的喜剧演员，还有他的第二任妻子，一个昔日美艳不再的空姐尤迪思·贝里。还有高级心理学家佩尔·埃克贝里和他的伴侣，文化部的高级公务员婷娜·纳普斯塔。所有客人都同主人尼娜和伯恩特·哈尔沃森一样五十出头，彼此相识多年。安德森教授很高兴尼娜和伯恩特没有再邀请一位女客人，若如此她便会是他桌上的女宾。在他看来,社交场合中,如果不必招待一位单身女宾,可以轻松很多。人们会觉得这位单身女宾对这场晚宴早有期待,他必须尽自己最大的努力让对方不致失望。作为一个单身男士,餐桌上没有单身女宾,他感到自己更轻松,表现也更风趣,因为他可以全身心地投入到这场聚会里,表现得亲切而友善,而不是一脸苦相地坐在那里,虽然或许也算得上是位有教养的绅士。

他们在餐桌边坐下来。席位的布置相当优雅,井然有序,座椅实际是男女宾客交叉安放好的,但看上去自然而非刻意,营造出一种额外随意轻松的气氛,女主人尼娜左侧是扬·布伦希尔德森,右侧是佩尔·埃克贝里,他们可以愉快地竞争她的青睐和注意。而男主人伯恩特左边是一位女宾尤迪思·贝里,她尽可享受这一点,再左边过去则是佩尔·埃克贝里。婷娜·纳普斯塔同样可以享受安德森教授作为餐桌同伴的乐趣,她的右侧是国家大剧院的喜剧演员扬·布伦希尔德森。如果女主人尼娜一直忙着和她右边的佩尔·埃克贝里说话,他们就可以互相交谈,这样一来安德森教授就得以解脱,可以找机会同坐在左边的老朋友伯恩特·哈尔沃森交换几句话,如果男主人与邻座的女宾尤迪思·贝里正相谈甚欢,他也可以只是坐在那里呆望着前方。通过这种方式,谈话可以轻松地从一个人流向另一个人,并以最大的可能让所有人都参与其中畅谈,假如多数人都对同一话题感兴趣的话。除了主人伯恩特,桌上没有人要照顾固定的女伴,因为他是唯一一个,所以很明显,他需要尽责地照顾在座所有的客人,让大家都一起参与讨论同一个话题。这再次证明了,在社交场合,人数为奇数并非失策,而是优势,安德森教授想道,组织聚会的人一再担心着是否邀请宾客要男女成双,这实在太不可思议了,安德森教授暗想,他几乎记不起自己最后一次参加的宾客人数为偶数的成功派对是什么时候。

饭前的开胃菜是拉克鱼*,主菜是松鸡。吃拉克鱼时喝啤酒和烈酒,吃主菜松鸡喝西班牙红酒,一种上等的里奥哈红葡萄酒。在开胃菜上桌之前,女主人尼娜有一番含有歉意的解释,因为他们对菜单的安排有些举棋不定。拉克鱼作为开胃菜,松鸡为主菜,看上去是很不错的搭配,尤其是考

---

* 淡水鱼(红点鲑和鳟鱼)经过半发酵的保存方式制成,有一种独特的香味和稠度。

虑到拉克鱼和松鸡的产地都出自同一地区瓦德勒斯。然后就说到了这些酒类。先上啤酒和烈酒,然后上红酒,尼娜并不觉得这是一个完美的搭配,但不然的话该怎么做呢?去找另一样开胃菜来配主菜松鸡?不,她不想这么做,她说。家里有来自瓦德勒斯的拉克鱼,还有来自同一地区的松鸡,这两样东西都没有花钱,松鸡还是伯恩特刚好在瓦德勒斯狩猎时打到的,拉克鱼是他们从在瓦德勒斯地区的一个老熟人那里弄来的,既然家里的东西都是现成的,自然就用它们了。"所以你们现在也得担待一下,吃拉克鱼时配啤酒和烈酒,之后是红酒。"最后尼娜这样宣布。

客人们吃着拉克鱼,用啤酒和烈酒互相举杯致意。安德森教授参加了他的好友尼娜和伯恩特·哈尔沃森举行的圣诞聚会。伯恩特是他从少年时期就认识的朋友,他们在奥斯陆峡湾的一座城市里一起长大,又一起到奥斯陆求学,伯恩特学习医学,他学习哲学,虽然各自的领域不同,但在整个学生时代他们都保持着密切的联系。不久伯恩特找到了他的尼娜——她也是学医的——于是安德森也认识了她。随后他也找到了自己的妻子,也是一位哲学系的学生。自他们的学生时代结束以来,这两对新婚夫妻一起度过了许多时光。他们经常见面,只在有一方离开奥斯陆时偶有中断,或是尼娜和伯恩特就职的医院位置不在城里,或是安德森本人身在国外,要么是因为某项研究资助,要么是在斯特拉斯堡做交换学者,直到十年前他离了婚,之后一直独自与尼娜和伯恩特保持着联系。伯恩特和他二人的事业都干得不错,他先前是在大学里工作,获得博士学位后,在相对年轻的时候就当上了教授,同一时期伯恩特也在医院开始了自己的职业生涯,成为主任医生时也很年轻,现在就职于乌勒沃医院。

其他的客人是尼娜和伯恩特的朋友,和安德森教授自然也相熟。他记得很清楚,佩尔·埃克贝里是1960年代初期的心理学学生,还有布林顿校区那令人昏昏欲睡的阅览室,他和婷娜·纳普斯塔都在那里攻读哲学。她个子娇小,动作敏捷,一走出安静的阅览室就滔滔不绝地高声说话,声音相当刺耳。他记得这让他有点神经紧张,尽管他觉得她也足够可爱。现在他在尼娜和伯恩特家里再次见到她,她已是佩尔·埃克贝里新的同居恋人,也是他事实上的第二任妻子,于是他不由得想起他的第一任妻子,因为佩尔如今已经安定下来，在第二任妻子的身上找到了慰藉，如众人所知，他的人生旅途已经有了一个注定的结局，至少短期内都不必再为他担忧。佩尔·埃克贝里是一个资深心理学家。这一头衔是他从政府部门转向私企，在一家国际广告公司驻挪威办事处担任主管时开始使用的。看上去他对私企的工作和政府机关工作都很满意，而且在私企的收入要多得多，也有可能他更看重新工作的创造性，包括他不需称自己为主管，而是依然以心理学家的身份亮相，不可否认，这个头衔在与广告业相关的文档里出现时更具吸引力。

如果让他选，比起佩尔·埃克贝里和婷娜·纳普斯塔，他更愿意和扬·布伦希尔德森与尤迪思·贝里坐在一起。扬·布伦希尔德森四十五岁，刚离婚没多久，他的上一段婚姻是一位事业远比他成功的女同事，现在他为一位空姐堕入情网。这是个四十多岁的单身母亲，姿色已衰，和一个意大利金融界人士的短暂罗曼史给她留下了一个十几岁的女儿。扬·布伦希尔德森那时是个典型的二流演员，他会爱上一位昔日光彩不再的空姐，无可否认，这件事带有浓厚的喜剧色彩，而且是那种怀有恶意的喜剧元素，对此，安德森教授自己也不能断言他完全没有偏见。而对他们成就的这一场爱情，安德森教授可算是扬·布伦希尔德森的秘密崇拜者。他仰视着他，并在内心激励他，扬·布伦希尔德森，国家大剧院的龙套演员，追随自己心灵的呼唤。"一个人年轻时对空姐的迷恋未能实现，失去了爱的能力，"他在心里呼喊，"即使她——尤迪思·贝里——与他梦想中的空姐并不相类，而只是一个容颜憔悴的中年女人，脊背坍陷，双脚浮肿，涂抹过的唇边有凄苦的皱纹，但仍是一位空姐，扬·布伦希尔德森和我仍会为之倾倒。"安德森教授想，彼时此时初心依旧。"扬·布伦希尔德森的爱情如此纯真，为此我对他十分钦佩，他一定会获得回报的。"安德森教授想。而且他已经获得回报了。在舞台上，在国家大剧院的大舞台上。他在那个舞台上取得了成功。先是他以自己的喜剧天赋演绎的那些小角色受到了剧院观众的关注。戏剧大师笔下那些极不起眼的小角色通常蕴含着一种巨大的潜在的喜剧性，但很少有人展现出来，或许是因角色的扮演者是个普通演员，假如让优秀的演员来演绎，很容易喧宾夺主，盖过剧中的主要角色和更重要的场景事件，从而破坏整部作品的戏剧统一性。但扬·布伦希尔德森成功了，因为他不是以一个大牌演员的身份，而是作为一个小演员来扮演他的喜剧角色的。他以一个不起眼的身份站在那里，既没有抱负也没有梦想。他并没有为了博取眼球，试图去展现这个角色所承袭的喜剧内核。他只是站在舞台的边缘，作为一个无名的小演员，扮演一个无名的小角色，却展现出自带光彩的喜剧天赋，真实而又嘶哑。众多的观众体验到了一种神奇的沉寂，那鸦雀无声的一刻，接着哄堂大笑。很快他得到了更重要的喜剧角色，现在他是剧院里喜剧流派的领军人物，剧院每次上演莫里哀、霍尔贝格*或莎士比亚的喜剧时，都指派他出演主要角色。虽然他对这些经典喜剧角色的诠释都很不错，尤其是在主角的外衣下，他一直保持着小演员的本色，真正能够打动人的角色本身的本真可爱，人们在观赏一部喜剧时都会对此有所触动，但安德森教授依旧认为，扬·布伦希尔德森在饰演那些小角色时更能展现他的卓越才华，许多人

---

* Ludvig Holberg（1684—1754），北欧哲学家、历史学家、剧作家，生于卑尔根，被认为是现代丹麦文学和挪威文学的创始人。2003年挪威议会设立霍尔贝格奖，有人文社科的"诺贝尔奖"之称。

和他持同样的看法。不过安德森教授没有表达过自己的想法，无论公开还是私下，因为他不想伤害扬·布伦希尔德森的自尊，即使扬·布伦希尔德森本人并不会听到他说的话。

他们吃拉克鱼，喝啤酒和烈酒。互相碰杯，欢笑，兴高采烈地胡诌一通。他们属于同一代人，一条牢固的纽带将他们彼此联系在一起，包括安德森教授在内，即使他这天晚上还挣扎在一种焦虑不安的情绪里，与他们貌合神离。他提前了一小时加一刻钟到达聚会地点，就是为了和他的朋友、男主人伯恩特好好聊一聊这事，但最终他没能开口，这使得他到现在都很沮丧。他现在感觉自己不是即将，而是已经陷入了某种无法想象后果的困境，甚至可能会失去自己的朋友，现在他无法否认的是，他强烈渴望向一个朋友吐露心声，一种完全敞开心灵、毫无遮拦的倾诉，但事实上当与伯恩特面对面时，他却开不了口。这让安德森教授有点心不在焉，在这种心不在焉的状态下，他很容易游离在聚会之外，用一个局外人的眼光看待它，就好像这场聚会与他无关，聚会上的一切举止和礼仪也与他无关，都是陌生人的动作，但结果并非如此。不管他愿不愿意，他都是二十世纪末期挪威首府这群五十多岁的成功知识分子中的一员。他们彼此相连的纽带是如此牢固，比如安德森教授与佩尔·埃克贝里和婷娜·纳普斯塔都不亲近，他在1960年代的布林顿校区与他们结识，那时佩尔·埃克贝里和婷娜·纳普斯塔彼此还不知道对方的存在，婷娜·纳普斯塔还记得佩尔·埃克贝里的第一任妻子，她是尼娜·哈尔沃森——那时候她还叫尼娜·黑尔贝格——少女时的女伴，打那时候起她就认识她了。回溯六十年代，以及在大学校园里随机建立起来的强大而活跃的纽带，他们所有人都曾在那里求学（除了尤迪思·贝里，那时她还是一名高高在上的空姐），也都曾在某个方面激进过。除了扬·布伦希尔德森外，没有人加入过像AKP*这样的极左组织——遐迩闻名抑或声名狼藉，全看个人的解读。对其他人来讲，要加入这样的组织，他们的年纪有点偏大了，做人做事已经有了自己的定例，但早在六十年代，他们就反对北约，也曾在七十年代对欧共体（欧盟前身）投反对票。在一场挪威和南

---

* 马克思列宁工人前线，挪威的一个共产党组织（1973—2007）。

非的网球锦标赛期间,佩尔·埃克贝里在马德塞鲁示威反对种族隔离,当场被警察带走。尼娜和伯恩特也一直参加反对核武器的活动,粗呢大衣上佩着"对核武器说不"的按钮状的徽章,形如挪威硕士学位的徽章(也状如按钮)。安德森那时还是一个本科生,管它叫核按钮,暗指他们学生时代非常流行的游泳徽章*,"我明白了,你们获得了核按钮,"他这样说道。但尼娜和伯恩特都没有笑,因为这种严肃的事情是不能随意开玩笑的。他站在原地,为自己拙劣的笑话没有引人发笑而感到难堪,因为他自己也有激进的一面。然而,本科期间,哲学和社会科学中经验主义学派盛行,安德森的激进主要表现在对经验主义的口诛笔伐者的兴趣和支持,同时对文学艺术领域的前卫思潮尤为关注。

在伯恩特·哈尔沃森对军备竞赛和冷战感到忧虑,急切地想要有所行动时,还是一名本科生的波尔·安德森正坐在自己狭小的学生公寓里,阅读那些晦涩难解的诗歌。这就是他的政治激进

---

* 挪威游泳协会于 1935 年设立了游泳技能徽章,要求无论任何类型的游泳,以不间断游到 200 米为四年级学生标准,按距离长短有相应的不同标志。

主义吗？这种激进将他与贯穿了伯恩特·哈尔沃森的同样的生命神经联系在一起，带着坚定而严肃的意味？是的，他关注法国和波兰的前卫电影，关注现代文学和抽象画艺术，他试图通过这些进入伯恩特·哈尔沃森所在的同一时代，他可以从内部准确地捍卫它，这种尝试有时不无绝望。他以巨大的热忱投入了解先锋艺术，这种艺术确实掌控了我们自己的时代。他经常在理解的过程中感到挫败，实际上，这种挫败比他愿意承认的更多，让他深陷一种不解、困窘和冷漠的状态，即便他使尽浑身解数，用自己所有的智慧机敏去理解，所知的仍不过是冰山一角。这让他非常沮丧，因为无法理解自己这个时代的艺术，不可否认的是他经常不懂装懂，对他自己压根儿不为所动的艺术品也佯作怀有一种热忱。但在另一方面：如果他对花了很长时期研习的——譬如一首现代诗歌——在瞬间有了领悟，他的整个身心便会充满欢悦！如果这领悟同时是出于他的直觉，这欢悦便会格外甜美。为什么呢？因为他的求索，他不安的、频频错乱的灵魂，仿佛理所当然一般与同时代最伟大的思想融合在一处。他豁然开朗，到达了最高境界。如同被现实打动一般，他真切感受到内心的宁静与满足，真诚地盼望有人能来到他这小小的居所，让他高声地为来访者朗诵这首诗歌。这一现实已转化了所有的习惯常态，呈现出完全另类的、通常是不协调的现实，在这个现实里，平常的事物落入不同寻常的、令人生畏的境地，通常还伴随着黑色幽默的意味，它们在一个变形的、不可思议的场景中游荡，这里充满惊惧和压抑的尖叫，愤世嫉俗和冷酷无情，蔑视和消解，紧张不安和酩酊大醉，对完全欢愉的信仰带来的致命的伤害，诸如此类，一切都不能削减理解自己同时代最杰出的作品给波尔·安德森带来的快乐。这个年轻人全盘接受这一切，同时也会认同严肃的、道德反叛的政治激进主义，这一点可能会让人觉得相当神秘。事实就是如此。波尔·安德森在思及自己对混沌的、打破常规的先锋艺术作品的理解时，难得有愉悦的时刻，作为一个未来可期的年轻人，他对自己无望的人生的自信心在这些时刻里得到了增强而非削弱。他寻求的并非安慰，而是无情；不是去看清和理解自己成长于其中的这种规范秩序，而是去瓦解它。他接近艺术，不是为了接受，而只是为了鉴赏。他无法想象对一件艺术品使用"回报"这个词，比如这件艺术品和这本书给予了我许多，教会了我许多，等等，但不排除他会思考，艺术开阔了他的视野，让他学会毫无期待地冷眼观看，他就这样感受着自己生命的存在，为了更加清晰地感受这种存在，年轻人常常会有这样的挣扎，十有八九都会变得格格不入。其实不难发现，年轻时的安德森一定是个心气很高的人。若他要带着自己所有的格格不入，成为自己那个时代的一部分，那他便必须理解这个时代里最出色的艺术作品，追求第一流的开悟。但安德森教授无论如何都会请求人们接纳他，尤其我们现在看到他为了与现代性保持一致，对同时代的先锋运动勾连的绝望尝试。作为一个时代的年轻人，当他费力地试着去理解一首比如庞德、艾吕雅、策兰或是普雷维尔的诗，然后他做到了，成功了，甚或只是直觉上的理解。难道人们不能想象一下在他成功时自尊心的飞跃——且让我们祝愿他乐在其中吧，让骄傲的情感冲刷这个青涩的年轻人内心的宁静与满足，此时除了已然实现的愿望，他只期盼有人能来拜访，这样他就可以与之分享自己的满足，在这简易的住所里为来人高声地朗诵这首诗。两个年轻人，一个为另一个念诗；两个年轻学生，一个为另一个高声地念诗,诗歌出自与他们同时代的年轻人之手,对此时与未来的生活都有极深透的见解。在意识上波尔·安德森觉得自己并不年轻,他没有体会到生命的浆液在青春脉搏里的那种膨胀涌动,跃跃欲试。他也不觉得自己特别强壮,精力旺盛无穷,就像上了年纪的人们对于年轻人常有的描述一样,作为一个正常的年轻人要有一副正常年轻人的身架,行事做派自然得是年轻人的风格。安德森是个面色灰黄的年轻人,每天抽四十支香烟,一周有三到五个晚上要在烟雾缭绕、人群拥杂的当地酒吧灌五到六品脱的啤酒,每周至少有两次是从宿醉中醒来,因此对他来说,把自己拽到布林顿校区,投入阅览室和课堂的辛苦功课,需要非常痛苦的努力。他生活的环境空气恶劣,日常生活懒散松懈,忧思不断,但毫无疑问,他年轻的头脑足以应付这些,他的未来充满希望。作风与他完全相反的医学院学生伯恩特·哈尔沃森偶尔来拜访,他就给他读比如耶奥格·约翰内森或是斯泰因·梅伦的诗。这两位挪威诗人只比他自己年长几岁,安德森对他们崇拜得五体投地。他坐在那张没有收拾过的床上,床上铺着从未晾过(但偶尔会洗)的床单,他为伯恩特读诗。

后来耶奥格·约翰内森和斯泰因·梅伦各自成为挪威诗歌界两个对立派别的代表,前者是最具才华的左翼诗人之一,后者则被保守派视为自亨利克·韦格兰以来最伟大的挪威诗人,但在安德森还未毕业的1960年代早期,当他读到他们的作品的时候,他们还是文坛上的新秀,两人的诗歌属于同一个参照系,至少对一个为了感受真实的存在而拼命靠向先锋派的年轻人来说是如此。波尔·安德森为伯恩特·哈尔沃森朗读过耶奥格·约翰内森的诗句:"我欣慰/我不会/在一面镜子里看到自己的死亡——当我的画像从墙上滑落/我像是一张墙纸/而当一位继承人计数我的稿纸/纸页白净光洁/宛如当初我购买时——一切都必须重新书写/如我当初落笔时。"然后是斯泰因·梅伦的诗:"站在高坡上的陌生人,聆听着/夜里城市的呼吸。他无能为力/他,也是一名观察者。透过夜的气息/放眼望去,海岸上的城市仿佛意外/被冲上了岸边。此刻卧伏在那里微微颤动,如同发光的水母——在遥远……遥远的地方,新的诸神盘旋在高空/天穹那看不见的轮辐之中/从远处望去,城市如同巨大/而轻颤的圆环,无休止地/

扩散着 S.O.S 的呼救信号。"在朗读这些诗句的时候他十分清楚，两位诗人在内容及语言形式上都迥然不同，在为伯恩特·哈尔沃森读诗时，他也尽量采用了不同的方式。对耶奥格·约翰内森的诗，他尝试用不连贯的、沙哑的嗓音来读，而读斯泰因·梅伦的诗，他带着一种爆发性的、几乎含着狂喜的声音（他曾在收音机里听过斯泰因·梅伦念他自己的诗），但这两人的共同之处在于，他们都是他的诗人，都能激发他的生命力，而他现在带着一种义不容辞的激动为伯恩特读诗，也是为了听听他的看法。

伯恩特听他念诗。他聆听着，但如果波尔·安德森急切盼望听到朋友的思考，寄希望于他能被自己的热情感染，那他一定会失望的。因为这种情况绝不会发生，年轻的安德森一定也清楚这一点，因此他这声情并茂的朗读，其意图也不可能是获得伯恩特热烈的反应。相反，他只是为了感觉到伯恩特在专心地、礼貌地聆听，对自己的朋友波尔所关注的事情保持开放的态度，这样他就会对自己之前认为理所当然的事情产生新的认识，比如他曾理所当然地邀请自己的朋友去参加一场又一场的先锋诗人的诗歌朗诵会，其中就包括他心中的英雄——挪威诗人耶奥格·约翰内森和斯泰因·梅伦,都是他们年轻的同时代人;也为了感受他和伯恩特是同路人,同路人意味着伯恩特以真正开放的心态聆听波尔·安德森朗读诗歌,不管他是用一种不连贯的、沙哑的嗓音读,还是用一种爆发性的、几乎含着狂喜的声音来读。他们俩就这样成了同路人,就此而言,为一个对先锋诗只有一般兴趣的人朗诵先锋诗,听上去也算符合逻辑。

跟伯恩特·哈尔沃森一起反对北约和核武器,对波尔·安德森来说是很自然的事,尽管他实际上不是特别关注这类事件,他更多的是把它当成一个讨论的议题,而不是一项与自己有关的政治活动,但他喜欢听伯恩特就某些政治时事提出言之凿凿的尖锐观点,比如1962年的古巴危机,然后发表几句表示赞成的评论,或是问几个问题,表达自己对于此事的关注,对他来说这是一种理所当然的态度。就像伯恩特听波尔·安德森读斯泰因·梅伦的《期待》时会说"这确实不错呢",听他读耶奥格·约翰内森的《世代》时会说"嗯,这很棒"一样,以此表示认可。但他绝不会因为想自己读诗或是高声为尼娜读诗去购买这些诗集,同样，年轻的安德森也不可能像伯恩特一样把"对核武器说不"的徽章别在衣领上，而是把它放在卧室的抽屉柜上，大大方方地展示出来，每个来访者都看得到。这种自然既是一个人对自己关注和热衷的事物的喜爱，也是一个人对另一个人所关注和热衷的事物所保持的礼貌距离或尊重，同时也表达了一个事实：他们两人身上流淌着同样的生命力，这生命力是他们所独有的，属于他们那个时代的生命力，是他们那一代人的共同情感。但这一代人只有一部分是这样。绝大多数的年轻人事实上都相当无动于衷，有自己的保守仪式，波尔·安德森和伯恩特·哈尔沃森并不喜欢这样，甚至有点鄙视。他们是这一代人中的少数派，但其与众不同足以构成一整个世代，对此他们全心赞同。他们共同一致反对他们——其他那些维护北约、赞成核武器、反对先锋艺术的人。也许并非所有那些反对种族隔离的人、那些参与马德塞鲁的挪威和南非的网球锦标赛示威游行的人，都会如此热衷于抽象艺术派画或令人费解的自由诗；也许他们当中许多人也并不多么欣赏，但他们也没有惊讶、激愤，或是排斥先锋艺术，即使一位韩国钢琴家在奥劳恩的音乐会结束时砸碎了钢琴，这种激怒了其他人的行为也没有激怒他们。他们只会评论说：他真的把琴砸了吗？

他们所有人（尤迪思·贝里除外，这段时间里她一直飞在他们头顶某处的高空，美艳出众，像一位受人侍奉的公主，而不是服务员）都以各自的方式参与这类态度激进的政治聚会，他们关注先锋艺术（或是保持礼貌的尊重），换句话说，他们属于一个小众群体，代表了新现代性，代表他们那个时代所独有的现代性，他们同时也培养出了自己的反对者，在偏狭的挪威出现了新的分裂变形的艺术形式。

这是三十年前的1960年代。现在他们所处的完全是人生的新阶段。生活不再摆在他们眼前，他们不再处于想到'我'就不能不联想到'未来'的人生阶段，但他们可以回溯过往，确认自己的成功：医生、心理学家、挑大梁的主演、教授和文化部门官员。他们都是五十开外的年纪，除了没有子女的安德森教授，连孩子都已长大成人。但只有主人尼娜和伯恩特夫妇有共同的孩子。高级心理学家佩尔·埃克贝里同他的第一任妻子有孩子，现在在奥斯陆上大学，跟他们的父亲一样，男孩和女孩学的都是心理学。婷娜·纳普斯塔的女儿在沃达读媒体研究。尤迪思·贝里和那个意大利金融人士的女儿是一名电视台主持人,现在在一个电视频道拥有一档自己的娱乐节目。尼娜和伯恩特有三个孩子,大儿子莫登二十七岁,离开医学院后当了一个摇滚音乐人(这是伯恩特说的,实际上他是一个流行音乐人),二儿子托马斯二十五岁,即将完成自己在医学院的学业,小女儿克拉娜·艾格涅十五岁,还住在家里,但这天晚上她恰好不在家。至于扬·布伦希尔德森有没有孩子,是缘于他的第一段婚姻还是其他,就不太清楚了。

假如在场有人给他们在这里的聚会拍下照片,我们从中会看到什么呢?照片冲洗出来后,围坐在桌旁的七人,两位主人和五位客人立刻便会认出自己,对自己的特点微微一笑,或许还会被其他人的特点逗乐。换句话说,他们七人都会观察到自己还有其他人的举止,并报以会心一笑。但三十年或三十五年之后,同一张照片放在,比方说,尼娜和伯恩特的儿子托马斯的相册里,在他把照片拿给自己二十多岁的孩子看时,托马斯和他的儿子(或女儿)或许也会露出会心一笑,但这次的笑容是因为这张照片的时代特征。尼娜和伯恩特生活的1990年代的特征，他们的生活环境及他们所属的阶层。尼娜和伯恩特的继承人们会看到围坐在晚餐桌旁的这七个人，穿着老式的衣服，摆出的姿势生硬古怪，他们会突然大声嚷叫起来：他们看上去多么整齐划一，一本正经呀！虽然这张照片原本也只是抓拍，在被拍下的那一刻，照片中的人们并不知情。尽管被拍下的这些人恰好是要体现同代人、同一阶层的共同的背景和故事，每个人乃至整个群体都刻意表现得自然和放松，对，他们的一举一动都是随意的，因为时间定格这一刻的图像的无情本质就是如此。于是大家齐刷刷地表现出一致的行动，这种僵硬的、不自然的、有预谋的刻意表现，也许在拍摄照片的时候实际上是一种普遍存在的情况，他们就这样被禁锢于内，毫无察觉。而想想三十到三十五年后的今天，当我们看到不属于我们自己时代的照片时，它体现的内涵便会让我们流露出善意的笑容，也就是会心一笑，因为人们从这张偶然拍下的照片中认出了1990年代的典型特征，它是在他们的祖父母在萨格讷的家中的圣诞节次日晚宴聚会上拍下的，那时候他们——也就是尼娜和伯恩特的孙辈们——还没出生。但假如伯恩特看到了这张照片,他就会摇摇头,因为他会立刻发现自己从未在私人生活里摆脱某些从医的职业习惯,在这样的场合下应该称之为坏习惯,他觉得有点滑稽,但到了生命的这个阶段,想去修正显然已为时过晚。像这样把一只手放在另一只手上,原本是安抚宽慰病人的姿势,现在则变成了他的特点之一,甚至在圣诞节次日在家举办聚会也是如此,对此他只能轻轻摇头,接着他开始去研究照片上的其他人,他的妻子采用惯常喜爱的姿态,在照片里光彩照人;佩尔·埃克贝里的那份专注尤为明显,还有安德森教授的头向后微微仰起,无可否认地给他添加了一种傲慢,典型的波尔的姿态,伯恩特会这样微笑着想,因为他明白这种微微仰起头的傲慢是波尔的一种姿态,他以此来遮掩自己五十五年的人生里深深的不安全感,就像他的孙辈们看到照片的时候,比如2029年,也会认为他们的祖父和安德森教授很典型,但他们想的不是祖父有多典型,安德森教授有多典型,而是会在看到他们两人时惊呼:这是典型的1990年代的样子啊,手像这样摆放,脑袋像这样朝后面昂着!时代精神就是这样运作的,对被它所囚禁的人来说是隐藏着的,但对从另一个时代通过照片观察的人来说，它是显而易见的，他们是不受拘束的局外人。

这也一定和奥斯陆这对幸福美满的医生夫妻在1990年代里圣诞节第二天举行的这个晚宴有关，这使得人们可以指点着照片，大声说一句：典型的90年代，即使主客双方那一刻都自发地表现出了自己的个性。对他们来说自己做决定会很难（并不是说不可能），而且当然也很痛苦（其不可能性也在此处），以至于人们宁可不去想这件事，但安德森教授突然被抛入一种奇怪的内在（以及外在）存在里，一想到自己在这一群体里的位置，他就感到强烈的躁动不安，尤其是因为他熟知参加这类聚会的诀窍，即言谈举止优雅大方，富于幽默感，诸如此类；但他又觉得自己被束缚其中，因此他真的很想猛地跳将起来一声大喝，带着一种直抒胸臆的酣畅淋漓，一种如排山倒海般的气势去突破它，如果可能的话。

是什么让他们团结起来，成为一个能够明确辨别出来的属于那个时代的群体？换句话说，他们的独特标志是什么呢？他们各自的发展及生活变化在很多方面都与早年的发展变化有共同之处，他们属于相应的同一阶层。事业的成功与他们的生活相匹配。精美的食物和饮料，宽敞舒适的住宅，乡间木屋和庄园，汽车和游艇，无论他们是否是激进派，都不影响他们享受优于他人的生活。但假如这一代人，或者准确地说，这个年龄段内的这个小众群体，认为这一切无可非议，他们有权将自己的特点作为他们这一代人的标志，如果他们有任何特点可言的话，任何微小但重要的细节，让他们从一群五十多岁的教授、主任医生、当红演员、政府机关主管、高级心理学家或是任何人们预测的2020年五十岁的人所从事的职业中脱颖而出，他们在1950年代或1970年代是一群激进的年轻人，那一定是他们拒绝与当局和平共处，和社会主流唱对台戏。他们强烈抗拒支持社会主流。因为他们拒绝顺从：拒绝顺从权力，或者说是自己职责所在的义务，拒绝顺从自己的社会阶层。他们拒绝成为应该成为的那一类人。他们也不觉得自己应当遵从所属的地位。他们是主任医生、政府机关主管、高级心理学家、当红演员和文学教授，但在他们内心深处，每个人都认为自己没有接受被期望的态度。他们一直在反对他们——另一类人，即使他们几乎不能将这一类人识别出来，除了一些小的细节之外。比如像政府机关主管和教授等人在履行自己义务的场合偏爱穿蓝色丹宁裤，即所谓牛仔裤或是李维斯下装。是的，安德森教授自己就很喜欢高高兴兴地穿着牛仔裤出席国家大剧院的理事会会议，他是理事会成员之一。他们一直坚持反对国家权力，在内心深处属于反对派，即使他们现在实际上是社会主流，总的来讲在贯彻执行国家的条例。除了他们自己（和2020年的老照片）之外，没有人能看出他们是社会公务人员，是国家构成的一部分。他们当中的绝大多数人都投票给执政党一方，这一点除了他们自己之外，几乎没有人会感到惊讶，个中缘由可能是他们不想浪费自己的选举权利，以致使保守派一方掌权。他们也并不虚伪。他们只是从根本上与自己的实际身份不一致。

另一个特别之处是他们与自己的优渥生活之间的关系。他们的吃住都与自己的身份相符，拥有度假别墅、汽车、游艇和高质量的生活条件，而他们自己认为这一切毫无意义，不过就是那么一回事。他们从未梦想过优越的物质条件，物质财富并不在他们对未来的规划中。这就是他们为何表现得泰然自若，仿佛他们的富裕生活完全出于偶然，是上天的眷顾。这些东西与他们无关，他们并不像所有人眼里看到的那样,以享有的东西定义自己。当他们当中有人拥有一件特别昂贵或令人瞩目的东西时,这一点尤其明显,这样的情况时有发生,因为他们并不拒绝生活中的美好事物。对此的解释是个人的偏好。对这种拥有昂贵或精致物件的行为,他们会说这是拥有者个人的高度喜好。譬如安德森教授有一辆车速极快的高级轿车,他把这车戏称为"速度大魔王",他是绝不会舍弃这辆车的。伯恩特·哈尔沃森有一艘大游艇停泊在他在西部峡湾的一栋简朴度假小屋那里,对此他的理由是,他对海风与航行有一种近乎变态的难以割舍之情,他的孩提时期就是在这个小小的西部峡湾城市度过的,而其他人,比如安德森教授也是在这里成长起来的,但他成年之后并没有以此为由去给自己买一条游艇。安德森教授有另一种偏好:对意大利西装的热爱。他的衣橱里挂着五套质地轻薄的意大利毛料西装,这是他在意大利参加文学研讨会时购买的,他强调说,并不比在挪威买一套普通的西装贵——顺便一说,这是个弥天大谎。所谓在意大利买西装跟在挪威买一套意大利西装价钱一样,也就是说,假如这套西装在挪威能买到,那就要多花两千或三千克朗,所以从某种意义上说,他在意大利每买下一套西装,就能省出在挪威买一套或两套阿德尔斯滕*西装的钱。安德森教授并不经常穿他的意大利西装,只在他觉得这对于他自己是一种享受时才穿,而这种机会并不多。当他要外出参加一个盛大的宴会,或是作为代表出席会议一类的场合,或者只是去做演讲时,他很少穿它们。比如今晚的聚会,他穿着一套普通的灰色西装,和圣诞前夜与圣诞节当天是同一套,而在平常的日子里他大多穿牛仔裤。但偶尔他会强烈渴望穿上一套意大利西装,那无论什么场合他都会穿。结果就是,他可能会穿着一套极其考究的意大利纯毛料西装出现在布林顿的奥斯陆大学里。他很高兴这样和他的学生碰面,或许只是搞一个普通的主修课的讲座,甚至也可能就是在自己办公室里和一个文学系学生的一对一的辅导课。他的这身着装不是为吸引学生的注意,而是为吸引自己的注意。穿上这样一套西装,他体验到一种自由的陶醉。然后他很想去餐馆,独自一人,不需要是

---

* 挪威服装连锁店品牌,创立于1899年,主要经营男士用品和男士服装。

多么昂贵的餐馆,他会很高兴在窗边一张小小的餐桌旁坐下,享受独自一人的晚餐。

一个不贪求物质的优雅人士穿着一身意大利西装,独自坐在餐馆临窗的餐桌旁。五十五岁的安德森教授是他这个年龄段的小众群体的代表,有权宣称自己是与众不同的一代。或许他们的行为与思考方式的与众不同或许可以回溯到对现代性的终身迷恋,这现代性在他们青年时期的1960年代如一道不亚于闪电的强光意外来袭,将他们完全击中。誓做新潮流的先驱,这个在政治上的激进派和艺术领域内的先锋派之间未来王者的联盟。这一使命植根于他们所有人的心灵深处,对现代性的终身迷恋,始终犹如一道闪电劈空而下。现在他们身上到底还留存着多少反叛者的成分,这很难说清。在挪威第二次全民投票是否加入欧洲共同体——现在是欧盟——时,这里的七个人都参与了投票,结果大约是一半对一半。他们当中有四人投反对票,余下三人同意加入,在安德森教授看来,他们到底投哪一边的票相对来说并不有趣,有趣的是,无论赞成还是反对,他们的投票都是基于他们年轻时的生活志向或者现代性。安德森教授自己投的反对票,因为生活在这片疆土各个偏远地区上的大多数人都反对,他看不到有什么理由赞成加入,当清楚地看到挪威不加入欧共体对挪威人数单薄的农夫、渔民和货车司机来说有多么重要,他不认为自己完全能为投赞成票一方辩护。除此之外,他也很高兴得知,大量野心勃勃的年轻公务员和政治家失去了欧共体机构内那些收入丰厚的工作机会,其中好些在做学生时都曾坐在他的讲桌前,那确实是些油水很足的差事,不仅工资优渥,身份也很体面。所以在得知全民公决的结果是拒绝加入欧共体时,安德森教授想到了他们,特别是其中他认识和熟悉的那些学生们,并笑了起来,跟1972年第一次全民公决结果出来,否定加入欧共体时一样的那种开怀大笑,不,事实上笑得更尽兴,更放肆,因为在1972年,他还像其他许多人一样,怀着一种率真的感动。但佩尔·埃克贝里投的赞成票,他以一种居高临下的态度评论安德森教授所持的反对观点,称之为僵固不化。

要理解在圣诞节的第二天围坐在尼娜和伯恩特·哈尔沃森医生夫妇家餐桌旁的这些女人们和男人们,我们得理解佩尔·埃克贝里,特别是他的自信。因为他是对自己青年时期的生活志向最坚定不移的一个。这甚至可能会被看作是自相矛盾，因为他看上去变化也是最大的一个。他由一个事业单位的心理学家变成了一家广告公司的高层，为更大多数的商业客户服务，这是来了个天翻地覆的大变化呀。当然他并不称自己为公司经理，而是始终不放弃心理学家头衔，他一直坚持这么做，给人留下深刻的印象，因为这在广告业内是一个极具创意的想法，同时也是佩尔·埃克贝里对自己崭新的、更长远、更加有利可图的生活的一种明确无误的公开表述。从根本上并没有改变，他所做的一切与从前完全没有差异，仅仅是一种全新的更令人振奋的结合。从国家公务人员到一个自由市场中的主导者，这没有根本的变化。从社会民主主义的治疗师到资本主义的玩家，也没有根本的变化。就这一观点，佩尔·埃克贝里能够慷慨激昂地做一番雄辩，自1962年秋天安德森教授认识他以来，他对每一个事件都是怀着满腔热血展开辩论的。佩尔·埃克贝里是属于未来的那一方，这使得他成了一个真实忠诚的激进主义者，他这样宣称，因为这意味着他可以不带偏见地，尤其是可以不受旧日威望影响地考虑新问题，而安德森教授并不完全确定他的这种说辞是否正确。因为或许他们的激进,不过是对他们对现代性怀有的伟大而真实的爱的一种不经意的表达。所以当佩尔·埃克贝里在安德森教授面前夸夸其谈,告诉他激进的是自己而非安德森教授,因为后者仍停留在他逝去已久的青年时代,对陈旧观念难以割舍,他是满怀自信、深信不疑的,而安德森教授在试图为自己的观点(比如说这激进体现在何处)辩护时并没有这样的自信。因为问题并不在于激进主义,这无论对佩尔·埃克贝里还是安德森教授都一样。这里要说的是现代性的问题。让这位富有的广告公司经理如此自信满满和(在安德森教授看来)自我吹嘘的,并不是他,佩尔·埃克贝里一如既往的激进,而是一如既往的现代。他自称激进,这是因为他的观点立足于现代性,现代性一直影响着他的生活与工作,而对安德森教授和其他三位对加入欧共体投第二次反对票的做法,他的观点是保守派行为,代表着一种没落腐朽的激进主义。安德森教授发现很难替自己辩护,不是因为他反对欧共体,而是因为与这一立场有关的东西,佩尔·埃克贝里很容易就能找到说辞。是的,他必须承认他妒忌佩尔·埃克贝里在自我的人生中找到了光明的现代化之路,因而自己可内心笃定，气定神闲。佩尔·埃克贝里奚落他不再具备真正的激进观点并没有伤害他，他在这种境地感受到的深深伤害，其根本原因在于他认为佩尔·埃克贝里关于他不再具备真正激进主义观念的指责，等同于指责他已经失去了他整个一生都为之迷恋的现代性，而他以为这是他自身永难割舍的一部分，他明白自己被击中了要害。佩尔·埃克贝里说的这些话使安德森教授觉得自己像一个五十多岁的保守老男人。他固持己见，同时他又并不喜欢这些观念，如果可能的话，他宁愿用更加现代的观点替换掉它们。

　　他们坐在餐桌旁。大家已吃完了正餐前的开胃菜。主菜松鸡被端上桌来。尼娜特别告知大家桌上的豆子来自俄罗斯，在挪威要弄到这种豆子是相当困难的。对，事实上整个奥斯陆只有一家商店可以买到这种俄罗斯豆子，所以人们最好提前预订。安德森教授大可反驳这种说法，他很清楚尼娜所说的那家商店，他自己常在那里买鱼，那时候他听到过其他顾客询问这种俄罗斯豆子的对话。于是他鼓励其他客人猜一猜那是哪一家商店。他是为了转变话题，从大伙儿手里拿着酒杯小酌迎宾酒的时候起，直到正餐开始前，整个开胃菜过程中都是同样的话题。情况是这样的，几天前，也就是圣诞节之前，尤迪思·贝里的女儿英格丽·圭达的一台新的电视娱乐节目《圭达》在挪威广播电视台首播，难怪晚宴上大家都在谈论这件事，特别节目主持人的母亲就是晚宴的客人之一。这台节目的播出获得了业内评论家的关注和好评，在大家手里握着酒杯站在那里时，自然都向尤迪思·贝里表示衷心祝贺。而这台节目也成了整个开胃菜期间的话题，假如不是只有佩尔·埃克贝里、婷娜·纳普斯格和尤迪思·贝里看过节目的话，这不失为一件好事。安德森教授没看过，尼娜和伯恩特没看过，扬·布伦希尔德森也未能看到这节目，因为那天晚上他一直在国家大剧院的主舞台上。结果他们最终讨论的是一个只有少数人看过、能够发表意见的电视节目。但这并没有影响佩尔·埃克贝里，婷娜·纳普斯格和尤迪思·贝里三人。他们兴致勃勃地谈论着这台节目，其他人只能多少附和几句，没有发表什么意见。这就是为什么安德森教授现在想试着转换话题，问问其他人能否猜出唯一能买到俄罗斯豆子的地方是奥斯陆的哪一家商店。菲耶尔贝里店铺，扬·布伦希尔德森立刻说道，于是关于《圭达》这台节目的讨论仍在继续。婷娜·纳普斯格对这台电视娱乐节目有更多的话要说,佩尔·埃克贝里自然跟她一样有高论要发表,而尤迪思·贝里除了赞美褒奖的话之外什么也不需要,尤其是那些对她女儿作为一个成功的电视台主持人的聪慧机敏的溢美之词。伯恩特·哈尔沃森身为主人原本可以谨慎地引导话题的转变,但他没有这么做。作为一个不幸没有看过节目的人,他向看过的人提出一个问题,以此向其他没有看过的人暗示,有关这个节目的话题应该继续进行下去,他们可以利用任何手段参与其中。伯恩特很可能是考虑到尤迪思才选择这么做的,毕竟这本就是属于她的一个晚上,作为主人来说不应示意客人去谈论另外的话题而无视她的感受。安德森教授感觉伯恩特可能认为这样做有些不得体。也许他也是在尤迪思回答了婷娜·纳普斯格的问题后做的决定。扬·布伦希尔德森说他没有看节目是因为节目播出的那晚他在舞台上,婷娜·纳普斯格的反应是即刻问他:"后来你没有看录像吗?"这时候尤迪思说她没有录像,"因为我认为我对女儿事情的关心应该有个限度"。安德森教授喜欢这个回答,可能伯恩特·哈尔沃森也同样喜欢。这个表述非常谦逊而得体，尽管除了她的丈夫扬·布伦希尔德森，其他人并不会注意到这一幕。毋庸置疑，尤迪思是骄傲的，今晚她的脸在发光，但她还是克制住了沉浸在女儿成功喜悦中的冲动。佩尔·埃克贝里和婷娜·纳普斯格向尤迪思·贝里真诚地问询下周星期五节目如何继续播出，从他们的赞赏、祝贺和真正感兴趣的问题中，安德森教授和其他三位没有看过节目的人会形成英格丽·圭达所主持的节目非常成功的印象，这样一来他和其他三位便可就此加入谈话，提问，评论，发出不可思议的惊叹。《圭达》是这个二十三岁的节目主持人的个人秀，一切以她为中心，参加节目的嘉宾都是政界、金融界、文化娱乐界的熟面孔，他们对她毕恭毕敬，在她的授意下扮演舞台离奇情节中的龙套角色。比如，她让牧师穿着全身缀有亮晶晶饰件的服装，跟在她的身后在奥斯陆大教堂里跳舞，或者让医生也穿上这样的衣服，在医院的过道上载歌载舞。她诱惑这些社会栋梁变换自己的身份，这是对他们的亵渎。她让政府部长穿上令人啼笑皆非的服饰，在舞台引导下摆出令人尴尬的姿势，这让没看过这台节目的安德森教授忍不住惊叹："可这完全失去了讽刺的本意，不是吗？"而与此同时几乎听到了所有这些议论的伯恩特·哈尔沃森也冒出一句："不，这不可能的。"这使得佩尔·埃克贝里、婷娜·纳普斯格和尤迪思·贝里都哈哈大笑起来，因为他们看过节目，可以肯定地告诉他们，这一切是千真万确的，是的，一切皆有可能，即使伯恩特·哈尔沃森说了一句"不，这不可能的"，但这只是对谈话的一种礼貌参与而已，并不代表他对这个没有看过、而且可能下周五也不打算看的节目有着强烈好奇和难以置信，而对安德森教授突然叫出声的话，佩尔·埃克贝里给予了尖锐的反驳："这不关讽刺的事，这是一种生活方式的展示。"

这时他们几乎已经吃完了主菜松鸡，配着美味的奶油调味酱*和前面提到的俄罗斯豆子。正当大家进餐的时候，女主人尼娜说话了，她开始怀疑用西班牙里奥哈配松鸡到底是不是一个错误。虽然就目前来看并不完全错误，但也许搭配法国勃艮第葡萄酒会更好些。但是从另一方面来说也

---

* 也叫鹿肉酱，以奶油、棕色奶酪和高汤制作的美味野味酱。自制鹿肉酱味道极佳，可搭配所有类型的鹿肉。

不尽然,一瓶优质的勃艮第酒价格不菲,以至于几乎显得有些炫耀之意,便宜一点的酒实际上也相当不错的呢……好吧,不管怎样,我们正在喝里奥哈,而且现在说后悔也太迟了。干杯,她笑着举起了酒杯,所有的人都一一和她碰杯,同时肯定地说里奥哈的味道相当不错,吃松鸡配里奥哈酒当然比普通的勃艮第酒更胜一筹。扬·布伦希尔德森讲起了一个笑话,说挪威的烈酒专卖店温莫诺珀莱(Vinmonopol)为什么必须换掉它的老招牌,那是因为它跟奥拉夫五世(Olav V)的标志太相近了(都有一个大写的字母V)。佩尔·埃克贝里也讲了一个类似的笑话,挪威民间红酒多年来的商标上原本画着巴黎塞纳河(Seine)上的桥梁,宋雅(Sonja)成为挪威王后时换掉了。伯恩特热切地说起今年他们全家的平安夜,孩子和大人加起来有十二个,他们坐在一起吃着烤猪排和鲁特鱼的时候,突然停电了,伯恩特这边的祖父母耳聋听不明白,尼娜这边的祖父母则是半个瞎子,看不清楚,尼娜半是补充半是反驳,他们两人都是典型的医生的风格,始终沉着镇定,张弛有度。餐桌间的气氛渐渐松弛下来,安德森教授谨慎地看了一眼自己的手表。甜点是莫尔特奶油糊*，莫尔特浆果来自瓦德勒斯，尼娜和伯恩特在那里有一栋度假木屋。婷娜·纳普斯格现在很活跃，她那尖利刺耳的高嗓门正无情地挑战着安德森教授腹内那永无休止骚动的呓语，他心里这么想着。事实上他很想在这样的场合表现出同样的热情开朗，但他竭尽全力也未能奏效。甜点之后他们继续围坐在餐桌旁饮酒。安德森教授希望他们能换到沙发上，因为这样他告辞可以显得自然一些，人们不会觉得他的离开在桌旁留下一个很大的缺口。但咖啡已经摆放在圆桌上了，外加一小杯干邑白兰地。伯恩特又开了几瓶酒放在桌上，也给希望之后多喝几杯的客人备了一瓶干邑白兰地。安德森教授看了看表，已经过十一点了。他很惊讶已经这么晚了，现在他一心盼望着回家。在夜深之前，他得回家了。他走去洗手间调整自己的思绪。回到客厅时，他对伯恩特和尼娜说，他想现在他得告辞回家了，其他客人都惊讶地望着他，但尼娜和伯恩特并不惊奇。他说一整天都感到有点不舒服，他怀疑自己可能有点小感冒，请伯恩特替他打电话叫一辆出租车。伯恩特站起

---

* 也称云霜，圣诞节期间常见的一道甜点。

身来朝电话那边走去。安德森教授向扬·布伦希尔德森和尤迪思·贝里,向佩尔·埃克贝里和婷娜·纳普斯格一一点头表示再见,然后跟着尼娜朝门口走去。他穿上大衣,为自己这么早离开对尼娜表示歉意。然后伯恩特走出来,说出租车已经在路上了,他又对他道了一次歉。"也许不是什么感冒,"他说,"也许我只是被自己的思绪搞得疲惫不堪了。我最近对于时间如何侵蚀了文学思考太多,或许是些新思想,但还是有些沉重。"他们说他们明白,这没什么可担心的,要是他被许多思虑的重负弄得心烦意乱的话,当然可以提前离席。啊,面对尼娜和伯恩特,他心里有种难以言说的悲伤,因为现在才刚过十一点,而他却没有心情待下去了。是的,他感到心灰意冷。透过外面大门的玻璃,他能看到出租车已经来了,停在驾道前。安德森教授打开门,朝等候着的那辆车走去,坐到后排的座位上,同时朝站在门口的两位主人挥手,他们也朝他挥了挥手。

他把地址告诉了司机,司机载着他穿过奥斯陆白雪皑皑的街道,到处都装饰着圣诞节的彩灯。雪已经停了,但路况很糟糕。出租车只能沿着路中央两道深陷的车辙缓缓往前,对面有车开过来时，其中一辆就得要往后倒车。他注意到四处都是扫雪车和其他清除积雪的机械装备，一副铺开了阵势要大干一场的样子，四面八方都闪烁着黄色的灯光，发出阵阵低沉的轰鸣。司机是个巴基斯坦人，开得很谨慎，小心翼翼地穿过了那些覆着积雪但灯光明亮的街道。街上行人稀少，即使像博格斯达路这样的主干道也是如此。安德森教授坐在后座，情绪紧张不安，觉得自己怎么也到不了家。出租车终于在他居住的西勒贝克小区楼前停下来，他付了钱，下了车。他迅速打开大门，上楼进了自己的公寓，开了门厅的灯，脱下大衣挂起来。然后他走进客厅，没有开灯，来到窗边朝街对面的那栋建筑望去。窗帘拉开了，里面亮着灯。终于！现在他能看看了。安德森教授站在自家漆黑一片的客厅里，半藏在窗帘后面，望着对面。他看见有人影穿过那个房间。安德森教授竭力睁大眼睛想看个明白，但这一切都发生在一眨眼的工夫里，他不能完全确信自己看见了什么，虽然那个身影走过房间的动作并不是特别快。他觉得那是一个男人，但不能完全肯定。安德森教授等待着。人影又不见了，或许坐在一个他看不见的地方，但安德森教授等待着。那个人影终于又出现了，他再次穿过灯火通明的房间，朝着窗口走来。一张脸探出来，安德森教授看见了凶手的面孔。不是特别清晰，以后在街上相遇的话他无法辨认出来，但他看到这是一个年轻男人的脸。

他失望吗？他是否希望穿过房间的身影是个女人，是他见过的那个站在窗口、金色头发的年轻女人？安德森教授不知道。若他希望如此，并为此一直盯着这扇窗户，不论在现实还是在内心里都一直盯着这幅景象，他的希望就是不切实际的，事实上是在祈祷一个奇迹出现。或者说，如果他怀有这样的希望，其实是在祈祷他，安德森教授，在决定性的情况下，不相信自己的感觉，不相信自己的眼睛，祈祷他以为自己看到的可能同样是一种想象或幻觉。即使当事实最终摆在眼前，意味着他的理智出了问题。抑或他现在所见的正是他希望看到的：凶手的脸？安德森教授不知道，突然他开始哭泣，不是以泪水，而是以言语。"我哭了，"他对自己说，他站在窗边把这句话说了又说，一直揪住这个简单的句子不放，过了许久，对面窗口的那个年轻男人走开了，他穿过房间去了别的什么地方，从他的视野里消失了，再也没有出现。

圣诞节的第三天之后就是工作日,商店、办公楼、邮局和银行都开门营业了。安德森教授决定离开一段时间。他打点好一个小旅行箱,叫出租车去了伏沃勒布机场,在那里登上了去往特隆赫姆的当日首次航班。他给布里塔尼阿旅馆打电话订了房间。又给一个同事打电话说新年的那个周末他将待在特隆赫姆,约好了第二天早上见面。旅途的飞机上天空阴云密布,所以他什么也没瞧见。他从瓦讷斯机场乘坐巴士到布里塔尼阿饭店登记入住。在飞机上时他已翻阅了报纸,没有发现有关他目击的那场谋杀案的消息。现在他把报纸重新又翻看了一遍。没有任何消息。如若出现了报道妇女失踪的消息,就可能与他目睹的谋杀有关。他走出饭店,在特隆赫姆的街上漫无目的地走着。那个男人的名字叫亨里克·努德斯特伦,他在决定出发到特隆赫姆之前就已发现了。他穿过马路走到街对面,停在那栋楼的大门跟前,在住户的姓名牌上找到这个名字,摁下了应该是属于在前一天晚上他看到的那个杀人犯的寓所的门铃。他每次来特隆赫姆都会去一趟那座始建于十二世纪末期的大教堂,这是挪威中世纪文明鼎盛时期的唯一见证。他还跟往常一样去了埃里克森的糖果店，喝了一杯咖啡，吃了一块蛋糕。他在街上这样闲逛的时候，冷不丁碰到了同事的前妻，想假装没看见也来不及了，于是他不得不同她说上几句。他没提起自己第二天早上要和她前夫见面的事。当他回到布里塔尼阿旅馆时，坐在大堂会客厅的一个男人起身向他走过来。是他的那个同事。他很想今天就见面，他说，因为他没有什么特别的事要做。这让安德森教授很高兴，他邀请同事上楼到他的房间去。

来到房间，他请同事在一把扶手椅上坐下，同时拿出了一瓶威士忌，这是他刚刚在特隆赫姆的一家购物中心的烈酒专卖店里买的，实在是很明智。他从小冰柜里找出冰块和法里斯矿泉水，并且解释说要注意得是蓝色包装的而不是黄色包装的。有一次在希恩的霍耶尔斯旅馆，他拿的时候没有多想，结果在威士忌里尝到了柠檬的味道。"真倒霉，这是再糟糕不过的事了。"安德森教授边说边把酒杯、蓝色包装的法里斯和一杯冰块一起放在桌上，"小冰柜里只有黄色包装的法里斯，哼，什么旅馆！""这是因为客人们不会坐在房间里喝威士忌的，人家是去楼下的酒吧买酒。"同事说。"对，当然是这样，但不管怎么说，这对客人太不友好了。"他们各自倒上威士忌，为意外的重逢干杯。安德森教授看着他的同事坐在那里，急切地想知道究竟是什么原因让他在圣诞节期间跑到特隆赫姆来，他决定索性直入主题。"你想过吗，"他说，"我们所有的历史记忆有多短暂。你能记起你自己的祖父母吗？""能，当然能，"同事惊奇地回答道，"我对他们记得很清楚。""我也一样，"安德森教授说，"即使我出生时祖父祖母都已过世。但我听说过许多关于他们的事，所以我可以说，我是从历史的视角来了解他们的。"同事默然了，他在思考这个问题，"你知道，其实我对他们所知甚少。""你有八位曾祖父母辈，"安德森教授加重语气，"你出生的时间和最年长的一位长辈的出生时间差不多能相差一百年。他们已经不属于你意识中的一部分。是的，或许更糟糕，他们压根儿就没在你的意识里存在过。"同事看上去有点愣住了。"也没有那么糟糕，"思索了一会儿后他又说，"我了解一些。我看过他们其中一人的照片，他是腓特烈斯塔的一个鞋匠。""现在这张照片在哪里？""哦，这我不清楚。""这就是你对曾祖辈的了解。"同事看上去又有些困惑。"你说得对，"他说，"简直不可思议，我以前竟从未想过这件事。""岂止奇怪,"安德森教授说,"这是一种不堪。或许更甚,是令人惊骇。我们坐在这里,在圣诞节期间坐在特隆赫姆一家旅馆的房间里,我们意识里的光明竟只能触及我们的两代先辈。然后一切开始消逝,这里是一段朦胧的记忆,那里是一张无人知晓下落的照片。然后一切归于黑暗,而我们两人还都是文学教授。""对,是文学教授,我们不是历史学家,"同事这样回答道,"我们还有另一种远甚于家族的记忆,比如我们有在文学范围内与工作有关联的记忆。你可能也会有很多关于卢德维格·达埃的故事?或者可以唤起对洛伦茨·迪特里克桑德的记忆,对,或许甚至还有约纳斯·科莱特?"同事激动欢喜地说。"你说得对,但你的八位祖辈给予了你遗传基因,差不多六七十年前,他们还年轻的时候,将他们的遗传基因一代代传到你的身上,而你却对他们毫无记忆,这不是……?""对,太奇怪了。不是不堪,也不是骇然。"同事打断了他的话。"对我来说,这就是令人惊骇的,"安德森教授不受干扰,沉着冷静地继续往下说。"这意味着什么?这是人类的共性吗?换句话说,是人类的生物特质,而我们却懒得去关注?因为人类作为一种历史的存在是一个过于普遍的事实,无法质疑?还是说这是当今时代的文明社会里人性的特质?又或者它只适用于我们普通人?我不知道,但至少肯定与我们的时代有关。有一些因素让我们对先前发生的事情兴趣不大,至少远没有我们假装的那样感兴趣。这一切和现代性有关。而且一定很早就开始了,因为如果我们的父母有兴趣跟我们讲讲上一辈人的事,我们俩就会对曾祖们有所了解,但显然事实并非如此。并不是他们已经把这些都忘得一干二净,我不相信是这样。我们脚踏实地的父母是老派人物,热衷于锻炼健身和电台里的天气预报,但至少还是秉承着一种基本的现代性,并且无需他们或我们对此有所明了,就已经传递给我们。我最近才意识到这一点。而我这种顿悟最多只能追溯到两代先祖辈,之后便是漆黑一团。""但现在必须允许我打断你一下,"同事激动地说,"对你所说的这一切我的回答只能是,没有几个国家像我们一样对历史怀有如此浓厚的兴趣,特别是那些小的地方史。你得记住,这个国家的每个小村庄和城市都有自己的地方史,通常有三卷之多。每一代人都很愿意在以前的基础——那厚厚的三卷上,再续新篇。实在该就此打住了。

这里的人对追根溯源的研究情有独钟,每年夏天他们都会把家族所有人聚在一起搞个大聚会。""是的,是的,的确如此。但不管怎样这与我们都不相干,尽管我们俩都是文学教授。我们的共同社会意识不受这些古怪的家谱学者或地方史学家的影响。对这些同我们一起坐在大学图书馆里、多年来追寻自己祖先踪迹的怪人们,我怀着十二万分的敬意,他们应当给予我们希望,因为他们表明,挣脱共同意识另辟蹊径是可能的,只要有足够的激情和坚定的个人意志。但他们现在是、以后也仍是怪人。他们无法在共同意识中留下任何标识,无论我们如何以善意去理解他们的追求,更不用说其行为背后的初衷。他们现在和将来都完全置身于外。他们影响不到我们,不会在结构和形式上影响我们的思维模式,是的,这一点让我感到惊骇,"他又说了一遍,"真的让我感到惊骇,这种惊骇甚至超过了我没有孩子这件事。"他在这里停下不说了,只是沉默地坐在那里。同事也没说话。他望着安德森教授,似乎想说点什么,就像一个人想说一些他必须或应该说的话,但又不确定自己要说什么一样,他欲言又止,最终还是决定什么也不说,继续坐在那里看着安德森教授，神情有一点困惑。

屋里一阵沉默。这两位先生在安德森教授在布里塔尼阿旅馆的房间里喝着威士忌。说实话，他们喝得有点多，酒瓶里的酒渐渐已快喝空一半，时间还不到下午三点。窗外的一切已经开始变暗。同事比安德森教授年轻几岁，接近五十岁了。他刚刚开始了新生活，和一个年轻女人——也是他的一个学生——结婚了，这是他的第二次婚姻。安德森教授知道这件事，但他没有问起，同事自己也没机会开口，因为安德森教授已经直接开始谈论的是盘踞在他心中许久的问题，毕竟他就是为此才突然决定从伏沃勒布来到特隆赫姆，给同事打了电话。他又给自己斟了一杯威士忌，把酒瓶递给对方，同时思考着他得把他的观点进一步深入下去，以免喝醉之后无法继续，只能不断重复自己的话，把同样的话语说上一遍又一遍，因为他知道自己被酒精影响后就会变成这样。

"最近一段时间我开始用不同于以往的眼光看待自己，"安德森教授继续说，"从前我把自己看作能将所学的知识融会贯通之人，坦率地讲，我很为之骄傲。现在我明白我的知识水平和眼界是多么有限，很惊奇为什么以前竟没有看到这一点。

想到我还在外面四处自我标榜明察秋毫，对历史有所理解；而事实上我对自己三代之前的祖辈一无所知，更糟的是：我从来没有为此而有过不安。真是太耻辱了。"他喊叫起来，手捶在桌面上，打翻了另一瓶蓝色法里斯，杯子里的威士忌也洒了出来。"这是我们这个时代的人类精神，"他用自己的手绢擦去桌面的水迹，继续说道，"你我都是这种精神的杰出代表。其中有一种原始的东西，我们无法面对。为此我很害怕，"他说，"我对自己的无知感到恐惧。我五十五岁了，已不想再投身于一个新的研究领域。"他沉默下来。"但如果真是这样的话，"同事激动地开口，"你所说的就是对艺术与文学必要性的有力辩护。""哦，别这么肯定。"安德森教授苦笑了一下，他差不多相信，如果他能瞧见自己现在的模样，那准是一张丑陋的面孔。

他感到自己有点醉了，决定不再继续这个话题。他问起同事近况如何，后者立刻开始讲述自己的境遇。威士忌酒瓶眼看就快空了，安德森教授不得不叫了客房服务，要了两瓶蓝色法里斯和一小桶冰块。不可否认，安德森教授只用了半只耳朵（总共两只）听同事讲述自己的事情。同事显然还在揣测为什么安德森教授会在圣诞节期间来特隆赫姆。当他得知没有什么特别的原因,接下来几天里也没有什么特别的安排,他立刻邀请安德森教授住到他家里去,但教授坚定地拒绝了。其实安德森教授外出旅游时更愿意住在旅馆里。"是啊,你付得起就行。"同事说,可能心下有几分不快。"这个钱我有的。"安德森教授回答,他注意到说外出旅游住得起旅馆这句话让他有几分自豪。同事站起身来去打电话。安德森教授明白他是打给家里的年轻妻子,因为他听到他说他要带一位客人回家用晚餐。他也听到了电话另一端可以理解为抗议的声音。在放下话筒之前同事说了一句:"放心,一切都很好。"接着他热情万分地邀请安德森教授去家里共进晚餐。过了一会儿威士忌酒瓶空了,两位先生心情愉悦地离开了布里塔尼阿旅馆。

来到外面的街上,同事指着停在路边的一辆车说:"那是我的车。没想到我俩竟在这大白天的下午喝酒。"他们朝街对面走去。安德森教授问他们要去哪里。"到我家呀,"同事说,"我们要坐公交车,步行太远了。""那我们不能坐出租车吗?"安德森教授问。"出租车?"同事说。"可以的,我们可以坐出租车,这我倒没想过。"他们拦下了一辆出租车,不久之后,出租车在特隆赫姆市中心一片小山坡上的一所房子跟前停下。

安德森教授付了车费,他们下了车,走进房子里。同事年轻的妻子站在那里,怀里抱着一个小孩。她正在喂奶,脸上毫无羞怯之意。她说晚餐只有绿鳕鱼肉饼。安德森教授说他非常喜欢吃绿鳕鱼肉饼,特别是在特隆赫姆,这道菜做得很好。这位年轻的妻子兼母亲说,是买来的半成品绿鳕鱼肉饼,全国所有的超市里都能买到,但安德森教授说不管怎样他还是很期待。他问起孩子的名字,并借此机会讲了奥斯陆大学里的一桩逸事,他的同事和他年轻的妻子一样,都觉得十分有趣。"对,如你所见,我已经开始第二段婚姻了。"当他年轻的妻子到厨房里去弄绿鳕鱼饼时,同事这样对安德森教授说。"她还在学习。"他补充了一句。晚餐的味道好极了,是的,像这样坐在私人家宅的厨房里吃着半成品的绿鳕鱼饼,还有煮土豆和胡萝卜丝,配上棕色的调料汁和煎洋葱,安德森教授感到极为享受。唯一美中不足的是这顿饭只有半瓶啤酒,这对他来说太少了,因为他的酒意正浓。晚餐后他们开始喝咖啡,同事拿出一瓶酒。"不是威士忌或什么法国白兰地，"他说，"但比那强得多。这是特隆赫姆流行的卡斯克*，"他把酒倒进咖啡里，先用勺子搅拌一下，然后开始喝。"为孩子干一杯。"安德森教授说，同事和他年轻的妻子都友好地点点头，笑容粲然，然后又举杯饮酒答谢。年轻母亲的咖啡里当然没有卡斯克，但她仍旧说了一声干杯和谢谢。同事说安德森教授选择来特隆赫姆度过圣诞和新年的假期，实在太好了，他年轻的妻子也表示同感。他们俩立刻邀请安德森教授加入他们的新年聚会。不是在他们自己家，而是要和另外几个朋友一起，安德森教授拒绝说这恐怕不大合适，同事起身去给他的朋友们打电话，说他想带一位朋友一起去，奥斯陆大学的安德森教授，然后他放下电话愉快地说，对波尔·安德森教授他们表示非常欢迎。第二天早上同事要和安德森一起去滑雪，但安德森教授没有滑雪的装备。"我们来搞定。"同事说。他去地下室拿来了一副旧的滑雪板。安德森教授不得不一一试用了滑雪板、滑雪杖、滑雪靴和固

---

* 一种在咖啡里掺上烈酒喝的饮酒方式，在挪威的特隆赫姆市极为流行。

定绑带，同事一直忙碌着，直到所有装备全都合适为止。他还借用了一件风衣和一条束膝灯笼裤，是同事的旧衣物，不是什么流行的新款，但他到特隆赫姆不是为了在滑雪场上作秀的，哈哈哈。同事的年轻妻子拿着针线盒坐下来，量好尺寸后把风衣和束膝裤的接缝收了收，这样它们就不会在安德森的周身晃荡了，因为同事的身体比他粗壮一圈。尽管时间尚早，安德森教授还是兴致勃勃地向同事和他的妻子道了别。回到旅馆后他在小冰柜里翻来翻去想找酒喝，然后记起北欧旅馆房间的冰柜里是不备烈酒的，只有葡萄酒和啤酒，于是他给客房服务打电话要了两杯威士忌加苏打，他睡觉时离不开这个，另外也想把嘴里残留的卡斯克酒味除掉，尽管他可能只喝了一点点。

　　第二天上午安德森教授和他在特隆赫姆的同事一道去滑雪。同事开车到了一个叫作"城市原野"的地方，一个著名的滑雪场。他们把固定在车顶架上的滑雪板和滑雪杖取下来，站在车旁，开始给滑雪板打蜡。天气阴沉得可怕，灰蒙蒙的，相当寒冷，空中飘着沙粒般的细雪。同事对给滑雪板上蜡相当苛求，他把随身带来的一个温度计插入雪地里测量温度，然后他向安德森教授建议说，他们先涂一层 swix 绿蜡做基底，然后再上一层 swix 蓝蜡，安德森教授表示同意。他也告诉同事说，他跟所有的挪威人一样，是脚上带着滑雪板出生的，但那是很久以前的事了。所以他建议他们这趟滑雪还是一路缓缓走的好，同事没有反对。他们以平稳的滑行速度穿过特隆赫姆的"城市原野"滑雪场。到了一个下坡，同事强劲勇猛的一个冲刺就顺势而下了，安德森教授则在坡顶站了一会儿，观察了一下周边的环境，然后再朝下方滑去。上坡的时候看得出同事精力充沛劲头十足，因为他滑雪的动作轻快自如，而安德森教授仍是按着自己的平稳节奏一步一滑地行进。只有到了平坦的路段时他们二人才并肩同行。过了一会儿，他们来到一个专供滑雪者使用的小木屋，他们走进屋去，每人拿了一杯黑醋栗托迪*。像昨天一样，安德森教授希望利用这个机会来聊聊在他心中盘踞许久的一些问题。他对未来感到忧心忡忡，自己作为文学教授的未来。与我们所想的不同，文学将难以为继。文学将只会有其形态上的存在，而这是远远不够的。所有的热情都在当

---

* 一种以酒精、糖、香料和热水调配的饮料。

下，在我们这个时代，商业化以无与伦比的能量激发着人们的热情和欲望，这就是当今的时代精神。他担心他们已经遭遇了最终的失败。他们必须正视这一点，哪怕只是为了自己的心灵安宁。就他而言，他无法与大众一起分享他们对徒具形式的文化的热情，他不明白一个人怎么会对这样的东西产生热情，但实践证明了他是错的，至少在这一点上如此。关于价值问题他不想再谈，起码不会和与他观点一致的同事谈。但他再也不想掩饰自己认为所生活的这个时代很可悲的事实。他厌恶这个时代，但他又给不出其他选择。"因为我们不是永恒的知识分子，我们只是商业化时代里的知识分子，深受大众心灵激荡的影响，而大众心灵激荡正是我们自身的无能所致。这一点毋庸置疑。你上一次因为希腊悲剧而感到震撼是在什么时候？我是说那种真正意义上的震颤，让你内心深处颤栗的感觉，而不仅是点头认可，平静地享受，当然我们也不应该低估这种平静。对我们两人来说，这种平静也是有意义的。但是激动。读我们当代的一本小说你会产生这样的感觉吗？我想我说对了。我们与从前时代的关系充满了深深的冷漠，尽管我们说的是另一套言辞，尽管我们说它意义重大，而且是真心实意这么说的。因为它意义重大，而我们却因为责任感而对它感到束手束脚。看起来我们的自我意识还不足以满足身体对于精神不朽的需求。作为一个文学教授，我可以这样讲，也可以这样对你讲，我的同事。思想中神经在愤怒地嘶喊，想到自己不再拥有历史意识，我的神经就会恐惧地嘶喊，因为这将意味着我们的时代将会和我们一起消亡。当我们的国家大剧院上演易卜生的戏剧时，我的神经就会放松下来，因为如果我们能在国家最好的建筑之一上演上个世纪里的戏剧，并进行广泛宣传，而且经常座无虚席，那么我们的后代也许也会以同样的眼光看待我们。但我们演出的不是易卜生的作品，而是他的名望。对于作品本身，我们多少都是漠不关心，是的，我们就是这样，这部作品问世至今不过一百年。我们看的演出是舞台导演的作品，斯泰因·温厄或是谢蒂尔·邦—汉森的作品。是温厄的作品和易卜生的名望。一想到没有什么盛名能百年不衰，我的胃就会抗议地翻腾起来。我们想要不朽的作品，但对我们来说有这样的东西存在吗？易卜生最好的剧作至今已有百年之久，我们称之为永恒不朽的作品，但它们是吗？现在我们已能看到，要让它们与我们发生关联是何等艰难。它们必须在舞台上经过现代化的处理，与时代同步，我们才能在观看时体验到作品中所谓的伟大，即便如此也通常不会成功。那么那些需要阅读的戏剧作品又是怎样的呢？譬如在通读和研究过《群鬼》这部戏剧后，我想的是：哦，就这？这就是全部吗？难道这就是1880年代最杰出的作品，十九世纪欧洲最优秀的精神财富？它当然是出色的，但真的能够代表最优秀的作品吗？或许确实是的，但我的问题依旧不变：就这？没有别的了吗？实际上我多年来一直在研究《群鬼》这部剧作，知道它是完美的。未来也将继续被它深深打动，但我依旧要问：这就是全部吗？仅此而已吗？我没有为之震撼，我没有心灵深处的颤栗——就像它第一次作为当代作品上演时观众们的感受那样。在我这里，它已不再是曾经的真实启示，那我又如何能履行我的社会职责，将这剧目传承给新的一代？我很怀疑，我对自己在这个时代中的作用产生了极大的怀疑，我真的再也无法忍受这个时代了。时间的牙齿在啃啮着我，摧毁一切。时间的牙齿在啃啮着那些最杰出的思想成就，将它们毁灭殆尽，让它们变得苍白失色。""铜器终归要生绿锈的,你必须得接受这种变迁。"同事突然开口说道。

  同事静静地坐在那里听着安德森教授滔滔不绝的感情抒发,因为他充分理解这些话都出于他的肺腑之言,所以不想去打断他。而现在他再也没法做到保持沉默了,于是两位学者就时间改变万物,铜器要生绿锈的问题引发了讨论。这场讨论是关于艺术带来的震撼与宁静,以及作为文学教授,他们的职责是否应将这种宁静而非震撼传递给学生。同事坚持强调他们的任务应是传递宁静,不是震撼,因为早在艺术作品萌发的历史时刻,它已经失去了这种震撼的力量,正如安德森教授方才所说。最重要的是,我们要认识并享受一件艺术品中蕴含的高贵品质,艺术品上滋生着的宝贵铜绿已经超越了它的世纪。"这也是历史意识。我们别无他法,但这已足够了,"同事强调说,"这证实了我们渴求的一些东西将在我们之后继续得以存活。"阅读但丁的《神曲》时他没有感受到内心的震撼,其中关于地狱的描述也没有令他感到震撼,他并没有错过什么。但他可以静下心来,以享受的心态阅读但丁在十三世纪的佛罗伦萨写下的这部作品,一方面是因为这部作品对他——

一个二十世纪末的挪威人——是可以读到的,另一方面是因为他和安德森教授的生活有这种条件,通过艰苦的研究,他有可能与作品本身产生共鸣,是的,甚至可以理解它。新鲜感的消失并无什么可留恋,而铜器上的珍贵绿锈于他来讲意义非凡,此消彼长得以平衡。安德森教授表示同事可能没有完全理解他想表达的意见,以及这些问题在多大程度上烦扰着他。他完全没有轻看这珍贵的铜器绿锈,他只是想指出在研究和深入了解一部经典作品时,失去现代的震撼感可能产生的后果。安德森教授预言的后果差不多是极为恐怖的,接近于打破或者说触及一些禁忌。这些要打破清规戒律的人的无声的绝望。是的,他差不多得用这种方式表达自己的本意,即使这在同事听来不那么令人信服,根本原因是他自己的脑子里也是一团糨糊,但并不因此而减少麻烦。同事言及的那种静静欣赏的愉悦是对于历史的困惑茫然,以及对我们与历史间的真正关系的一种表达方式,他为这一说辞打个问号。其中存在着一个屈从放弃的问题,他完全理解并且尊重这种困惑茫然,是的,他也敢说他也认同这种屈从,即便如此,他个人无力缓解的不安也因此而有所缓解。他怀疑人类的自我意识不足以创造出能够生存在自己时代的艺术作品。自我意识对时间的抗争是徒劳的。"为掩盖这不愉快的关系必须有铜器绿锈的存在，这一点让我感到害怕，"安德森教授说，"我们对自己无法实现的东西有着如此强烈的渴望，却又无法正视这种无能为力。我们不能这样，因为这会淹没自我意识及人类的价值。人们可能会发现，即使在一个相信智慧成就的永恒能够经受住时间摧残的世界里，无意义也已足够强大。时间的牙齿也奈何不得。啊，多么奇妙的想法，多么令人愉悦的概念。是的，或许我们可以把各自独立的生活和那些我们对自身阅历所怀有的充满光明的希望做一个比较。我们所有的人都希望，随着时光的流逝我们作为个人来说会变得更加聪慧，可真是这样吗？就我来讲就完全不是这么回事。现在的我并不比二十五岁时的我更有智慧，只是年长了许多。我所有的那些阅历经验对其他人来讲并无多大意义，它只针对我个人。我的经验没有进一步传授给其他人和年轻的一代的价值，只是我一个人的负担。我应当守住我自身的这些经验，更多的是把它们作为一个屏障以使我与自己的年龄匹配，才不会表现出那种'青春依旧不减当年'、有着'一颗年轻的心'之类的状况,让我来说的话,这些作态令我厌恶。""现在我开始有点理解你是怎么想的了,"同事插进来说,"整个的这一切都那么晦暗消沉。你尽可怀疑你愿意怀疑的一切,但我只好坦言,对于你的这些观点,就我个人生活的环境阅历来说难以苟同。不,亲爱的波尔,让我们到下面的汽车那儿去吧,趁天色还没完全黑下来,我们得赶快行动了。"

二人站起身来。他们已经在坐满了滑雪者的小屋里待了好几个小时。外面的天色渐渐昏暗下来,十二月的北方白日时间很短。他们先是坐在一个六人座的大餐桌旁,一张双人座位的桌子空出来后,他们又换了过去。在这长篇大论的激烈争辩和讨论过程中,安德森教授两次站起身来去排队买咖啡,有一次还端着一个盘子回到桌上,上面放着两块丹麦奶油蛋糕。不断地有新的滑雪者走进小屋,给拥挤的微微潮湿的屋里带来新鲜风雪的味道。皮靴踩踏地板的声音,滑雪蜡的气味,还有帽子、手套和围巾的气味。当安德森教授和同事站起身走出去时,所有的气味顿时变得稀薄,一切开始清爽起来。

他们在脚下固定好滑雪板,手握住滑雪杖。

同事嗖地一下向前冲下山坡，在那些银灰色的阴郁的杉树间的雪道痕迹上滑行，然后在下面停下来等候安德森教授，那时他还不慌不忙地站在坡顶上。他盘算着途中不要大的回转，他要尽可能地缓慢而下，然后就像他计划好的那样往下滑去，有些摇摇晃晃，但并没有跌倒，在他那没有经过训练的身体里，还是有着一些挪威人滑雪的基因。同事已经候在山坡下，两人一块儿继续朝一道平缓的坡滑下，同事率先滑出去，安德森教授跟在后面，尽管同事已把速度降到了最低限度，他还是有点喘粗气了。在他们可以瞥见远处停车场那里的光亮之前，天色已经变得越来越暗。于是同事说最后这段路上他想加快速度，来一段痛快的，过过瘾，而安德森教授还是继续他通常的速度，可能还稍微慢了些。当他来到停车场时，同事已经把滑雪板固定在了车顶上，他站在那里，扭着身体让四肢活动伸展。他说现在最好是回家去吃一顿丰盛的晚餐，他的语气听上去让安德森教授觉得他似乎并没有邀请他进餐的意思。因此他清楚地表明，今天他要独自在旅馆吃晚餐，同事立刻情绪激动地表示反对。"梅特今天可是在那些汤锅跟前站了一整天呐，"他冲口而出打断他的话，

"她是那么高兴地希望让你尝尝真正的特隆德索德*。你可不能溜了!"安德森教授明白了,于是他上车坐在同事身旁的副驾驶座上,跟他一起回家吃晚餐了。

他年轻的妻子梅特坐在客厅里,正在给他们的孩子喂奶。她友好地冲他们笑了笑,然后她把小孩抱进了卧室,孩子该睡觉了。他们在桌旁坐下来。同事开了一瓶啤酒,给安德森教授倒上,也给自己倒了一杯。"啊,再没有比在一次尽兴的长途滑雪后回家吃一顿热气腾腾的索德羊肉炖菜更痛快的事了。"他说着心满意足地叹了一口气。安德森教授表示完全同意。梅特笑着说,她觉得她必须这么做,因为昨天教授吃到的是商店买的半成品鱼肉饼。如她所说,她不能让他们斯蒂夫斯达登家丢这个脸。用餐之后他们喝咖啡,安德森教授又得在杯子里倒上一点卡斯克。整个气氛那么温暖舒适,安德森教授觉得他应当回报一点什么。于是他邀请他们俩第二天一起吃晚饭,在棕榈海饭店,这是布里塔尼阿旅馆里最好的一

---

* 索德是一道有着悠久传统的挪威炖菜,在各地的添加物多少有别,但通常是由牛羊肉或麋鹿肉与根菜熬成的汤菜。

家餐厅。他看到梅特对这一邀请感到很高兴,因为她已经开始同丈夫商量请人代看小孩的事了。他们三人坐在那里天南地北地聊天,快到晚上时安德森教授站起身来,说现在他得回旅馆去了。他请同事叫了辆出租车。回到旅馆,他给客房服务打电话要了两杯威士忌加苏打,然后到城里去随便转悠了一趟。他走进一家餐厅,那里面还有好些客人,他在那里要了一瓶啤酒,然后又回到旅馆,去酒吧短暂地待了一会儿,之后早早地上了床。

他在拂晓时分醒来,天完全还是一片漆黑。"亨里克·努德斯特伦",这个名字不一定就是他。在窗口的那个男人不一定是亨里克·努德斯特伦。亨里克·努德斯特伦只是门铃的住户牌显示的寓所的主人,而他目睹了在那里发生的一场凶杀。房子可能已经租给了另一个人,或长期或短期,最大的可能是短期,因为亨里克·努德斯特伦这个名字看上去新亮光洁,没什么人在上面留下痕迹。也有可能房子在圣诞期间借给了一个朋友,可能是亨里克·努德斯特伦借出去的,也可能是他的租客借出去的。更糟的情况是:租客是个女人,就是他在圣诞节前一天的半夜里看到的站在窗口的那个女人。安德森教授的心如坠冰窖。他立刻起身打开灯,看了看手表。六点半。他得立刻返回奥斯陆。他绝不能失去他!如果他已经消失得无影无踪了怎么办?他给前台服务打电话,请他们准备结账。接着他把自己的东西收拾完毕,此时他感到了一阵眩晕。他觉得自己这样走掉可能会犯下不可挽回的错误。在前台他请柜台后面的人给机场打电话,预订第一班飞机的机票,要是还有位置的话。事情就这样办妥了,很快安德森教授就坐在了一辆开往瓦讷斯机场的出租车的后座上。

在机场他给同事打电话表示歉意,很遗憾他得返回奥斯陆了,因为他收到了一个突如其来的消息让他立刻赶回去。那儿才是他应该待的地方,他对自己这么嘀咕了一句。在飞机上他翻看着报纸。什么也没有。机舱窗外的天空也是什么也没有,灰色,白色,雾茫茫一片。一直盯着外面和下方让他的眼睛酸胀起来。飞机开始在气流中起伏颠簸。挪威风雪交加的天气。他没法摆脱自己对同事和他的年轻妻子感到的良心不安。毕竟,他已经邀请了他俩今晚在棕榈海饭店共进晚餐,他们也欣然接受了邀请,他也看见了他们充满期待的样子,特别是那年轻的妻子梅特,她毫不掩饰她有多么快活。他突然想到昨晚在棕榈海饭店预订的一张三人座的餐桌还没有取消。到奥斯陆后再办这事好了。他觉得有点对不起这位同事,他的经济状况一定很糟,建立第二个家庭是要付出代价的,就算是文学教授也不例外,尤其他早年的财产还被分掉了一半,以他对同事前妻的了解,一分钱也省不了。因此,与奥斯陆的这位慷慨大方的同事(安德森)共进晚餐,对他们来说是值得期待的。他们还安排了看护小孩的人,然后他,安德森教授跑掉了。这件事办错了。不,这简直是糟糕透顶。

在从伏沃勒布到西勒贝克的出租车上他竭力让自己平静下来,但就是做不到。他情绪亢奋。他飞快地打开他居住的那栋建筑的大门走进去,快步跑上楼梯,开门进到了自己的寓所内。他直接朝窗户走过去。对面的窗帘拉开了,但没有人的迹象。他必须做好等待的准备。等待的时间很长,出奇的长,尽管他尝试分散精力去做些日常生活中要做的事,比如洗漱,把该洗的脏衣服放进洗衣机,读一点书,托马斯·曼的《约瑟夫和他的兄弟们》,他对这本书评价很高。但这种无所事事的等待和难以忍受的紧张,以及近乎惊慌失措的恐惧,让他担心当天一大早在特隆赫姆醒来时的那种怀疑是正确的,但在下午的早些时候,他瞥见有个人影在没有亮灯的房间里一闪而过,一种巨大的解脱感将恐惧化为乌有。然后灯亮了,他松了一口气,虽然他并不知道屋里那人究竟是谁,但他觉得可能是圣诞节第二天晚上站在那里的那个年轻男人,那人在窗口出现之前他并不能完全确定。没过多久他就得到了证实,就是那个人。他还在那里,安德森教授嘘出一口气,全身放松了。但在同一瞬间,焦虑攫住了他。安德森教授的反射意识突然浮现,焦虑传遍周身。他究竟是怎么啦?他现在感觉到的轻松竟是恐惧。明明应该完全相反。他感到轻松是因为他,那个凶手,还在那里。想一想,假如今天早上在特隆赫姆时他心里的怀疑没有错:他已经消失了,再没有出现。他是在圣诞节期间借用了这套公寓,现在他又离开了,他完完全全从安德森教授的生活中消失了,这该是怎样的一种轻松自在啊!但情况并非如此,而是来了个一百八十度的大转弯,这使得安德森教授陷入了深深的担忧之中。他为自己担心,比记忆里任何时候都更担心自己。他如此忧心如焚，甚至开始浑身颤抖和出汗。"我是完了，"他想，"现在事情已经发生了。我不能再这样下去了。"但他无法阻止这一切。他警觉地进行自我审视，仿佛隔着一层透明的薄膜观察自己。他无法通过那层薄膜触及自己。在那透明的薄膜后面，他是一个自我迷失的存在。圣诞节的第五天，他从特隆赫姆回到家中，一直待到新年过去，他所做的一切就是观察和推断街对面的那扇窗户，还有里面的那个人影，他一直担心他会不见，因为有一种可能是，那人只是为圣诞节借用了那间寓所，所以他会神不知鬼不觉地消失，比如元月二日，更有可能是一大早的时候，拎着一个小箱子溜掉。他就这样和这个杀人犯捆在了一起，而他却没有通知当局。

这一年最后的几天安德森教授是在自己的公寓里度过的，独自一人宅在家里，只有在取报纸、邮件，还有买食物和饮料时有过短暂的外出。他紧盯着街对面的窗户。现在他能认出他了，甚至在户外观察过他，那时他正走出楼房大门，朝人行道走去，然后在德拉门路的拐角处消失了。所幸他没有带行李箱或者其他的旅行用品。这样的情况出现过好几次。他可能在外面待上几个小时，但总是会回来。安德森教授没有开过自己客厅里的灯,在白日短暂的几个小时里他在室内的走动格外谨慎。但当街对面的窗户亮起灯时,他就从这里的窗口观察着那个人。多数时间他是在书房里度过的,那里他会开灯。但他更经常在暗黑的客厅里,站在窗帘后面,向街对面的那个窗户望去。大白天的时段他十分小心,站在那里一动不动,深怕引起对方的怀疑,一到夜晚降临他就不需要担心了。他就这样在自己的寓所里走来走去,从暗黑的客厅,穿过同样暗黑的饭厅,来到那灯光明亮的书房,他常常在那里坐一会儿,假装阅读一点什么东西,然后站起身把寓所里所有的房间又走上一遍,他忧心忡忡,自查自省,他完全清楚自己在做什么,却又因无法理解而感到忐忑不安。

"如果我担心的不是没去举报,那还是什么呢?"他对自己发问。"虽然我能把这一切解释清楚。但为什么我不去征求一下伯恩特的意见,"他这么想着,"为什么我不能让他或者其他人参与进来呢?这就是缘由,就是问题的症结所在。这整件事糟透了,实在太不可思议。这完全超出了我主观希望的那样。我是谁?在这里坐着,站着,走着，不知进退，一心一意盯着一个我完全不希望跟自己有瓜葛的人，确保他犯下的所有那些罪行不会在我眼前消失。若他消失了，我就重新获得自由了。但我也不希望获得自由，这其中一定包含着某种意义，但究竟是什么？"安德森教授苦苦追寻着其中的缘由。

"我没法用完全出于自愿为自己所做的事情辩解，"他想。"即使我是遵循这一规则行事的。我已经把自己和这个罪犯捆绑在一起了，这是我曾经想都不敢想的事。窗帘拉上以后，那间寓所里到底发生了什么事。尸体在哪里？还有那个女人身上流出的血和污物？那个金色头发的女人，我觉得她很年轻。这可怜的人在那寓所里到底遭遇了什么？为掩盖自己所干下的一切，他独自同尸体待在一处。还有那些血（他一定都已清洗干净，连同所有污物）。尸体去哪儿了？现在一定不见了，因为窗帘已经拉开了，而这位年轻先生到城里去办我毫不关心的事去了。"

"生命实在是过于漫长了，"他想，"在我们的时代。也许有很多人认为，一个人的生命是可以衡量的。把所有的细节全都考虑在内，一个人活到大约五十五岁的年纪，生命历程就结束了，没有多大的磨损消耗。儿童，少年，青年，成年，然后就是生命的尾声。这应当够了，余下的一切都是煎熬。一个人活到五十五岁，成年期已经走得很远了，此时就应该明白开始接近尾声了。所以人的一切行为规范应与此相匹配。自然的生活状态原本如此，我们往前的一个冒进就造成一种毁坏，仿佛受到了细菌的感染一样，于是使得我们在身体和精神上变得可笑自负，变得孩子气了，"安德森教授想，"我们活得实在太长久，有作为孩子、少年、青年和成年人的多种时段。而生命最后的煎熬现在尚未开始。这漫长的结束时期里充满了戏剧化，同时它也悄无声息，是一段令人不快的冗长尾声，你越是忘乎所以，这时段就延续得越久。二十世纪真正的现代性是一场没有终结的决赛。换句话说，这就是我的人生。"安德森教授补上一句。

"我当机立断抓住机会了吗？"他突然问自己。"在我决定不去举报的那会儿，我都干了些什么？没去举报这简直太可怕了，这一点我却没认识到。完完全全的不负责任，那时我是这样，现在也是这样，"他加了一句，"社会对于我们来讲有着一种极其强大的力量，这是我所没有领会到的，我甚至一直在对我的学生们讲授这个道理。为什么我以这种方式把自己置于社会的对立面？我究竟想看清楚什么？是我自身？抑或是他——我目睹行凶的那个他？"

"我不能为此辩解，"他想。"这是关键所在。我并不为此感到骄傲，一点儿也不，但我别无他法。即使考虑到他是个杀人犯，一想到要揭发他，我就感到反感。我理解也坚守这个观点。但为什么我不能把这事告诉我的朋友伯恩特，或是别的什么人呢？我到底在害怕什么？我不明白。害怕伯恩特的反对意见和他的判断？我不这么认为，因为我自己也理解并赞同有关的论点。一个人目睹了一场谋杀，却对其所见听之任之，不去提请社会注意，任何文明都无法接受和维护这样的行为。这无疑是一种原罪。即使是一个父亲，如果儿子杀了人，他也有义务检举他，如果他没这么做，他经受的折磨会比现在的我更痛苦。所有的这些道理我全都清楚，对此我无法表示异议，但让我去举报我也做不到。当时如此，现在也是如此。我在遭受同情心的无尽折磨吗？换句话说，是超越一切界限的情感吗？我在和这个杀人犯一起遭受折磨，并且愿意继续这样下去吗？但那个被害者呢？！她是被害者，但她已经死了！杀人犯还活着，而且必须继续活着，同我一起活下去，在所有的管控之外，秘密地活下去。杀人犯和沉默的目击证人，杀人犯并不知晓沉默的目击证人的存在，但后者一直在追踪和观察着他。我们什么时候会遭遇？我的天，这都是些什么？为什么我不希望他从我的生活里消失？为什么我害怕他从我生活里消失？"

安德森教授在他的公寓里无休止地踱过来走过去，琢磨着那些让他不得安宁的念头。不管他翻来覆去想了多久，始终找不到问题的答案。日常生活里芝麻大的小事都会让他光火，比如找不到奶酪切片器，他以为放在厨房的一个抽屉里，后来却是在冰箱顶上发现的，这让他非常恼火，因为他一个人住，这种时候无法迁怒于其他人。这是新年前夜。对面那间公寓的窗户亮着灯。为在自己的寓所里独自度过这个晚上，安德森教授买了食物和饮料。牛排，马肉，再加一瓶意大利巴罗洛红酒。一道丰盛的晚餐至少可以让自己放松舒缓，但他始终留意着街对面的那间公寓。另外他也决定读一读诗人爱德华·霍姆最新翻译的莎士比亚的作品，主要是为了了解翻译或改编过程中会出现哪些误解。要将生活在文艺复兴时期的这些神秘大师的英语翻译为挪威语这种二十世纪的顽固小语种，难免会出现误解，通过研究这些误解他学到了不少东西。"嗯……嗯，"他想着，心情莫地舒展开来，产生了一种期待。但对面公寓里的灯灭了。他在自己的书房里，从他向对面斜视的一瞥里看见了这一幕。他疾步走进幽暗的客厅，站在窗帘后面。过了一小会儿他看见他从大门里走出来，穿着一身参加聚会的礼服，黑色的轻便皮鞋，外面是件厚大衣，一条白围巾随意地缠在脖颈处。他看见他朝等候在那里的一辆出租车走去，上了车。这一画面差不多惹恼了安德森教授，他感到自己受到了小小的冒犯。他被迫独自一人在这里，在昏暗的客厅里度过除夕之夜，而他——对面的那个人，却到外面寻乐子去了。"可他乐不起来的，"安德森教授想，"他没法再快乐了。对他来说这完全不可能，可怜的人。这只是他必须经历的一场表演，因为生活还得像从前一样继续，仿佛什么都没发生过。"

其实他很高兴对面的人出去了。亨里克·努德斯特伦，或许这就是他的名字。这意味着他自己将有一个安宁的除夕夜。至少直到午夜过后，他可以放心地安排。事实上,为什么要假定在午夜之后呢,他完全不需要坐在这里等,看他什么时候回来。他肯定不会在今晚消失的,可能是明天,或者后天,但不会是今晚,他穿的不是那样的衣服。除夕夜到目前为止是静谧安宁的。他给餐桌铺好桌布,八点三十分准时用餐。之后他坐在书房里,喝着咖啡和白兰地,开始阅读霍姆翻译的莎士比亚作品。他找出英文原著,还有该作品的一部挪威语版本,再加上在霍姆之前的最新的新挪威语*版本,与霍姆的译文或改编加以对照。他感到全身一阵轻松,很快就沉浸其中。他注意到霍姆的译文中有几处拿不准的地方,思索良久后明白了内中含义,对他的处理有了几分赞赏,但坦率地讲,他很想知道诗人自己会如何解释这些处理,以及他的解释能在多大程度上站得住脚。确实,若有一天能碰到霍姆,同他讨论一下莎士

---

* 挪威有两种书面语言,博克莫(bokmål)和尼诺斯克(nynorsk),前者称为挪威语,后者称为新挪威语。博克莫是在19—20世纪里由丹麦语逐渐发展而来,于1929年开始使用这个名称。尼诺斯克是19世纪的挪威语言学家伊瓦尔·沃森(Iva Aasen)在挪威方言的基础上发展出的一种新的语言。目前在挪威使用博克莫的人约占90%,使用尼诺斯克的人约占10%。

比亚的翻译，该是件多么有趣的事，安德森教授想，心情如同人们合理预期的一样满足。时间接近十二点，他从自己那张舒适的扶手椅上站起来，决定出去一趟，听一听港口的汽笛声*，同时也看看烟火。

很快他就走在了德拉门路上。冬夜里，路灯下孤零零的街树上悬挂着冰凌。人行道上很滑，地上的积雪脏兮兮的，夜色幽暗。天很冷，但他穿得很暖和，除了没戴帽子。他没有帽子，也从不喜欢戴帽子，因此他能感觉到两只耳朵冻得冰凉。他快步向廷克恩公园走去，顺着一条小径穿过公园，走到横跨在湖面和西勒贝克之间的高速公路人行天桥上。那里已经挤满了人，所有人都和他怀着同样的目的。他站在人群当中，很快就听到市政厅的钟楼敲响了十二下，随后奥斯陆码头所有的船舶拉响了汽笛，奥斯陆市中心所有的出租车一起摁响喇叭。烟火直冲云霄，在天空中绽放开来，绚烂而壮丽，让人惊叹不已。他听见人们在互道新年快乐，还有香槟酒打开瓶塞的"砰

---

* 除夕夜奥斯陆市政府会在固定地点燃放烟花，市中心的一个烟花点在市政厅下方海湾的一道木筏上，届时会拉响警报器，海上的船只也随之鸣笛呼应，场面壮观。

砰"声。从这座横穿挪威首都公路上方的人行桥上望出去，城市大部分地区放飞的烟火都尽在眼底，西勒贝克和弗朗纳一带，还有阿克尔码头一带。烟火呼啸着冲天而上，穿越漫无天际的苍穹，在冬夜漆黑的天空中爆裂绽放，发出尖锐的声响，它们只能抵达太空的边缘，但看到它们呼啸着上升，洒下金红色的细碎光雨，让人对太空的无边无际产生了深刻的印象，接着烟花以光焰的对称图案翻卷开来，带着巨大的爆裂声展示出五彩缤纷的绚丽色彩，一场实实在在的烟火在这寒彻透骨的夜空登场。这是一场节日的盛宴，至少这里所有人都把它当作节日的盛宴，安德森教授想，他微微一笑。他在庆贺节日的人群中驻留了一会儿，然后打道回府。那时是十二点半，回到寓所，他又喝了一大杯上好的白兰地，然后在他舒适的扶手椅上坐下来，静静地思索了一会儿。他又喝了一杯妙不可言的白兰地，酒好喝得也痛快，他想，然后又喝了一杯。时间已是午夜一点半，安德森教授毫无睡意。于是他决定再次出外夜游。

这天夜里安德森教授第二次出门了。他在西勒贝克的街道上漫步，这里已无人继续放烟火了。寒气逼人，他注意到自己的鞋子穿错了，他应当穿那双靴子的,而不是这种普通的、鞋底有点厚的皮鞋。许多公寓的灯还亮着,数量之多令人惊讶。"这是一年里最值得欢庆的日子,"安德森教授想,"现在不知有多少香槟酒弄得人们既不想回家,也不想睡觉。真欢乐。"他来到德拉门路,开始沿着这条路朝斯卡普斯诺走去。时间已过了两点,不断有出租车从他身边驶过,整个德拉门路上挤满了步行回家的人,因为他们拦不到出租车。他顺着德拉门路走下去,经过许多大使馆。俄国,法国,英国雅致华美的官邸,埃及,伊朗,以色列,委内瑞拉,巴西。他们今晚也放烟火吗?安德森教授想。他希望是如此,因为这会给整个节日增添一道更和谐的祥和之光。"年复一年,我的这种希望越来越强烈。"他想。到了斯卡普斯诺外的停车场,他又掉头往回走。一直有匆匆赶路回家的人从他身旁走过,他们不时地前后张望着,看有无可能拦截到一辆空车。经过的出租车不少,但都坐满了乘客。他在居所的楼下站了一会儿,感受着午夜两点半的光景,尽管天冷得要命,他仍喜欢深夜外出的感觉。这时一辆出租车在他跟前的人行道边停下,他——就是对面的那个人,走下车来。那个杀人犯回家了。他径直从他身边走过去,安德森教授第一次从这么近的距离看见他。只有几秒钟,然后他大步穿过街道,借着大楼门外微弱的灯光打开了门。安德森教授注意到他摸索着钥匙,但脚步没有不稳。"不知道他到底是醉了还是没醉。"安德森教授想。他看上去并不令人讨厌,但也不是反过来的所谓招人喜欢。他觉得整件事很奇怪,但也仅此而已。一切都是空荡荡的,看不出个所以然。但他仍旧留意到,上楼回家时,他的膝盖在哆嗦。

安德森教授,新年快乐!一觉醒来,维也纳的新年音乐会和加米施—帕滕基兴的跳台滑雪比赛让他十分愉悦。这些都是电视上的节目。很快就是大学里的工作日,白昼的天色也日渐地亮了起来。他叫亨里克·努德斯特伦。他并没有离开他的寓所——比如拎着两口沉重的箱子,在一月一日、二日或三日的大清早溜走——对面的窗口有灯光,那里是他的固定住所,是亨里克·努德斯特伦的家。一月三日,安德森教授结束了大学职工漫长的圣诞假期,回到了在布林顿的大学办公室,和同事们互致新年问候,同时与已经到校的第一批主修课学生见面。他已为他的首次授课做好了准备,将于一月九日开课。他注意到报纸上并没有关于与他目睹的谋杀案可能有关的失踪女人的报道。他也不时地观察着亨里克·努德斯特伦,在他离开寓所,站在电车站等待去往市区方向的电车的时候。安德森教授已经养成了偷窥对面那间公寓的习惯,但他不再把自己藏在窗帘后面,客厅也早已正常开灯。但他注意到,亨里克·努德斯特伦只在早上才会站在电车站等车,要么他会开一辆人们口中的中档车,有时也会打车。他的车就停在他住的楼区外的人行道路边,通常要在街上走出很长一段距离,他想这是因为很难找到停车位。几周过去了,安德森教授越来越困惑。因为一直没有可能与凶杀案相关的失踪女子的信息。被杀死的她,却没有失踪。显然没有人注意到这个金色头发的年轻女人不见了。为什么呢?一个人就这样消失了,然后再无下文,居然没有引起任何人的注意吗?安德森教授觉得这简直不可思议,他想到,很可能这个女人是亨里克·努德斯特伦的妻子,或是以某种方式与他关系很亲近的女人,这样他就有可能在社交圈里守住她失踪了的秘密。如果是这样的话,正如人们常说的那样,不是不报,时候未到,他的落网只是个时间问题。他自己一定也知道,给她的家人、朋友、同事的所有关于她为何不在的借口与解释，总有一天或用尽，或因其拙劣而引人怀疑，比如她的父母或姊妹。他的落网只是时间问题。安德森教授突然想到，这一直是自己所做的假设，似乎成了一种天经地义。这件事在他心中激起的所有情绪，他提出的所有问题——关于自己和与之相关的动机，都统统被辖制于这个天经地义之下。这是一个处于困境的人，一个想从自己的罪孽中逃逸的家伙，但他知道他很快就会被绳之以法。然而直到一月和二月交替之际，凶手最亲密的圈子里仍然没有任何人对亨里克·努德斯特伦产生怀疑。

安德森教授首先想到的是，圣诞节当天他看到的不是亨里克·努德斯特伦的妻子，只是一个偶然出现在那里的女人，他的一个女友，或是诸如此类的一个角色。这是他出于一种冲动冒出来的想法，在此之前他从未有过这样的问题，那时没有关于失踪女人的报道。他预想到的是几周后会有这个女人失踪的官方消息，最迟在平安夜之后的十四天，也就是一月的第一周或第二周，他将会跟踪报纸上对这女人的寻人启事，看这件事将如何慢慢地接近亨里克·努德斯特伦的这所公寓，同时在街道对面的宽敞寓所里，安德森教授自己也在紧张万分地追逐着同一个人。尸体在哪里呢？实际上安德森教授在设想着，有那么一天他会从自己观察的地方看到两个警察走进街对面那栋楼的大门，摁下亨里克·努德斯特伦的门铃。要是窗户那里有灯光，他可以看到他们三人在里面的动作，两个穿制服的人和亨里克·努德斯特伦的胳臂。但尸体在哪儿呢？怀疑迟早会把他们引向亨里克·努德斯特伦，但没有尸体他们能做什么呢？几乎是无可奈何。只有他，安德森教授目睹了发生的一切，同时一直闭嘴保持缄默。这是为什么？"为什么当我担心他可能会从这里完全消失时就心急火燎离开特隆赫姆的布里塔尼阿旅馆赶回来？"安德森教授就这样一而再、再而三，不间断地问着自己。

但随着时间的流逝，最大的可能是站在窗边的那个女人不是什么偶然出现在那里的女性友人或女友，被他杀害的正是他的妻子。这一切对亨里克·努德斯特伦来说相当糟糕，当她失踪的疑窦一旦被揭穿，他想逃避追捕便只有一个选择：投案自首。若是其他人举报她的失踪，即使没有发现尸体，亨里克·努德斯特伦事实上也完了。

安德森教授的夜晚

一旦此事被人报案,就证明她事实上已经失踪了,那为什么他,亨里克·努德斯特伦对此不吱声呢?这样看来他的完蛋只是时间的问题,安德森教授没有举报他目睹的罪行这件事,届时也就无人过问了。他没救了,不管安德森教授是说出来还是缄默不语。

到一月末二月初时,对安德森教授来讲情况显然已很清楚了,最近这段时期生活在重压下的他感到了些许轻松。他现在要一心一意,全力投入到他作为奥斯陆大学文学教授的工作中,即使他身处的环境并不轻松。事实上,几年来他所处的环境已经让他的生存、他的思想变得黑暗,而且越来越严重。一切落定之后,安德森教授严重怀疑他把自己的生命浪费在了一些会葬送未来前途的事情上。他是文学教授,但他再也不能说文学的价值像他当初选择文学作为自己的人生方向时所认为的那么巨大了。无论如何,他投身文学不仅是出于履行职责,也是出于兴趣。他是研究易卜生的学者。在他相当年轻的时候,一篇关于《觊觎王位的人》这部作品的博士论文获得了众多好评,但最近这些年他一直专注于易卜生在1880年代到1890年代创作的戏剧,也就是说,他在研究这位伟大的戏剧家本人。几乎可以断言，假如易卜生在1880年，五十二岁时逝世，今天他只会是一个被遗忘的剧作家。《培尔·金特》和《布朗德》几乎完全没有可能在二十世纪的舞台上公演——或许挪威是个例外。若不是有《群鬼》《野鸭》《罗斯莫庄》《海达·高布乐》《建筑师》《约翰·盖博吕尔·博克曼》《咱们死人醒来的时候》这一系列剧目作支撑的话，《玩偶之家》也会被认为是过时的作品。他关于《觊觎王位的人》的博士论文会被认为是好奇心作祟，人们很可能会建议他不要从事这项研究，究其缘由，主要是1860年前后那段时期，无论从历史的角度还是文学的角度，对挪威戏剧多数人可能会选择比昂松的历史剧来入门。因此，在最近十多年里，安德森教授一直专注于研究伟大的易卜生，因为易卜生让他的毕业论文得以顺利通过，而他的论文选题是人们已淡忘了的《觊觎王位的人》，他因此而得以成为文学教授，他这样想着，脸上浮现出一丝带着恶意的笑容。

他倾尽自己所有的想象力和聪明才智诠释亨利克·易卜生在1880—1890年代创作的戏剧，使其作品中的伟大之处更加熠熠生辉。他将其视为自己作为教授的职责。他用这种方式尝试着给他的学生以启迪引导,但他们有所不知的是,关于最终发掘出作品中的伟大,其实作为教授的他对此报有相当的怀疑。他发现自己必得以最极端的视角来进行诠释,因为若不能以这种极端的视角来看待易卜生的伟大,就不得不扪心自问:除了严格的历史意义,现在去研究一百多年前的戏剧作品到底有何必要。至于历史意义,当然,一个国家每隔一段时间应该都会找到一个有价值的说法。比昂松就是一个例子,安德森教授这样自言自语。即使我们当中有人只想笃信易卜生永恒的伟大,他们也得到戏院里去观看站立在我们面前的现代化的亨利克·易卜生。在这里什么都能看到,绝对的包罗万象,应有尽有:充气芭比娃娃,新纳粹分子奥斯瓦尔德,留着长发的布里兹分子*,患有艾滋病的和平调解人,回家休假的驻波斯尼亚联合国士兵——人们可以想象到的所有戏剧服装都可以用来装扮可怜的虚构出来的奥斯

---

* 指挪威左翼组织 Blitzhuset(闪电之家)的成员。Blitahuset 成立于 1982 年,其成员主要是朋克、无政府主义者、共产主义者和左翼人士,在奥斯陆市中心有一栋房子作为基地,举办包括政治会议在内的各种活动,也经营女权主义电台、素食咖啡馆和音乐练习室等。

瓦尔德，只要能够感受到这个当代年轻人身上散发出的易卜生的永恒精神，那么这一切人们都能接受。然而作为教授的安德森，他的工作是聚焦于易卜生的文字，要从那字里行间发掘出其中的伟大。他的学生们也渴望感受易卜生不朽的精神力量与他们共同呼吸。有的研究生用长达两年的宝贵青春沉浸在易卜生的文本中，他们到底为什么要这么做呢？安德森教授偶尔也会这样问自己，说真的，他经常是这样嘲讽自己的。为什么一个来自拜鲁姆*的漂亮能干的女孩子会对吕贝克·维斯特†如此痴迷，要在自己二十三岁的年纪为她写一篇长长的论文？她的行为有时候完全超越了安德森教授的理解，尤其是在她敢于坚持这一点上。安德森教授可以负责地说，假如换做他，他是不会这样固持己见的，而她却公开表明自己对这个令人难以忍受的、痴迷于死亡的病态女人坚定的热忱。无论在大学校园还是在自己的朋友圈，是的，甚至在她成长的地方——美好的拜鲁姆的家中也是如此。通过这个她奉献了一年半的年

---

* 挪威东南部城镇，是挪威最富裕、生活成本最高的地区。
† 易卜生剧作《罗斯莫庄》的主角之一。

轻生命去描述的女人,她感受到了亨利克·易卜生永恒的精神,并为此产生了奇异的迷恋吗?一定是这样的一种关系,这使得安德森教授收起了他的讥讽。因为毋庸置疑,渴望以亨利克·易卜生历经百年的戏剧作为自己职业生涯的学生大有人在,纷纷涌向安德森教授的课堂。他的课程坚定了他们的信念,并更进一步地唤起了他们对伟大的易卜生的想象,他以这种方式为新一代巩固这种意识。即使安德森教授本人也怀疑,他们所渴求的——同时也是他自己在竭尽全力给予确认的——这种意义是否真的存在;但至少对那些与他自己有着共同的命运与时间流逝的人来说不是这样。如果一个人剔除所有对文化的热望和虚荣(尽管这可能是必要的,无论是代表他自己、他的时代还是人类),再细细琢磨自己内心深处对这些经典著作的真正热情,寻找火焰燃过的痕迹,那他可能找不到这样的火苗。但他留心着向他的学生们隐瞒了这种疑虑,因为他心中那些晦暗的判断也许根本只是误判。

他自己已经进入了易卜生的世界,先是在他的学生时期,然后是做研究和当大学老师的时候,但对易卜生的作品没有任何突破性的体验。他承认他众所周知的伟大是一个事实，然后基于这一事实他孜孜不倦地苦读。《觊觎王位的人》是他的硕士论文的课题（后来他把这篇论文扩展为他的博士论文，反响十分热烈），因此他认真研读过这部作品，一行一行，从上到下，字字句句都细细揣摩，相互比较，最后对这部作品烂熟于心，在夜里做梦时都梦见它。一切都以事业为重，人们可以这么说。他选择易卜生不失为一个聪明的做法，在挪威如果想以文学研究作为自己的职业，这个选择再自然不过了。但后来他大为惊讶，他那么鄙视追逐名利的人，并且始终如一，而他在选择硕士论文题目时居然如此谨慎。或许他本应潜心研究自己日常热爱的文学，研究我们这个世纪的诗歌，但他没有这么做。他认为一个年轻人的硕士论文自然应该是将自身同文化传承相结合的一种修炼，通过这种修炼，才有资格从事研究工作，也铺就其职业生涯之路。他以此为自己进行了辩护，关于年轻时为什么投身于对亨利克·易卜生戏剧的研究，但又并未对其产生特殊的情感，甚至他还选择了易卜生早期的一部戏剧作为自己若干年的研究课题，先是硕士论文，后来是博士论文。因为那时候的大学是一个有更多自主权的机构,要求招收进来的学生要不带偏见地支持学校的章程。而今天的情况完全不一样了。安德森教授所代表和曾经代表的一切,都要受到挑战。所以他必须为自己辩护,而且要充满激情。理智与激情。理想的情况下,他认为自己的工作是为帮助学生理解易卜生提供一些充满热情的脚注。越是怀疑易卜生的伟大——或许是怀疑我们是否能够像接受一个平庸的摇滚乐手那样热情地理解1880年代的易卜生真正的伟大,也或许是像许多人热切期待着下一集肥皂剧那样热情地理解易卜生的伟大——这种怀疑就越是紧紧地抓住他,并且成为这位五十五岁的教授内心模式的一部分,困扰着他的生活和工作,这也越发让他质疑自己的学生是否有意愿和能力在未来几十年里担负起文学的传统继续前行,忍受我们的社会里知识分子所面临的屈辱生活,同时也怀疑在他的监督、指导或引导下,这样的尝试没有任何意义。

但人们依旧可以看见他在自己的讲座和课堂上发挥自己的才能,尤其是后者。安德森教授在讲授《海达·高布乐》或《群鬼》,《罗斯莫庄》或《约翰·盖博吕尔·博克曼》时,不遗余力地展现易卜生的伟大之处,没有用一个词暗示他自己对《海达·高布乐》历经百余年仍为人所称颂的质疑。在这里所有其他人为的说辞都是徒劳无益。他剖析文字里的含义,指出句子的构架,其中文采飞扬的奇思妙语,并将那些似乎欠通的地方解释得合情顺达。在阅读文本的过程中,他强调突出不同的人物,站在不同角色的立场上看待剧情,就像他们都是剧中的主角一样。如果让其中一个作为主角将故事发展下去,与另一个作为主角所发生的故事进行对比,让这两种演绎并存,人们就会看到随之而来的空虚,令人压抑的空虚。当海达·高布乐从一个房间走到另一个房间,从一个位置变换到另一个位置,手里拿着一本文稿从沙发走到壁炉那里,又从客厅到了另一间起居室,那里放着一把手枪,人们可以清晰地观察到她的情感变化。所有这一切都需要学生们全神贯注,高度警觉。他们不知道的是,他跟他们怀着同样的专注与警觉,以拒绝或是确认自己的怀疑。这种怀疑在他研读《海达·高布乐》时一直存在于他的内心深处,不仅是对于在我们的时代,这部作品是否能继续保有其强大生命力的怀疑——而不只是对这部1890年的作品的拙劣反响——也是为了摒除始终与他的灵感诠释一起出现的讽刺的问题，有个声音一而再再而三地发问："真的有那么好吗？一点不假，千真万确？一个将军的女儿在惊慌失措时嫁了人，之后因为乏味无聊，对旁人干下了许多恶毒的事情，最后一枪结果了自己？这真的值得几个世纪以来那么多人用全部心智和情感投身其中吗？"这个声音在他的脑海里嗡嗡作响，而他须得考虑到学生的兴趣，继续讲课。当他讲到一些他认为点明了易卜生戏剧世界的精彩洞察时，就会满怀期待地等待着学生们的反应。如果他们说出什么蠢话，他就会感觉受到了伤害，比如他们只能给出一些从别的书里照搬来的老套说法，或是他们身边环境里的平庸表述，或者如果他们当中有人认为给自己个人的情绪找到了出口，而这种情绪他们应该保留在自己内心深处，因为从本质上来说这不是情感，而是文学表达。但是，当他讲到精妙之处，他可以看见他们当中一些人的眼睛瞬间亮起来，这样的情况确实发生过，而且绝不罕见。不可否认，安德森教授确实提到了易卜生的伟大之处，然后他便留意到有一种无名的喜悦从头到脚传遍他的全身，即使他们在眼睛发亮之后给出的评论如此空乏，如此平庸，如此寡然无味，令人失望，也不能完全消除这份喜悦。偶尔可能会有学生的眼睛闪烁着心领神会的光芒，评论也是发自内心的真实表述，甚至蕴含有一种来自心灵的感动，那时候安德森教授也会被大大地感动一番。这是极为罕见的一刻，但阿尔文夫人[*]的故事可能会产生这样的影响。阿尔文夫人的故事则可以与两千五百年前的希腊悲剧联系在一起。是的，难道不能这样吗？可以的，二者可以相提并论，安德森教授这么认为，而且他有论据支持这一点，这时候他能看到一些学生的眼睛亮了起来。他们在聆听。是的，他们聆听着呢。1880年代挪威的一个中产阶级家庭，能否直接追溯到两千五百年前神秘的希腊？当然可以。这种震撼也是同理。《群鬼》和希腊悲剧带来的是同样的震撼。这是文学带来的震撼。也是《群鬼》首次公演时，克里斯蒂安尼亚的中产阶级在剧院里感受到的震撼。安德森教授向他的学生们讲述这一点时，感受到一种难以描述的狂喜之情。"但为什么到了我们这里就失去了这种震撼呢？"后来他坐在自己的办公室里这样想着，他抽着烟，试图让自己再次振作起来。"这比我预想的要糟糕

---

[*] 易卜生剧作《群鬼》中的悲剧人物。

得多啊,"他当时在想,"那种震撼距离我们不过百年之遥,它在历史上曾一直是高品质生活的基本要求,我们却再也无法抓住它了。曾经那样接近,但依旧被拒之于门外。这种震撼已经成为过去。它是人类两千五百年以来最自然、最基本的天赋技能之一,而我们是否已被拒之门外。如果是这样的话,一种新的个体即将出现,而我,无论是否愿意,都是这种个体的代表之一,我的学生也是,他们甚至还不知道这一点。"安德森教授想。"我可怜的学生们,"他想着,"他们并不知个中缘由。"他想到自己从易卜生追溯到神秘的希腊,指出二者之间的关联时,学生们闪烁着光芒的眼睛。在他指出这种"震撼"之后,他们如何坐下来,将易卜生1880年代的《群鬼》同两千五百年前索福克勒斯的悲剧进行对照,寻找这种"震撼"产生的原因。从索福克勒斯到易卜生,经过数百年岁月的变迁,戏剧发生了怎样的变化?对人性的认知、舞台上的表演方式,还有其功能性,所有的一切都全然不同,但"震撼"感依然存在,在易卜生和索福克勒斯的戏剧中恢复这种震撼,就是他们想做的尝试。安德森教授固然会恼怒于他们可能会发表的平庸无奇的观点,流于一般的见解，自以为是的多愁善感，但他们之中还是有人眼睛发亮。对他们来说，这是一种对于已经永远失去的东西的渴望，他们现在只能将其作为过去的现象来关注，诚然，最有天赋的那些人可以将其作为人类如何理解自身境况的典范来研究，并从中获得极大的才智享受，但他们自己感受不到，他们只能去观看，或者也可以欣赏，欣赏"震撼"尚且有效的漫长的历史时光，在它突然消失之前，可能就消失在他们的鼻尖前，可以这么说吗？因此，他们现在不得不——五十五岁的安德森教授不在此列——跟随时代的新精神，狂妄地走向新的体验、新的价值、新的命运、新的声音、新的呐喊呼唤、新的评判标准及新的偏好，这一切是因为他们年轻，对新的时代怀着无比的热忱，不管他们是否愿意。安德森教授已经逃离了这种状态，他注意到这些年轻人仍然不免要对此表达热忱，连身体也跟着律动，犹如某种舞蹈。安德森教授开始怜悯他的学生了，他不知道现在是不是站出来表达怀疑的恰当时机，也就是知识分子、反思的人和书呆子们已经永远排除在外了。他之所以没有这样做，是因为在这种出于渴望或义务而希望尽快站出来公开表达的疑虑之外，还隐藏着一些更加危险、绝对消极的东西。那就是并不存在所谓的震撼,安德森教授在和他的学生们一直在易卜生和索福克勒斯的作品中研究的那种震撼,它只是人们为忍受自身的无能而发明的借口。两千五百年来人们一直有必要保持这样一种幻觉,即人就是一种会为关于人类命运的某种表述而感到颤栗、情绪波动的生物,因为他们缺乏创造和领悟方面的才能,缺乏这种在深度与广度上理解人的行为和这片土地之间关系的能力,因而去渴求追逐这种可能,但它并不存在,"于是我们可以这样来理解,人类创作的艺术作品从未产生过这样的震撼。它们只是凭借其当代性引起了我们的共鸣,但没有能力超越这个界限。现在我们的狂野旅程让我们终于有机会摆脱另一个幻觉,一个我更愿意保留下来的幻觉,但我已经成功地在这些明显假设的基础上,挖掘到了这种怀疑的深层原因。"安德森教授心下思忖。他可以想象他最有天赋的学生们眼中闪烁的光芒,并带着温情怀念起这些光芒所对应的带来震撼的思考,这种思考并非他亲身体验,但显然仍可作为震撼的先决条件。

  换句话说,安徒生教授与他的学生们感情深

厚，远远超过他所意识到的程度。因为他与他们并不联系。授课和讲座结束后，他便把自己关进办公室里，在那里度过自己的时间。但他很在意自己的学生，在他的职业生涯里，接触过这么多的年轻人，其中不少都是潜力股，这对他并非毫无影响。但他始终注意保持距离，随着时光推移，年复一年，这一点对他来说就越发重要了。但他的目光一直追随着他们，也经常想起他们。最近这些年有几个学生，给他一种明确无误的熟悉感。他们的特征很好辨认，他们的手势或走路方式也很有特点，他们是他自己过去的同学的孩子。于是他忍不住问他们，谁和谁是不是 H.S... 的儿子，或者 H. Kj... 的女儿，如果对方的回答是肯定的，他会感到很快活。因为他自己没有孩子，所以看到新的学生出现，让他把他们与自己三十年前的学生时代直接联系起来，他非常高兴，而且某种程度上也与他自己的生活联系起来，更重要的是，他能发现其中的联系。不过有时候他也会出现误判。当他问起谁和谁是不是 U...A 的儿子，对方并不像他所期待的那样给出肯定的答复，而是反问 U...A 是谁？或说不，我父亲叫 N...B，那时候他便会感到极为尴尬。因为在他看来，这种做法是在试图闯入学生的私人领域。

二月底的一个下午，三点钟左右，他在卡尔·约翰大街撞见了他的两个学生，那时他刚结束在国家大剧院召开的理事会，从那里面走出来。他停下脚步，想和她们说几句话。他按惯例询问她们的硕士论文写得怎么样了，两人立刻哈哈大笑着说，今天他不应当这样问她们，因为这是她们难得的假日。原来她们俩学习之余，分别在不同的酒吧打工——或者叫咖啡馆，她们要到第二天晚上才去上班，在这之前想要尽情享受自由的时光，在二月末一个午后苍白的阳光下，在卡尔·约翰大街上随意漫步，根本不想花费时间讨论她们的学业，只想谈论她们咖啡馆里的客人。他明白了。"原来是这样，你们俩在课余时间都是酒吧女郎。"安德森教授友好地说。"对啊，"她们笑了起来，"我们都是酒吧女郎。"其中一个开玩笑般建议安德森教授去光顾一下她工作的那个酒吧，他肯定有时间能偶尔去喝杯啤酒的，于是另外一个女孩也随之急切地对他发出同样的邀请，不过是邀请他光顾自己工作的这一家。安德森教授把两家酒吧的名字和地址都记下来，答应她们有机会一定，自然不是那种非去不可的承诺，因为坦率地讲,他把自己的生活经营得周全妥当,完全有时间到这里或那里去喝上一杯啤酒。他们分开之后,继续朝着各自的方向走去,两个学生往卡尔·约翰大街的下方去,他自己朝着上方走,穿过了王宫花园,然后继续往上朝布里斯克比走去,然后往下走过整条尼尔斯·尤勒斯街来到西勒贝克,整个路线有点绕道,但他情愿走这段弯路,因为现在的天色明亮了许多,冬日午后的阳光带来些许暖意。"我真觉得我要去。"在穿过王宫花园的时候他自己这么想着。"对,为什么不呢?"他又补充一句,那时他正往上朝布里斯克比走去,同时他又对自己感到惊讶,不过是某个下午在卡尔·约翰大街上与两个学生偶遇的交谈,她们随口一提的邀请显然只是玩笑,而他却如此当真。"不,算了吧,你在想什么呢,"他对自己说,同时一边往下面的尼尔斯·尤勒斯街走去,"如果你想喝杯啤酒,城里有上百家酒吧可以挑,而且很多都比你记了名字地址的那两家离你的住处更近。"他摇摇头,让自己的脑子清醒过来。

但他没法把自己跟那两个学生的对话从脑子里驱赶出去。他回到家,在书房坐定,这件事在他脑海里翻来覆去,一遍又一遍地再现。这两个女生身上有种快乐的气息让他放不下。她们像开玩笑一样试图引诱他,公开争夺他的青睐。作为玩笑,他也乐意接受这种引诱,而且他已经写下了两家酒吧的名字,以这种方式表明他完全不介意在这场竞争中被当作一枚棋子,他也确实在琢磨这件事。这表明过不了多久,他会在一个风和日丽的好天气出其不意地出现在其中一家酒吧里,这是完全可能发生的事,安德森教授这样想着,心里有几分得意。这个玩笑的精髓在于,一个人只能在其中一家出现,如果他两家都光顾就会很愚蠢,因为她们很快便会悟出,这个玩笑已经不是玩笑,他完全信以为真了,这样一来在她们的眼里他简直愚蠢到家了,没弄明白这只是一个玩笑而已。如果她要正确地理解这个玩笑,就得选择其中之一,也就等于选择两位女生之一,将这场暧昧的玩笑发展到最终的结局,也就是他,安德森教授出现在其中一家酒吧的吧台前,坐在那里,让被选中的学生给他端上一杯啤酒。想到这里安德森教授一阵热血沸腾,忍不住从书房的扶手椅上站起身,开始在自己宽敞的公寓里来回踱步,他沉浸在自己的遐想中,纠结着到底应该选择哪一个学生。当她在酒吧忙碌的时候,他会出其不意地出现，在吧台边坐下，要一杯啤酒，不仅在脸上，而是整个人都表现出一种心照不宣。因为那时他已完全表明了他理解了这个玩笑的含义，也配合其中暧昧不明的信息进行了表演。他必须承认，和两个女学生在卡尔·约翰大街上邂逅确实让他感到有种迷恋。迷恋她们玩笑式的那种纠缠不休，迷恋那时她们与他的贴近，还有两个女孩子本能的小花招。第一个女孩充满纯真的青春活力，邀请教授到她当吧女的那家酒吧来喝杯啤酒，第二个女孩同样活泼有趣，声音中满是笑意。啊，他现在可以想象他们三个人，两个女学生围拢着他，她们如何争先恐后地吸引他的注意力，伸长脖颈，笑声如珠落玉盘。假如他必须要做出选择，他可能更喜欢第二个女生，而不是第一个，虽然这件事是她开的头，对眼下心境的安德森教授来说，她应该获得最大的荣耀。再仔细想想的话，只有第一个吗？第二个不也是一样吗？第二个女生加入之后，整个场景才呈现出一种奇异的纯真，暧昧的光芒笼罩下来。如果只有第一个女生开头，第二个只是略显拘谨地充当背景，整个场面就会有点尴尬，并且可能会让他也觉得尴尬。不，是在第二个女生加入之后，搞了一出二人争相取悦他的玩笑式的竞争,这件事才显得格外纯真,笑声如珠滚落在卡尔·约翰大街上,一个教授和他的两个学生站在那里。所以他必须拜访的是她。除此之外还有一个原因是,和第一个女生不同,第二个女生曾经是他在布林顿的课堂上看到的那些眼睛发亮的学生之一。当时他在主持易卜生的硕士研讨会,设法追溯艺术引发的震撼,从最后一站的易卜生——至少就我们而言是如此——一直追溯到希腊悲剧的神秘场景,我们称之为古代,她如同以往一样,在接下去的许多讨论环节中都保持着沉默。但因为她闪闪发光的眼睛,他原谅了她的羞怯不语,所以现在当她突然表现出俏皮的欢欣与喜悦,为博得他的欢心公开把女伴当作竞争对手,并且请求他去她打工的酒馆而不是女伴的那家,他便愈发感到惊讶。他在想,她的生活多么不同寻常啊,白天沉浸在《海达·高布乐》的戏剧结构里,晚上则在酒吧里做一个轻快的女招待。这样的双重生活使他决意要去拜访她的那家酒吧,在这个玩笑的框架里,坐在吧台边,朝她默契地点点头,她也回以同样默契的致意,然后给他斟上一杯不乏仪式感的啤酒。想到这里他几乎站立不住,不得不赶紧在自己那把扶手椅上坐下来,往后一靠,对这种想象出来的默契感到不知所措,只要他下定决心将这个玩笑进行下去,想象就会变成现实。安德森教授不是很确定他是否真的要将这想象的游戏付诸现实,但这种可能性已经向他敞开了,使得他在二月底的这个下午感到心情舒畅。现在已是黄昏时分,为庆祝自己眼下的好心绪,他决定外出用晚餐。他从衣橱里取出一套意大利西装,换好衣服。他很喜爱住处附近拐角处的一家日本餐馆,一楼有一个雅致的寿司吧。

想做就做。他走到拐角处,走进那家日本餐馆。吧台里站着一个日本调酒师或是厨师,正在制作寿司,然后一个接一个端送给顾客,客人们围坐在吧台四周,从木盘里取用食物。安德森教授看见有几个空座位,就在其中一个座位上坐了下来。他点了寿司和一瓶啤酒。很快一位女招待端着放有食物的木盘来了,还有一双筷子和一瓶啤酒。"你应该配清酒。"坐在他身旁的一个男人说话了。安德森转头回道:"我想你说得对。"他向女招待挥了挥手,请她把啤酒换成一壶清酒。然后他又转向身旁这人,因为他强烈想表明自己不是第一次到日本餐馆用餐,所以他很清楚一小壶清酒跟寿司是绝配，但偶尔就像今晚一样，他更想喝啤酒。但当旁边这位客人建议他喝清酒时，事实上他自己也想改主意了。在开始这番解释前他犹豫了一下，因为起初他在想，他以这家餐馆的点菜方式要了"一小壶清酒"，不知道是否足以让邻座的客人理解，所以他向身旁的这位客人转过身去。他正要开始解释，突然他认出了这位邻座，并惊恐地发现自己正坐在那个男人的旁边。在圣夜，也就是我们所说的平安夜那天，他亲眼看到他在自己家对面的公寓里谋杀了一个年轻女人。

　　他竟然坐在亨里克·努德斯特伦的身旁。他盯着这个凶手的脸，一时手足无措。但他开始了自己的解释，他不能不把这件事做完。在解释完自己为什么选择啤酒而不是清酒之后，他露出一个微笑，他在这家餐馆通常是喜欢喝清酒的，但那时身旁的邻座提到了清酒（他亲切地称他为"你"），于是让他也有了想喝清酒的强烈意愿，所以他立刻招呼那位女招待，请她把啤酒换成清酒。"你做得对，"亨里克·努德斯特伦说，"依我之见，就应该是配清酒。""不总是这样，"安德森教授说，"有时候我更想喝啤酒。""啊，对，有时候是这样，吃什么东西都喜欢喝啤酒，不管它是不是真的适合，"亨里克·努德斯特伦说，"我想起来，在东方的时候，吃饭时我喝得最多的就是啤酒。""这么说，你常常待在东方？"安德森教授问。"现在不这样了，"亨里克·努德斯特伦回答，"以前常去，但不是现在。以后还会去的，但不是现在。现在我在这里。"他说着，耸了耸肩。

亨里克·努德斯特伦面前放着一方同样的木盘，上面摆着几块寿司，他使用筷子的动作十分优雅。没过多久，吧台的日本调酒师或厨师将第一块寿司和辣根*、姜汁一起递给了安德森教授。安德森教授开始吃寿司。他心里有点七上八下，其一是因为他就坐在凶手的身旁，同时还要在这种煎熬下试着吞咽小块的食物，其二是因为他还不太肯定自己筷子用得是不是熟练，经过很多练习之后，他使用筷子的动作现在也算说得过去，但在如此煎熬和神经高度紧张的环境下使用筷子，这是以前从未有过的。他全神贯注地操作着，邻座并未发表什么评论，这让他松了一口气，他很

---

* 通常被称为北欧胡椒，从中世纪起在德国、英国和斯堪的纳维亚半岛用作香料，多为鱼肉的酱汁材料，也可食用。

担心对方开口说自己现在有理由相信安德森教授对日本餐馆并不像他刚才说的那么熟悉。所以亨里克·努德斯特伦现在依然逍遥法外。其实他也是知道这一点的,因为他一直在自家的寓所里通过窗户观察着他。安德森教授不明白他是怎样将自己的罪行掩藏得如此之久的。难道这位遇害者努德斯特伦太太就没有亲戚、朋友或者同事想起过她,或者以某种其他方式怀疑某些事情不对劲吗?他认为应该是亨里克·努德斯特伦设法用借口和故事将他们搪塞过去了,而这个故事在这段时间里多少有些可信性,足以将亲戚和同事安抚下来,不会贸然向警方报案寻人,因为这个女人的丈夫已经提供了她不能出现的充分理由。但这是一场危险的赌博,安德森教授从一开始就断定他最终一定会输,只是个时间的问题而已。而他自己也清楚这一点,同时还在冒险玩这个游戏。到目前为止什么事也没发生,不管她叫什么名字,也没有人在寻找这位努德斯特伦太太,并因此而产生怀疑,将事情闹大,那样的话就需要另一个答案了。现在他正坐在这里,在自己小区的一家日本餐馆里,和安德森教授一起在寿司吧台前吃着寿司。他们互相交谈起来,亨里克·努德斯特伦很能聊。在安德森教授的木盘上每放下一块做好的寿司，他就来一番评论——因为他刚刚吞下了同样的一块，还问安德森教授是否同意他的看法。嗯，这一块味道相当不错，或是他是否也尝过更好的味道。安德森教授也发表了评论。通常他会表示同意亨里克·努德斯特伦的看法，但有时也会留意着保持自己的观点，他会说"至少在这家日本餐馆，我没吃到比这更好的贻贝了"。当安德森教授以这种方式表示异议时，亨里克·努德斯特伦就会睁大眼睛，生硬地说："好，你有你的观点，我有我的看法。"这种受了委屈又将其一笔勾销的做派，是安德森教授发现亨里克·努德斯特伦最与众不同的地方。他不介意表露自己与东方的联系，也很愿意谈及它。他关于东方不同地区的简短评论，以及安德森教授从未听说过的城市，譬如暹粒、美寿、彭世洛，从字面意义上讲，丰富了他对安德森教授正在吃的寿司，也即他自己刚刚吃过的寿司的评价，那些有别于日本口味的另一种味道，比如柠檬叶、可可奶和湄公河三角洲出产的鱼类。"在日本，寿司完全是另一种味道。"亨里克·努德斯特伦说。"啊，是吗，你常去日本？"安德森教授问。"一次也没去过，但我知道,吉隆坡的寿司吃起来就跟这里完全不同,这不是很合理吗。""对,是这样,"安德森教授回答,"但在纽约吃的寿司就和这里的味道差不多。""鲭鱼是例外,还有鳕鱼。"他又补充说。"我没有去过纽约,"亨里克·努德斯特伦说,"其实我比较喜欢越南菜和中国菜,但在挪威这里是尝不到的,欧洲别的地方也一样。""只是菜名一样而已,他们是欺诈。"他又补了一句。"我去过日本,"安德森教授说,"是一个研究易卜生的讲座,我也去过北京,还是关于易卜生的讲座,我是文学教授。""哦,"亨里克·努德斯特伦说,"你用筷子的样子很难让人猜得到。""对我来说已经够好了,"安德森教授恼怒地回应,"我用筷子是为了夹取食物,我不需要假装自己是土生土长的日本人或是中国人,恕我直言,这不是问题的所在。"于是亨里克·努德斯特伦开始谈起了其他事情,关于东方对他的吸引力。关于一个人如果被东方吸引,整个人会就完全发生改变。他在远东做过生意,某种意义上,他在那里四处游荡。他是几家挪威公司在那里的联络人。有哪些公司呢?他语塞。"其中一家是挪威国家石油公司。"他回答。"你是从事石油行业的?"安德森教授问。

"不，不完全是。我在干一些别的事情，类似供应商。""那你提供什么产品呢？""各种各样的，只要国家石油需要。安排协调石油公司与供货商之间的一些事宜，"亨里克·努德斯特伦说，"也不是我一个人经手的，还有那下面的几个美国人一起。德国人那边我也有联系。""在什么地方？""越南。"他说。他更愿意谈谈那些泥浆，他说。湄公河里黄色的淤泥，湄公河上的游船，还有湄公河上的日落。"在东方人会变得不一样，"他说，"这没什么神秘可言，但就是这样，没法解释。我很快又要去那里了。""去哪里？""柬埔寨，"他说，"或者民主柬埔寨——那里在发生一些事情，要是你对那里关注的话就会理解。我是个手巧的人，什么都能干，"他补充了一句，"事实上我是个电工，或者说是电力安装工。"

亨里克·努德斯特伦的晚餐吃完了，他要了账单，也付了账，但没有离开。他坐在安德森教授旁边，评论他正在吃着的寿司。同时他也谈及东方，以及他自己与那里的关系。安德森教授咽下最后一块寿司，要了一杯咖啡。咖啡来了，他啜饮着咖啡，亨里克·努德斯特伦坐在他身旁，没有一点儿要走的意思。在教授喝咖啡时，他倒没再说什么别的。他就这么坐在那里,眼睛直视前方,很明显地想着自己的事情,抑或在偷窥别的客人,绝大多数是日本人,很可能与日本大使馆有关联。安德森教授喝完咖啡,向女招待招招手要了账单。账单来了,他结了账,然后起身要走。亨里克·努德斯特伦也站起身来,他们从衣架上取下各自的大衣,离开了餐馆,转瞬间便步入了晦暗的冬日黄昏。亨里克·努德斯特伦伸出他的右手。"亨里克·努德斯特伦。"他说。安德森教授用自己的右手握住他的手,也以同样的方式向他致意。"波尔·安德森,"他说,"真是一顿美味的晚餐。"亨里克·努德斯特伦点点头:"但我希望这座城市里有一家真正地道的中国或是越南餐馆。"安德森教授也点点头,开始朝居住的小区的方向走去。亨里克·努德斯特伦和他走的是同一方向。他们来到了拐角处,走进安德森教授(也是亨里克·努德斯特伦)住宅所在的那条街。在楼下的大门外面,安德森教授停下来,从大衣口袋里掏出钥匙串,对准大门上的锁孔。此时他感到了一阵强烈的兴奋贯穿他的全身。现在,现在他必须要做出决定。就是现在,马上,立刻。从偶然在他身旁坐下的那一刻起,这个年轻人不就和他黏在一起了吗?现在他逃不掉了。所以他可以邀请他上去喝一杯。亨里克·努德斯特伦意外地抬起眼睛,表情友好,但又带有一丝嘲讽地看着他,然后说:"好的,谢谢,我非常愿意。"安德森教授开了大门,他们一起上楼来到了他的公寓。进入门厅,安德森教授把他引进自己的书房,同时关上了餐厅的门。他请亨里克·努德斯特伦在沙发上坐下,他自己来到厨房找出了威士忌,塞尔特斯苏打水和冰块。"你的藏书真多啊,"亨里克·努德斯特伦一走进来就这样叫出了声,"所有的书你都读过了吗?""是的,绝大多数都读过。"安德森教授回答。"所有读过的书也都记得?""是,大多数都记得。"安德森教授回答。"一切都记在脑子里?"亨里克·努德斯特伦惊奇地问,朝着书架的方向张开双臂,这间屋子里所有的墙都被书架占得满满当当。安德森教授点了点头。他给他们二人斟上加了苏打水的威士忌,放了冰块。但当他把酒杯递给亨里克·努德斯特伦时,他请求换一换,他只喝苏打水。"哦,我还以为你肯定喝威士忌呢。"安德森教授抱歉地说。"我喝,有时也不喝,"亨里克·努德斯特伦说,"一切取决于时间。""是的,因为我很确定你刚不久才喝了清酒，所以……"安德森教授的声音里含着一丝不快。"哦，那个时候是的，"亨里克·努德斯特伦说，"但现在我只想喝一点苏打水。""啊，那是当然。"安德森教授说，重新给亨里克·努德斯特伦倒了一杯加冰的苏打水，心里有几分窝火。如果他只想喝苏打水，为什么看着自己配制威士忌加苏打水的时候不说，而是一直等到他的那杯酒调好了之后才开口？他在寿司吧台付账以后，为什么不起身离开，而是坐下来一直等到安德森教授用完餐、结了账之后？于是他决定和他直来直去。他向亨里克·努德斯特伦讲述了自己的故事。他已经独自在这所公寓里住了十年了。在此之前他有一段十五年的婚姻。他稍微谈了谈自己的婚姻，虽然这并非出于他的本意，就一般而言他不太愿意谈起，在这个年轻人面前尤其如此。但他不得不告诉他，贝娅塔跟他还住在同一座城市，但她的名字已经完全变了，不再是当初跟他结婚时的姓氏了。现在她叫贝娅塔·贝克，十年来他们一次都没有见过，因为他俩之间没有孩子，自然也就没有任何见面的理由，也不曾意外相遇。他问起亨里克·努德斯特伦是否也有这种对于婚姻的体会。是的，他答道，他的经历和"你，波尔，老伙计"的经历完全相同。他也离婚了，他和她也没有再见过面，尽管他的情况是他们刚分手两年。但他的妻子也有了另一个姓氏，嫁给他时她姓努德斯特伦。现在的她是另一个姓，住在哈默费斯特。他随口提了一下她的名字，安德森教授留意记了下来。教授喝完了自己那杯威士忌，又立刻开始喝原本为亨里克·努德斯特伦准备的那一杯，亨里克·努德斯特伦则小口地喝着自己的苏打水。这个年轻人的脸上有一种安德森教授看不透的东西。他大约有三十岁，这一点他可以肯定，但在这个范围里又完全无法确定。他一开始以为他不到三十岁，可能是二十八岁，他想，但他这么想着，看了他一眼之后，他又想，不，不，他不是二十八岁，他的岁数比这大，他三十多了。三十二岁，他想，但当他在灯光下打量他时，又觉得不像是这么回事，他不到三十二岁，他要年轻得多。那么他一定刚好三十岁，因为二十八岁太小，而三十二岁又太大。他看着他，觉得他正好三十岁，但他觉得这也不对。第一眼看到他时，他觉得他是不到三十岁的，"他的岁数或年长一点，或再年轻一点，我无法确定，虽然很明显不是前者就是后者。但他一定不会是我在某个特定时刻想的那样,因为我看着他的时候,感觉总是不对"。亨里克·努德斯特伦又开始谈论有关东方的事情。在我们国家,没有人知道那里最近发生了什么,没有准确的消息,即使是那些消息最灵通的人,他们的猜测也只是一鳞半爪。那里现在正处于一个伟大的转折点,新事物层出不穷,一切都在发生天翻地覆的变化。东方成了西方,西方成了东方,而这二者永远不会相遇。数十亿人。数十亿人在东方变成了西方人。假如每个中国人早餐时都吃一个鸡蛋,这些鸡蛋加起来的长度可以绕地球一周。就这么简单,我们所认识的世界也是如此。很快就会发生变化。"当一切发生变化时,这些书不可能告诉你更多的事情,"他说,指着遮住了安德森教授书房墙壁的那些书架。"也包括把这一切都装在了脑子里的你。"他宣布。"你这可怜的人儿!"他摇着头说。安德森教授忍不住想冲口而出:无论未来怎么样,把所有这些书都装在脑子里,他认为是一种收获,而不是损失。"也许有一天,它会带给我一种只有少数人才能感受到的宁静的快乐。"他说。亨里克·努德斯特伦又一次睁大眼睛,那张无法探明的年轻的脸正对着他。"好啦,好啦,各人都有自己的观点。"思忖片刻后他说。"但我喜欢跟你聊天。"他补充了一句，喝完杯子里的苏打水后，站起身来。谢谢他招待的"饮料"，但抱歉，他得告辞了，他还有一个约会。安德森教授也站起身来，把他送到门口。就在亨里克·努德斯特伦正要从教授替他打开的门走出去的时候，他问安德森教授下周三有什么安排，要是没事，他想邀请他一起去比雅格跑马场。亨里克·努德斯特伦有一匹小跑马*，和另外三人一起买的。那是一匹三岁的温血马†，下周三是它的快马驾车赛首秀。安德森教授很是意外，不知如何回答。他说不知道下周三下午是否有空，好像没有安排，但毕竟他的工作可能会有突发的事情，而他又不能拒绝。"这样，那我们到时再说，"亨里克·努德斯特伦说，"我下周三下午五点来找你，如果时间合适，你就来。"安德森教授说一言为定，然后二人便分手了。

　　亨里克·努德斯特伦刚走，安德森教授就打

---

* 一种用于参加小跑马比赛的马，比赛时由车手驾驭马和一辆轻便两轮马车。对马的小跑有严格规定，违规者取消参赛资格。挪威的首场小跑马比赛于1832年举行，现今的主赛道在奥斯陆比雅格跑马场，1928年开通。

† 马种术语。温血马最早育成于欧洲，主要为参加马术运动而培育，一般由三种或三种以上的品种杂交而成。

开餐厅的门，穿过去走进客厅，站在了窗帘背后。他瞧见亨里克·努德斯特伦走出了大门，快步朝自己住所的大门走去，他开锁进门，消失在那里。"啊哈，一个约会。"安德森教授叫出声来。他在那里站了一会儿，想看看是否真的会有人来摁下亨里克·努德斯特伦住所的门铃。什么也没发生，然而过了一小会儿，亨里克·努德斯特伦从大门里走了出来，朝自己停放在外面的那辆车走过去，开车离开了。安德森教授看看钟，九点一刻。打电话去哈默费斯特是否太晚？不晚。他拨打了查询电话，问询亨里克·努德斯特伦提到的他的前妻现在使用的姓名的号码。他拨了这个号码，一个女人接的电话。她确认自己就是安德森教授询问的那个人，于是他放下了听筒。他已核实了自己想知道的问题，结果使他有点失落。

现在我们又回到了起点，安德森教授的景况十分不妙。在得到了自己不希望得到的确认后，他穿着那套意大利西装站在那里，看着刚刚放回电话上的听筒。平安夜他在自家窗口看到亨里克·努德斯特伦在自己的公寓里掐死的那个女人不是他的妻子，而是一个陌生的女人。一个没有被报告失踪的女人，一旦她被人发现，或是被上报失踪,很可能不会与亨里克·努德斯特伦产生任何特别的关联。就算她姑且曾经有过。安德森教授站在放电话的过道上,深深地陷入思索。沉重的思绪将他压在最下面。现在他又回到了起点,这种感觉比新年前后被困住的那一段时间的感觉更糟糕。从这个晚上到下周三凶手摁响门铃之前,发生在安德森教授身上的一切都有一种云山雾罩的感觉。安德森教授感到不太舒服,第二天早上他给大学打电话,请了一周的病假。然后他去看了医生,不是伯恩特,是他先前咨询过的另一位医生,给他开了十四天病假,说是焦虑过度。他立刻在大学那边告假。他确实病得不轻,头很痛,眼前出现斑点,一直有种恶心的感觉,但没有呕吐。他换上睡衣,径直上床休息。但他完全没法这样静静地躺着,于是他又翻身下床,在睡衣外罩上一件浴袍,开始在自己的公寓里来回溜达,从一个房间到另一个房间,第一天这样,第二天这样,再下一天还是这样,但同时他一直在沉思冥想,直到第二周的那个星期三。他不知该出去还是待在家里。他相信,或者说他使自己相信,亨里克·努德斯特伦杀害了自己的妻子,这就意味着他已经锁定了此人就是凶手,而他罪行的暴露只是一个时间问题。这让他很放心,所以在目睹那场凶杀案发生后的两个月里,他还能以安稳的状态过着一种接近正常人的生活。这使得他变成了一个旁观者。也许可以这么说,出于一种原始的好奇心,他一直在留意街对面的那所公寓和公寓里的住户。他时不时瞥去一眼,看看这个即将卷入命运漩涡里的人。但现在他又回到了起点。他们两个,杀人犯和他——凶杀的目击者。他没有将自己目睹的一切向警方报案,所以亨里克·努德斯特伦至今还自由自在,还没有被绳之以法。下周三这个杀人犯会来摁下他的门铃,他们将一起去比雅格跑马场,一起看杀人犯的马在那里参加赛马首秀。"我本应当举报他的,"他喃喃地说,"要是我知道之后会发生的这一切,那我一定会举报他。不是为了别的,就是想知道到底发生了什么事情。我在平安夜看见的那个女人究竟是谁?现在她死了。为什么他要杀害她?他把尸体藏在了什么地方?为什么没有人寻找她?的确,我很想现在穿上衣服,马上去马尤斯图阿警察署报案,只为弄个水落石出。"这个念头令他全身都紧张而振奋起来,但片刻之后他便放弃了,因为这不过是一种可行性,只能给他瞬间的支持安慰,他可不能太当真了。即使他现在说自己后悔没有在平安夜凶案发生后立刻去报案，等他真的走到电话那里要拿起话筒拨号时，事实证明，即使有了报案的想法，在即将实施时，他还是一样做不到。他拿起话筒，踌躇片刻后又把它放下了，他没有拨通那个可以让他摆脱一直以来的困扰，而且现在比以往任何时候都更困扰的号码。想到这一点，他不禁感到悲哀。即使是现在，在见过这个人之后，举报他也是不可能的。"我从特隆赫姆急急忙忙赶回来，是因为担心失去他的踪迹。我的天！至少我再也不会这么干了。"他喊叫起来。"不会吗？"他很快地追加一句，"你敢百分之百地肯定？"他听着自己的自言自语，声音里充满讽刺挖苦。"你说你不知道为什么会这么做，如果你不知道为什么，那你怎么能笃定你不会去再做呢？啊，够了，够了！"他穿着睡衣在寓所里走来走去，为了保暖，外面浴袍的腰带紧束在腰间。他偶尔会感到过于暖和，就松开腰带，让浴袍随意地披在身上。"但是我没有举报他，"他想着，"是建立在一个唯一的前提下，这一点要搞清楚。这就是一起出于偶然而发生的凶杀案，并没有事先的策划预谋，是困惑、伤害和愤懑的情绪所致。

如果这是一起为取乐而犯下的凶杀案，我一定会毫不犹豫地报警的。但假如这是一桩事先精心设计过的冷血杀人案呢。哦，不，不要。"他惶恐不安地说。"我不会去举报一宗有预谋的凶杀案，这是事实，"他静静地说，"我不想假装。但我会举报为取乐而犯下的谋杀。但我又如何能判断这是哪一类命案呢！"他喊叫起来。"我只看见她被掐住了脖子，没看见别的。但我认为这是在情绪激动的情况下发生的，是被愤怒蒙蔽了理智，也就是盲目的。所以我没能去报案。我没胆子这么做，胆子？"他打断自己的话，"你说胆子！然后是脑子。意识。为伸张正义而插手干预，我受不了这个，因为我觉得他对自己的所作所为已经十分惶恐了，我不想往他的伤口上再撒把盐，要是可能的话，最好能减轻他的痛苦。他不是真的想杀害她，那是一种失去理智的行为。可能我也会这样。你在说什么，"他不无讽刺地抢白道，"你刚刚还承认，即使你知道了他是有预谋的行凶，你也不可能去报案的。那么你也会杀人吗？不，不，"他回答自己，"我不可能那么冷血地去策划一场谋杀。但我为这么做的人感到遗憾。这种经过深思熟虑的暴行，这种经过精心策划的谋杀，将自己代入这样一个人,简直是难以想象的一件事。所以我希望他获得自由,远远逃走,对,甚至或许把这一切统统忘掉,是的,我确实这么想的,不管怎么说,我没法协助抓捕他。那为什么为取乐而谋杀就是一个例外呢,我亲爱的波尔·安德森?"安德森教授敏锐地想到了这一问题。"因为这样的凶手十分危险,他会再度杀人的。所以,"教授欢欣鼓舞地打断了自己,"你的意思是,一个有所预谋、冷血实施、对被害者毫无怜悯之心的人不危险吗?不论是已经被害还是更糟糕的,即将被害。这我必须得说,"他补充说,"是的,这我必须得说,"安德森教授模仿道,"但事实是这样的,一场有预谋的凶杀是一种孤立的行为,其目的是解决一个必须要解决的问题,从凶手的角度来看,这个问题没有别的解决方式。而且我想,从统计学上来说,同一个人两次陷入这种走投无路、只有杀人能够解决问题的境地,也非常值得怀疑。从统计学上来说是不可能的。但一个为乐趣而杀人的凶手,他是因为喜欢杀人,只要有一个目标,他就会杀死对方,所以只要有可能,他就会再度杀人。因此必须要举报他,这样他就没法再伤害他人。啊,我实在受不了再往深里想这事了,不管我怎么想，总有哪里不对劲。我唯一希望的是他能够离开，离我远远的，或者反过来也行，我离他远远的。"他想。"啊，我一定要摆脱他，"他蓦地冒出这个想法，"现在，就是现在，我不是那个意思。"他加上一句，几乎要笑出来。但这个念头让他很想笑，于是他又重复了一遍。"我一定要摆脱他。"他想，差一点又笑了。"是的，但不是那个意思。"他又重复了一次，现在他真的开怀大笑起来。他笑得停不下来，开始咳嗽。他这样一边笑一边咳，在那没完没了的笑声与咳嗽的间隙里他想："我这就叫病态幽默。"然后他又爆发出一阵嘶嘶的笑声，在寓所里来回走了两趟，从一个房间走到另一个房间，穿着睡衣，罩着一件浴袍。他没有赤脚走在地板上，他穿着袜子，因为比其他事情更重要的是，他不想感冒。事实上安德森教授从不穿睡衣，除非生病的时候，就像现在，尽管他无法安心地卧床静养。他只有一套睡衣，是他过世多年的母亲很久以前给他的，他没穿过几次，因为安德森教授很少生病。他走遍了公寓的每一个房间，不知如何是好。他看着书房靠墙的书架上的书。在爆发出一阵大笑之后他的面色苍白，现在他非常担心，因为这是一个在岌岌可危时的情绪表达方式。他曾阅读过许多关于解决繁杂问题的书籍,看到过有那么多人经历的种种考验,他读到过的所有那些冲突,那些处于压力之下、被迫要在十字路口做出选择的人,书架上数不清的书都讲述过这种问题,但现在这些都帮不了他。"哦,我什么也没学到。"他叹了口气,"因为也没什么可学的。就像我跟他——我所有烦恼的根源的那个人说的那样,我把所有这些书都装进了脑子里,但当然不是从字面上理解的意思。如果当真的话,打开这间公寓的任何一个橱柜,都会有破败的骷髅从里面掉出来,而事情根本不是这样。我只要打开一个柜子就能证明这一点。"他想。"但不要这么做,"他补充说,"不要在现在的状态下这么做。"

安德森教授就这样在自己的公寓里兜着圈子,从清早直到夜深。中午时分他通常会躺到床上,睡上几个钟头,也就是那种假寐。夜里也是一样。他睡得很不安稳,梦里只有一些缠杂不清的混乱的念头。尽管如此,当他在公寓里焦虑不安地走来走去时,整个人还是很警醒,他也通过日常琐事来打发时间,比如做饭、吃饭、洗碗、吸尘、收拾房间。是的,他甚至会整理床铺,尽管他知道他会一整天都窝在床上,而且过不了几个小时,晚饭之后他又要躺下了。他觉得自己的头脑十分清醒,但依旧不知如何是好。他不明白为什么他目睹了亨里克·努德斯特伦杀人的事,却无法去举报他。是的,案发当时他没报案,这一点他能理解,但为什么现在他还是没法去报案呢?在他的身体和心灵经历了这件事带来的一切无法想象的后果之后。他无法为自己的疏忽辩护。所有的文明里这种行为都是无可辩护的。这一点毋庸置疑,适用于任何情况。在他没有报案的时候,他就被逐出来,和凶手成了一路人。在他自己看来,他和凶手一起,都被逐了出来。他完全是罪有应得。在这一切的后面还站着上帝。打破这个不言而喻的假设的终极理由是一个禁忌,任何一个活着的人都无法解释、触碰或是把它从记忆里抹掉。安德森教授是个没有宗教信仰的人,这样的想法与他相去甚远,但现在当他开始思考,思考究竟是什么将他卷了进来,无法脱身的时候,他不禁感叹,无论多么想要,也"没有人能够拥有属于自己的上帝,就是无神论者也不例外"。想到这里,他心里一下开了窍。但他也必须认识到这是不言而喻的,除了留心注意,他也没有别的选择。

这念头完全是自发出现的，像一个幻象，在阳光普照的大白天里，在他穿着睡衣、外面罩着浴袍、在公寓里踱步时，突然闯进他的思绪里。这是他内心的呼唤，他感到既惊讶又焦虑。这不是他第一次陷入这种令人不适的一团糨糊样的纷乱思绪中，他不喜欢这样。自从那个凶手闯入他的生活，他就倾向于纠结一些不可思议的抽象概念，这让他觉得很恶心。比如，在他反复而急切地认定亨里克·努德斯特伦犯下的是一桩"原罪（ur-forbrytelse）"之后，他会发现自己专注地盯着手表（armbåndsur），想要观察或是感受这两个词语的"ur"之间是否存在某种关联。这样的时候安德森教授觉得这种联系令人非常厌恶，而且十分无趣，特别是因为这种观念也一直在侵扰着他。或许正是因为他内心对这种思辨性思维的抗拒，自二十多岁起他就不怎么受形而上学和宗教思想的影响。当其他人表述形而上学的观点时，他可以很有兴味地聆听，但假如这些想法出现在他自己的思考和作品中，他就会感到憎恶。但这一次他没有。他没有如以往那样立刻把这念头从脑子里驱走，而是发现自己必须对它进行处理，作为脑海里的一种存在。数月以来他一直被是否报案的想法困扰着,每次拿起电话听筒,最后都只是再次放下,因为他无法举报亨里克·努德斯特伦杀害了那个年轻女人,而他是目击者。然后他又一直感受到来自公民社会职责的冲击,同时也注意到社会力量的影响,即使是像波尔·安德森教授这样,本质并不忠诚的仆人也无法幸免。一想到自己的行为或说是过失,想到要面对那个摆脱不掉的凶手,他就感到一阵晕眩,这种情绪让他在自己的内心呐喊:"没有人能够拥有属于自己的上帝。就是无神论者也不例外!"当他在自己的灵魂深处喊出这句话时,他真的感到茅塞顿开,心里豁然一亮,同时他也对自己的语言方式感到不适甚至沮丧,因为它如此自然而然地出现在他的脑子里,是他自己的作品。

安德森教授由此认识了上帝,不是上帝本身的存在,而是作为一个抽象概念,一种超越社会考虑的必然,在安德森教授因自己应做而未做之事陷入困境时,最终可以向安德森教授发出一道神的旨意。在最深层次的意义上,上帝在最终时刻出现了,在安德森教授的口中。他只需确认这一点。安德森教授完全清楚自己身上所发生的一切。尽管这些陡然冒出来的话语令他抑郁消沉,但这种认知并不会给他一直以来的生活带来任何根本性的改变。他内心的这种顿悟并不要求他下跪或祈祷，不需要虚伪的谦和姿态，不需要神职人员的打扮，不需要否定生命，也不需要顺从，只需要对存在的神圣维度持有一定的敬畏和尊重。同时要求他履行他对刚刚认知到的"神圣的旨意"的职责。他也能够承认，这种心灵上的顿悟可以被视为一种解放，因为它涉及一个人思维方式的神圣维度，应该拓宽而非限制一个人的自我意识。他立刻就理解了所有这一切，然而他仍然感到沮丧，因为他的表达形式如此自发自然，如此准确地表达出了他思绪扰攘的头脑中那些轻松地、恰当地出现的想法。原本他应当庆幸以这种方式获得了对神的必要性的一种洞悉——甚至并没有去追寻这洞悉！——但他却心怀焦虑。因为这种洞悉与上帝的必要性并不相配，所以他不能追随这"神圣的旨意"。因为这就意味着他要为两个月前目睹的那桩凶杀案去马尤斯图阿警察署举报亨里克·努德斯特伦。而他依然做不到。不仅仅是因为现在走进警署讲述他去年平安夜（去年！）在自家窗口目睹的一桩凶杀案会非常尴尬，凶手的名字叫亨里克·努德斯特伦，被害人是一个金色头发的年轻女人,就是这些,极其尴尬,因为这桩凶杀案可能还没有任何线索:没有尸体,也没有符合描述的失踪妇女。但这还算能接受。亨里克·努德斯特伦可能会逃脱,而他会带着自己的指控被留下,他们俩都会被警方视为"可疑人物",仅此而已。但无论如何他都得举报此事,遵循"神的旨意",这样才能确认他理解了自己在危急时刻所说的话。但他不可能举报他。他做不到。这在讨论范围之外。不管有没有神的旨意,他都做不到。所以他的洞悉与领悟毫无用处,这种非凡的、受之有愧的恩典如果要如此解释的话,在他身上完全是一种浪费。安德森教授对这种诠释并不陌生,因为他自己内心的话语还更加令人吃惊,带着一种强大的敬畏,指向他的内心,尽管这些话也让他感到沮丧,因为他无法欣赏自己这种自发的表达,而且最终证明,是因为他没有欣赏的能力。

即使有神的旨意,他也无法举报亨里克·努德斯特伦,当安德森教授意识到这一点时,他感到很恼火。"这简直太可笑了,"他想,"实际上我只想举报这个家伙,那是一种彻底的完全的解脱,而且也没有任何东西阻止我这么做。我的天,究竟是什么原因让我没法去这么做呢？只是因为我的固执和死板吗？"他十分恼怒，"不幸的是，我心中有一种难以忍受的固执，它留下印记，笔直向上，使我对自己确信无疑。简直无法忍受。若是有一个合理聪明的理由就好了，但我没有。我所有的、或是曾经有过的理由，都被我铲除了，现在我是赤条条的，几乎在颤抖。"他喃喃自语着。"我为什么要发抖？"他沮丧地想着，摇着头，在公寓里焦躁不安地踱来踱去兜圈子，现在是大白天，他依然穿着睡衣，外面罩着浴袍。他不时突然停下来，一动不动地静立在地板中央，他可以这样站上好几分钟，同时尽可能开动脑筋思考着。"或许是我那些禁不起推敲的观点表明了我不敢面对自己做出这个决定的真正原因。"他静静地想着。"到底会是什么呢？为什么我说举报他是不对的？我一定有我的理由，毕竟我如此坚定地坚持这一点，尽管没有合适的论据支撑。"

他把这一切在心里又梳理一遍。凶案发生了。被害人死了，凶手还活着。在安德森教授看来，事情的关键不在于凶手的责任，而在于凶手的惊恐，所以在目睹凶案发生之后，他冲到过道放电话机的小桌旁，先是拿起了听筒，然后又将其放下。现在他把这一切又仔细地梳理一遍,急切地询问自己"为什么?"他注意到,他倾向于在言语表达中提及自己的行动或是未行动,这显而易见是错误的,比如说他不愿意"告发"凶手,或者是不想"给他的伤口上撒盐",但通过进一步的思考和严格批判,这些话是无法作为明智的反思公开站住脚的。"举报一桩自己目睹的凶杀案不会被视为告密行为吧。"安德森教授想,对自己必须竭尽全力去修正这么明显的问题感到有点吃惊。但这类观念已经扎根在他的意识里,根深蒂固。"我不想扔石头砸他*,"他可能会发现自己在大声为自己辩解,"那是原始时代的行为。"然后他不得不承认,自己内心深处有一种想法,认为举报自己目睹的原始犯罪这种行为,本身就有其原始性,因为这种举报会让罪犯被捉拿归案,受到相应的审判和惩治。这也就意味着"砸下去的第一块石头"。若将这些观念汇总一处,与安德森教授脑子里那个涉及神圣原则认知的清晰顿悟相比较,

---

* 典出《圣经·约翰福音》第八章。法利赛人带了一个行淫被捉的妇人来见耶稣,问他的处置。耶稣对他们说:"你们中间谁是没有罪的,谁就可以先拿石头打她。"最终无人动手。耶稣放妇人离去,说:"我也不定你的罪。去吧,从此不要再犯罪了!"

他正直面这一原则,并以此为标准看待自己的疏忽的过失。安德森教授不得不承认,这表明他确实有一种观念,即对上帝必要性的这种洞察与他现在面对沙漠之神的感觉紧密交织在一起,沙漠之神的旨意是向凶手扔石头,甚至是扔出第一块石头,他决然拒绝。一个原始的某地域的神明命令生活在二十世纪末现代挪威首府的奥斯陆大学的安德森教授去完成一项原始的指令。"难怪我会拒绝,"他想,"但事情并不是这样的。我没碰见什么沙漠之神,我需要执行的指令也并不原始,而是维系文明所必需的。"

尽管如此,安德森教授还是没法做到去举报他。不管所有不举报的观点多么容易驳斥,他都做不到。"这让我烦透了,"他想,"我憎恶这想法。我不想事情是这个样子。"即使他能聚焦于谋杀的受害者,也就是那个年轻的女人,想象他亲眼所见的她在生命最后一刻的所思所想,那时候她知道她要丢掉性命了,她就要被杀害,被一个她认识的男人掐死,是的,就在她们共度的那个平安夜,那种痛苦和不解,对她来说已无可挽回,对于犯下这桩罪行的杀人者本人,再不会有任何同情或是怜悯。"这一定非常痛苦,"他这样告诫自己,"包括身体上和心灵上,任何人都不应给别人带来如此恐惧而免于惩罚。"他在内心呐喊。"至少要承认不举报他这种行为是轻率的。"他恳求道。但无济于事。对安德森教授来说她已死去,任何惩罚也不会让她复活,再次回到街对面那间公寓的窗边,像平安夜那时一样凝视着窗外。他关心的是凶手,这个被留下来的人,尸体就在他的面前,凶手与自己的罪行缠缚在一起,而他是这罪行的目击者。

凶手犯下恶行,而他目睹了这一切。安德森教授打了个响指,凶手站起身来,拉上了窗帘,移走了尸体,把所有的血迹都擦洗干净,不留下任何蛛丝马迹,在除夕夜晚上七点钟,可以看到他泰然自若地走出居所那栋楼的大门,坐进一辆出租车,绝尘而去,然后,像什么事也没发生过一样,他又回来了,坐的是另一辆出租车,时间是新年凌晨两点钟,又上楼回到了自己的寓所,既非全然清醒,也没有酩酊大醉。安德森教授打着响指,一个杀人犯便获得自由。教授自己笑了,他已给出了自己的答案。答案就是这个,打响指。一想到自己做了什么,安德森教授如释重负,几乎充满了狂喜之情。他与自己和解了。在想到自己是如何打响指的那一刻,他就知道自己做了什么,也知道自己谅解了自己的行为。现在他想睡觉了,即使现在是大白天。他想钻进被子里,头枕着枕头,闭上双眼,让自己陷入睡梦,沉溺在所有的梦境里,美梦噩梦,一切皆可发生的那些梦里。"我不害怕睡觉,"他想,"即使这些年来我做了那么多噩梦,甚至从我还是个小男孩时就这样。当疲惫制服了我,让我只渴望睡觉时,我从来没有想过这个问题,尽管我知道我可能会突然在恐惧中醒来,这我是知道的,但我不去想它,这有点奇怪。"安德森教授想,五十五岁的面孔在绽开的一个大大的笑容里变得容光焕发。但他刚感到疲倦和解脱,就发现自己变得不安起来。"那这再简单不过了。"他想。"打个响指,然后我就可以和自己的行为和解,知道这就是我不能举报他的原因。但这是真的,"他补充了一句,"对,千真万确。但这太可怕了。"他感叹道。

"打一个响指,我就可以和上帝保持距离,"他想。"我得说,我从没想到所有这一切竟是这样简单。但事情确实如此。我又能拿它怎么办,什么也干不了。就好像我站在自己之外,只是在观察。我敢耸耸肩说这话吗?不,我不敢这样,因为这不是事实。啊,现在我知道为什么我不能跟伯恩特坦白了,"他感叹道,"我原本以为是因为我害怕他的反对,但不是的,因为我根本无法想象伯恩特会反对我,他从来没有认真反对过我。事实上情况完全相反。我不能跟他说这些是因为我害怕他表示赞同。我不能忍受他的赞同,主要是为了他,但也是为了我自己,这会使我感到非常的孤独。我做过的事情已经无法挽回,但我无法忍受伯恩特会赞同这一切,于是突然:我会感到可怕的孤独。我不排除伯恩特会从社会道德的层面出发,与此事保持距离,他会请求我想想后果,从那个被杀害的年轻女人的视角来看待这一切,但他一定是以一种漫不经心的方式对我说的,这一点我深信不疑。我不会忽视他的神态里对我的行为的尊重,是的,他那隐秘的半心半意的钦佩。在癌细胞已扩散到全身,病人濒于死亡之时,只有吗啡才能对极度的疼痛有少许缓解,但除此之外已无回天之力。但无论如何,至少在我们之间,作为一个秘密的愿望,让凶手逃脱吧。没有人能拥有属于自己的上帝,就是无神论者也不例外。"安德森教授喊道。"至少不会迷失。他注定要站在原地等待死亡,因为他无法不暗自钦佩自己；当机会出现时，只要打一个响指，凶手就能起身逃离自己的罪行，并以此对难以忍受的残酷，也就是存在的无意义，提出永恒的抗议。我一定在当时就已经意识到，"安德森教授想，"伯恩特·哈尔沃森隐秘的钦佩对我来说毫无意义，因为它给我的行为打上了可以理解的标签，而我自己困在自己的绝望中无法体会这一点。因为我目睹了一场谋杀，又眼睁睁地将其无视，所以我陷入了绝望之中，这种绝望早已将我的行为从表面上的叛逆变成了一种毁灭。但那时我对此只字不提，伯恩特也不知内情。严肃的、高道德标准的伯恩特·哈尔沃森对我想说的话一个字也不会理解的，即使他竭尽全力去尝试。而且从纯粹的逻辑角度来说，他甚至可能会以他的仁慈对此发表一些评论，这样我们至少可以开启一场对话，因为这显然对我意义非凡，更何况用这种宗教色彩浓厚的语言来表达我的思想，当时我还做不到这一点，是的，确实如此，"安德森教授想，"我完全可以想象，如果两个月前的圣诞节那天，告诉晚宴上的所有客人我身上发生了什么事情，会是怎样一种景况；婷娜·纳普斯塔和佩尔·埃克贝里，尤迪思·贝里和扬·布伦希尔德森，还有尼娜，她可能会是第一个被告知的,他们所有人都会做出同样的反应。他们会请求我考虑事情的后果,催促我去警察局,去把我看到的一切都说出来,但与此同时,他们所有人也都会隐秘地希望我不必非得听从他们的意见。如果我拒绝了他们的敦促,他们就会确认这一点,并庄严地发誓保守秘密。"他闭上了嘴,因为那时他没法谈及自我迷失。他自己当时也无法用语言表达,即使他表达出来了,他们也不会理解。即使他提及了自己的迷失,他们也只会保有隐秘的钦佩。因为当时他在无言的绝望中对于迷失的看法,在他们看来如此奇异,如此古怪,他们是不会当真的。"现在,此时此刻,我也是一样的感受,"安德森教授想着,"那是陌生的,古怪的,即使我知道正在迷失之中。"

"但不相信上帝,我就会迷失吗?"安德森教授自问。"因为我做不到,我不可能遵从神的旨意。啊,这一点用也没有,"他叹道,"因为我现在确实感受到了自我的迷失,我无法恳求它消失。我甚至不害怕对上帝吐舌头,如果我把这件事宣告出去,也不会有人在内心深处感到震撼。想象自己犯了什么罪,简直是一种奇怪的想法。我可以理解自己的迷失,但我不能理解当我打一个响指，放走一个杀人犯，就对上帝犯了罪。真是太奇怪了。我感到身上一阵颤栗。我越过了某个极限，当我越过那条线时，我遇到了某个东西，我想我有必要称之为上帝。很冷，很奇怪。不，我可不愿意待在这里。我要甩掉它，转身继续往前走，回家去，如果我能这样说的话。"安德森教授想。

就在这时，大门的门铃响了。安德森教授被惊得一个趔趄。会是谁呢？下周三。今天就是下周三了。他来到门口，开了大门。是亨里克·努德斯特伦。教授穿着睡衣和浴袍向他打招呼。"我病了。"他对站在门槛另一边的那个人说。"已经好了还是正在病中？"亨里克·努德斯特伦问。"我也不能确定。"安德森教授笑了笑，靠在敞开了三分之二的门上。"假如你想去的话，你得赶快换衣服了。"亨里克·努德斯特伦说。"不，没可能了，如果我现在恢复健康的话，我还有许多工作要赶。""那就是说你不打算去了？"亨里克·努德斯特伦说，看了看自己的手表。"不去了，很抱歉，真的去不了。""好了，好了，"亨里克·努德斯特伦说，"明白，明白，但你要是能一起去就太棒了，或许下次吧。""好，或许下次。"安德森教授回答。他想着他应该祝愿亨里克·努德斯特伦的马"比赛成功",以此圆满结束他们的交谈,但这种祝福的话他没法说出口。于是他想着要说"下次见"或是"再见",但也没有说出来。亨里克·努德斯特伦又看了一眼手表,转身走下了楼梯。安德森教授听到了他在楼梯上急促下行的脚步声。猛然间他想到了什么,飞快地冲到楼梯栏杆那里,他把身子躬到栏杆外,朝下面那个即将消失的男人喊道:"对了,你什么时候出发?""出发?"他听到另一个声音飘升上来。"对,去东方?""哦,是这个。随时都可以吧,过几个星期,或是几个月。""那你的公寓呢?要卖掉它吗?""卖掉?为什么要卖掉?我总有一天要回来的。或许我会把它租出去,要不就空置着。我妹妹来奥斯陆的时候可以住。""这主意听上去不错。你的父母还健在吗?""我父母?为什么这么问?""啊,我不知道,只是话一下子就溜到了嘴边。但我不能在这里继续站下去了,"他冲着下面的人喊道,"因为我开始冷得发抖了。我刚刚开始好转,这个时候再得一场感冒就太蠢了。""好的,再见!明天的报纸上会有比雅格赛马场第一场比赛的结果,看新闻吧。那匹马叫苏格派尔,你可以在报纸的最上面看到。""好,我会的,"安德森教授说,"不过现在我得赶快回去洗个热水澡。"说完他走进自己的公寓,把门锁上,继续在房间里不安地踱步。"或许我要干点什么事情?"过了一会儿他想。"要干什么呢?"他问自己。停顿片刻。"洗个热水澡,"他回答自己。"对,为什么不呢,"他加了一句。"一个痛痛快快的热水澡,这肯定会对我有好处。"他想。

译后记

两年前应出版社的邀约,我接下了翻译索尔斯塔的《羞涩与尊严》和《安德森教授的夜晚》这两本书的工作,缘由之一是我对曾允诺要译的一本书最终未能兑现心中怀有的几分歉疚,第二,或许也是更重要的原因,这两本书的篇幅都不长,应该费时不多。但当我真正坐下来开始逐字逐句翻译时,才额上泌出汗珠,感到是自己大大的误判。

1965 年达格·索尔斯塔发表了他的处女作,一部短篇小说集《螺旋》。1990 年代是索尔斯塔的创作高峰期,他的三部具有影响力的小说《第 11 本小说,第 18 本书》《羞涩与尊严》和《安德森教授的夜晚》都出自这个时期,并且它们出版的时间相距都不过两年。索尔斯塔的作品在挪威和国际文坛上获奖无数,被翻译成近四十种语言,他被誉为挪威当代最杰出的作家之一。所以这里我应当感谢出版社给了我这个机会,让我挑战自己,做一次新的尝试。

对平日只读过几本闲书的我来说,索尔斯塔的语言风格是十分陌生的。文中句式繁杂,层层叠叠,有许多的插入语和从句,一不留神便会"误入歧途",或被弄得眼花缭乱。记得书中使用的一个括弧,包含有长达近一页的内容。但为保持原著的风格,我保留原文的分段,保留它们松散的长句形式。书不厚,但词汇的信息量大,加上有好些字典上无从查找的习惯用语,所以在翻译的过程中不免有许多困惑和烦恼。小说里的人物在他们心里独自徘徊,我在书页的字里行间爬行相伴。待那些繁杂的段落走下来,渐渐体会出其中的机智与奥妙时,那柳暗花明的美妙我便独享了。

两本书的主人公,这两个各怀心事的中年男人(一个高中教师和一个大学教授),他们似乎有好些相同之处,生活优渥,思想成熟,性格孤僻,前者有点酗酒的毛病,后者也是个好杯之人,对自己的社会生活和文化现状他们都感到深深的不适应。不知怎么,这两人让我立刻联想到《局外人》里的默尔斯。大概是因这三人的共性：他们对这个社会始终有一种无法排遣的疏离感，他们完全不以大众的评判标准来看待社会上的人与事。不同之点仅在于默尔斯坚持自己的原则，他直接、公开地表示他和这个社会的不合作、不和解，而这里的两位却一直深深陷于自我的纠结中，在两种意识里徘徊不定，内心的探索、思考、评判对他们一直紧追不舍，甚至到了近似疯癫的状态。

下面再说说这两个故事。高中老师茹克拉，一天在挪威语课堂上，诸多不顺心让他感到挫败，以至于下课后他因为打不开一把雨伞，在校园里恼羞成怒；安德森教授在平安夜，从公寓的窗口目睹了一起谋杀案，于是他一直纠结在是否应向警方报案的问题上，但最终他却并未采取行动。两个看似荒诞的故事，人物行为的莫名其妙，说话的喋喋不休，语无伦次，但却让你能耐心地读下去，盼望看到故事的结局。同时他们也给你留下了极为深刻的印象，既熟悉又陌生，在你的生活里似乎就有过这样的人。

简单又复杂。几句话就可以讲完的故事是简单，但全书贯穿自始至终的大段涉及文学、历史、哲学、宗教等多方领域的思考和评论，要理解并重述它们就不太容易了。我们不知索尔斯塔本人是如何考量的，且让我做一个大胆的猜想：作者在这里或许仅是以故事的走向作为手段，在穿针引线，而他真正的用意是为阐述和表达自己心里的某些观念？从他的社会背景来看，这个设想似乎也并非没有可能性。索尔斯塔曾当过教师，曾就读于奥斯陆大学，很早就进入了激进期刊的文化圈子，1970年代参加了挪威工人共产党（AKP）。他是社会活动的积极参与者，他的小说政治色彩浓厚具有反思性，我觉得他的心里一定有许多话想说出来。

当然这两本书看下来我也明白了，不管话题如何天马行空，索尔斯塔最后都能自然地回到原点，沿中心线继续往下走，直到他要思考或议论的话题出现，然后一个一个地继续下去。突兀但也自然，无可理喻又可理喻，烦恼又迷人，这就是索尔斯塔文字风格的特色与魅力，最终他会让你慢慢地接受故事里的这个角色，并且相信他的存在，因为那种情绪的感染实在太深切，太令人难以抗拒。

这次的翻译确实逼我走出舒适区，老老实实地做了些功课。书桌上这叠厚厚的手书的生词表，几部字典的书脊上多次修补粘贴的胶布，都是在提醒自己，走过来的这段路确实不轻松。索尔斯塔的书对我来讲就是一座山，脚劲不足的我不敢懈怠，因为一停下便不想往前走了。说到这里，我想我应当感谢 Frithjof Spalder 先生，他的帮助免去了我一路的焦灼，让这条艰难的路走得顺畅些。

"莫言下岭便无难，赚得行人空喜欢。正入万山圈子里，一山放过一山拦。"这是一首我曾读过的很喜欢的小诗。学无止境，在文学翻译的道路上，始终要怀有一颗敬畏之心。

对这两本书的翻译，尽管译者竭力而为以少留下些遗憾，但难免有错讹之处，敬请识者不吝赐教。

林 后

2023 年 2 月 27 日于奥斯陆